中 等 职 业 教 育 规 划 教 材 ZHONGDENG ZHIYE JIAOYU GUIHUA JIAOCAI

系列书总主编 段福生

总策划 赵东生

诗词鉴赏

张春美 ◎ 主编

袁济喜 ◎ 主审

蒙宝霞 王建新 ◎ 副主编

陈琢 王于 卢姝静 殷震英 杨艳 冯爱丽 李颖 肖亮 马玉兰 高志伟 陶金 张振华 ◎ 参编

SHICI JIANSHANG

人 民 邮 电 出 版 社

北 京

图书在版编目（CIP）数据

诗词鉴赏 / 张春美主编. -- 北京 : 人民邮电出版社, 2013.6（2019.8 重印）
中等职业教育规划教材
ISBN 978-7-115-30763-7

Ⅰ. ①诗… Ⅱ. ①张… Ⅲ. ①古典诗歌－诗歌欣赏－中国－中等专业学校－教材 Ⅳ. ①I207.2

中国版本图书馆CIP数据核字(2013)第073362号

内容提要

本书针对职教学生，精选 100 首诗词，包括中国古代古体诗词、现当代诗歌和 10 首经典英语诗歌。大致按照诗词的时间及作者。包括原诗、作者背景介绍、重点难点词语注音解释、内容赏析及插图几大部分。帮助学生从最初的字面理解，到了解写作背景，吃透作品的思想内涵，再到跃出作品本身，结合同时代或者同类型的诗歌，站在时代和历史的高度审视，提高自身的人文素养。

本书可以作为高等职业学校和中等职业学校诗词鉴赏课程教材，也可以作为人文素质读本，供相关人员自学参考。

◆ 主　编　张春美
主　审　袁济喜
责任编辑　王　威
◆ 人民邮电出版社出版发行　北京市丰台区成寿寺路 11 号
邮编　100164　电子邮件　315@ptpress.com.cn
网址　http://www.ptpress.com.cn
北京捷迅佳彩印刷有限公司印刷
◆ 开本：700×1000　1/16
印张：17.75　2013 年 6 月第 1 版
字数：320 千字　2019 年 8 月北京第 9 次印刷

ISBN 978-7-115-30763-7

定价：36.00 元

读者服务热线：(010)81055256　印装质量热线：(010)81055316
反盗版热线：(010)81055315
广告经营许可证：京东工商广登字 20170147 号

代序

乘舟泛流，摘取灼灼其华

——写在昌平职业学校《诗词鉴赏》编成之际

奉命秉笔之时，喜闻北京市昌平职业学校学生在2012年全国职业院校技能大赛中取得“一金四银一铜”的好成绩。其中，经济管理系烹饪专业何浩同学荣获“中餐冷拼”项目一等奖，菜名就叫“锦上添花”。

仅听这菜名，就引发我们丰富的想象，那菜品必是绚丽多彩、有滋有味、营养齐全，必是何浩同学高超的烹饪技术与善于想象的艺术素养的结合。“锦上添花”是大家熟知的成语，却不一定都知道它来自宋代黄庭坚《了了庵颂》中诗句：“又要涪翁作颂，且图锦上添花。”看来，金牌里面还有画意和诗心呢！

我们习惯说“技艺”“手艺”，是因为自古以来“技”与“艺”从不可分。正如《周礼·冬官·考工记》中所说：“天有时、地有气、材有美、工有巧。合此四者，然后可以为良。”又如庄子在《天地篇》中说：“能有所艺者，技也。”庄子在《养生主》中讲述了庖丁解牛的故事，说丁厨师的刀工技艺，达到“合于桑林之舞”“莫不中音”的地步。看来，金牌里面有舞蹈的节奏，也有音乐的韵律！

昌平职业学校倡导学生诵读百首诗词，欣赏百幅名画，歌咏百首名歌的初衷在于此。

清代蒲松龄曾说：“性痴则其志凝。故书痴者文必工，艺痴者技必良。世之落拓而无成者，皆自谓不痴者也。”而清代张潮也说过：“情必近于痴而始真，才必兼乎趣而始化。”

昌平职业学校语文组的老师们编写了《诗词鉴赏》作为校本教材，就在于让“技”与“艺”更好地结合，让“趣”与“成”因果相伴；让职业学校的学生存乎诗心，陶冶诗情，迅速成长为工作中需要的优秀人才。

孔夫子谆谆告诫年轻人：

“小子何莫学夫《诗》。《诗》可以兴，可以观，可以群，可以怨。迩之事父，远之事君；多识于鸟兽草木之名。”

德国哲学大师海德格尔不止一次地引用这句诗：

“人充满劳绩，但还诗意地栖居在这块大地之上。”

说得多么好啊，人，不管有多少劳顿、困苦，但还充满诗意地安居于这块大地之上。正是有这种诗意，人才在这块大地上延续至今。

《诗词鉴赏》选篇注重思想性和艺术性的和谐统一，注重与学生的自学、感悟密切结合。这里面有丰富多彩、缤纷多姿的自然奇景，也有人生喜怒哀乐、坎坷忧患成功的体验。

中国人民大学国学院副院长袁济喜教授审阅了全稿，保证了全书的质量与水准。

人可以不会作诗，但是不能没有诗心、诗情。正像博尔赫斯所说：“诗歌或许是生活最本质的部分。”

让我们徜徉于诗歌的海洋，乘舟泛流，摘取灼灼其华。

让我们的师生人人都有欣赏之心、创造之心，让诗心永驻，让诗情永葆盎然！

是为序。

梁 捷

2013 年春

目录

Contents

第 一 篇

情感的抒发与中和

Chapter 1

名句品读

《关雎》 “关关雎鸠，在河之洲。窈窕淑女，君子好逑。”

《长歌行》 “少壮不努力，老大徒伤悲。”

1. 关雎

《诗经》

关关雎鸠，在河之洲。
窈窕淑女，君子好逑。
参差荇菜，左右流之。
窈窕淑女，寤寐求之。
求之不得，寤寐思服。
悠哉悠哉，辗转反侧。
参差荇菜，左右采之。
窈窕淑女，琴瑟友之。
参差荇菜，左右芼之。
窈窕淑女，钟鼓乐之。

【作者及背景】

《诗经》的作者组成很复杂，产生的地域也很广。除了周王朝乐官制作的乐歌，公卿、列士进献的乐歌，还有许多原来流传于民间的歌谣。

《诗经》是中国最早的诗歌总集。《诗经》原本叫《诗》，共有诗歌 305 首，因此又称“诗三百”。从汉朝起儒家将其奉为经典，因此称为《诗经》。

诗的内容包括：

风（十五国风：周南、召南、邶〔bèi〕、鄘〔yōng〕、卫、王、郑、齐、魏、唐、秦、陈、桧〔huì〕、曹、豳〔bīn〕）

多半是经过润色后的民间歌谣。“风”包括了十五个地方的民歌，包括今天山西、陕西、河南、河北、山东、湖北北部一些地方（齐、楚、韩、赵、魏、秦），叫“十五国风”，有 160 篇，是《诗经》中的核心内容。“风”的意思是土风、风谣。

雅（二雅：大雅、小雅）

“雅”是正声雅乐，即贵族用于享宴或诸侯朝会时的乐歌，按音乐的布局又分“大雅”“小雅”，有诗 105 篇，其中大雅 31 篇，小雅 74 篇。虽然多半是贵族士大夫的作品，但小雅中也有不少类似风谣的劳人思辞，如《黄鸟》《我行其野》《谷风》《何草不黄》等。

颂（三颂：周颂、鲁颂、商颂）

“颂”是祭祀乐歌，分“周颂”31 篇、“鲁颂”4 篇、“商颂”5 篇，共 40 篇。本是祭祀时颂神或颂祖先的乐歌，但鲁颂四篇，全是颂美活着的鲁僖公，商颂中也有阿谀时君的诗。

诗篇形式以四言为主，运用赋、比、兴等手法。

【注释】

（1）关关雎（jū）鸠（jiū）：雎鸠鸟不停地叫。雎鸠，鸟的和鸣声，水鸟名，即鱼鹰。传说它们情意专一，不乖居，不乱偶。

关雎，篇名。《诗经》每篇都用第一句里的几个字（一般是两个字）作为篇名。

（2）洲：水中的陆地。

（3）窈窕：文静美好的样子。善心为窈，美容为窕。淑：品德好。

（4）荇（xìng）菜：水草名，一种可食的水草。

（5）左右：指采荇菜女子的双手。

（6）流：摘取。

（7）逑：配偶。

（8）寤（wù）：睡醒。寐：睡眠。

（9）寤寐：日日夜夜。

（10）思服：思念。

（11）悠：思念。

（12）琴瑟友之：弹琴鼓瑟表示亲近。

（13）友：亲爱，向……表示友爱。这里用作动词。

（14）芼（mào）：挑选。

（15）钟鼓乐之：敲击钟鼓使她欢乐。

（16）乐：使……快乐。

【赏析】

《关雎》作为一首情诗，以水域为依托而展开。《诗经》中的男女相会往往在水边进行，《关雎》首开其端，景物的选取带有典型性。

这首诗采用“兴”的表现手法，先是以物起兴，然后又以事起兴。文章以鱼鹰的鸣叫，引出作者对淑女的追求。鱼鹰捕鱼与男性求偶，作为同类现象而相继出现。用水鸟的捕鱼来暗示男女的爱恋。

《关雎》叙述了男主人公对荇菜的处理，对淑女的追求，采用了递进攀升的笔法。男主人公采荇菜的动作依次是流之、采之、芼之。流之，即放之，就是把采来的荇菜堆放在左右；采之，即挑选，把堆放的荇菜进行整理；芼之，则是把经过选择的荇菜重叠堆放在左右。主人公对荇菜的处理，从无序到有序，且一步比一步精细。男主人公对淑女的追求历程，先是把她锁定为自己最合适的配偶，然后是“寤寐求之”，因求之不得而“寤寐思服”，以至于达到“辗转反侧”的程度。彻夜的冥思苦想终于使这位男子找到了接近淑女的办法，并且最终获得了成功。“琴瑟友之”，是通过弹奏琴瑟来引起女子的注意和好感，进而得到接近的机会。“钟鼓乐之”，则是敲钟、击鼓把自己心仪的女子迎娶过来。

学生感悟：诗歌朗朗上口，字里行间流露出对美好爱情的憧憬。

2. 静 女

《诗经·邶风》

静女其姝，俟我于城隅。爱而不见，搔首踟蹰。
静女其娈，贻我彤管。彤管有炜，说怿女美。
自牧归荑，洵美且异。匪女之为美，美人之贻。

【写作背景】《静女》出自《诗经·邶风》，是邶国的民歌。

【注释】

（1）静女：文雅的姑娘。

（2）邶（bèi）：邶国（今河南省汤阴县境内）。

（3）其姝（shū）：姝，美丽。其，形容词词头。下面“静女其娈”的“其”用法相同。

（4）俟（sì）：等待，等候。

（5）城隅（yú）：城上的角楼。一说是城边的角落。

（6）爱：通“薆（ài）”，隐藏，遮掩。

（7）见：通“现”，出现。一说是看见。

（8）踟蹰（chí chú）：亦作“踟躇”，心里迟疑，要走不走的样子。

（9）娈（luán）：美好。

（10）贻（yí）：赠送。

（11）彤（tóng）管：红色的管萧。管，有人说是茅草。

（12）炜（wěi）：鲜明有光的样子。

（13）说怿（yuè yì）：喜爱。说，通“悦”，和“怿”一样，都是喜爱的意思。

（14）女（rǔ）：通“汝”，你。这里指代“彤管”。

（15）牧：野外放牧的地方。

（16）归荑（kuì tí）：赠送荑草。归，通“馈”，赠送。荑，初生的茅草。

（17）洵（xún）：的确，确实。

（18）匪（fēi）女（rǔ）：不是你（荑草）。匪，通“非”。

【诗词鉴赏】

《静女》是一首很美的诗，意思不深，却有风人之致。这首诗反映了先秦淳朴的民风，真挚的爱情。双方赠送的礼物很是普通，但对方都非常珍爱，最后还是男子禁不住道破了其中的秘密，“匪女之为美，美人之贻”。恋人间的爱慕之情溢于言表。

全诗以第一人称“我”（男青年）写了一次恋人的约会。全诗三章。第一章重在写场景，第二、第三章重在写心理。第一章写青年之急，第二章写青年之恋，第三章写青年之诚。作者由静女而彤管，由荑而静女之情，把人、物、情巧妙地融合起来，表现了男青年热烈而淳朴的恋情，男青年的形象活灵活现，他的恋情也真实感人。此外，诗歌重章叠唱，巧妙选用细节，风格朴实，极具艺术魅力。

本来接受彤管，想到的是它鲜艳的色泽，那种“说（悦）怿”只是对外在美的欣赏；而接受荑草，感受到普通的小草也“洵美且异”，则是对她所传送的那种有着特定含义的异乎寻常的真情的深切感受。现在看来，那已经超越了对外表的迷恋而进入了追求内心世界的和谐的高层次的爱情境界。而初生的柔荑将会长成茂盛的草丛，也含有爱情会更好发展的象征意义。

学生感悟： 从诗中深切感受到在爱情方面，外在的东西并不重要，关键是内心世界要丰富，爱情如此，生活亦如此。

3. 硕鼠

《诗经》

硕鼠硕鼠，无食我黍！三岁贯女，莫我肯顾。逝将去女，适彼乐土。乐土乐土，爰得我所。

硕鼠硕鼠，无食我麦！三岁贯女，莫我肯德。逝将去女，适彼乐国。乐国乐国，爰得我直。

硕鼠硕鼠，无食我苗！三岁贯女，莫我肯劳。逝将去女，适彼乐郊。乐郊乐郊，谁之永号？

【注释】

（1）硕鼠：鼫鼠，又名田鼠，这里用来比喻剥削无厌的统治者。

（2）贯：侍奉。“三岁贯女”就是说侍奉你多年。“三岁”言其久，“女”同“汝”，你，这里指统治者。

（3）莫我肯顾：此处为否定句中代词作宾语，宾语前置，翻译时可转为“莫肯顾我”，大意是你不顾我的生活。后文中的“莫我肯德”，“莫我肯劳”均属于此类情况。

（4）顾：顾念，照顾。

（5）逝：同“誓”。去女：离开你。

（6）适：到……去。

（7）乐土：可以安居乐业的地方。下两章“乐国”“乐郊”也是同样的意思。 按：这种地方只是世人的理想，在当时实际是不存在的。

（8）爰（yuán）：于是，在这里。

（9）所：指可以安居之处。

（10）德：表示感谢，用如动词，加惠。

（11）直：同“值”。“得我直”就是说使我的劳动得到相当的代价。

（12）劳：慰问。

【诗词鉴赏】

《硕鼠》三章都以“硕鼠硕鼠”开头，“硕”是大、肥的意思，把奴隶主剥削阶级比喻成贪婪可憎的大老鼠、肥老鼠，不但形象地刻划了剥削者的丑恶面目，而且很自然地就能让人联想到“老鼠”之所以“硕”大的原因，正是贪得无厌、剥削的程度太深了，从而激起奴隶们对剥削者深恶痛绝的憎恨。从“无食我黍”“我麦”到“我苗”，反映了奴隶们捍卫劳动成果的正义要求，同时也说明了奴隶主的贪婪无耻，奴隶们被剥削的深重，但凡一切劳动果实，都被奴隶主占有吞没。从“三岁贯汝，莫我肯顾”“肯德”到“肯劳”，深刻揭露了奴隶主忘恩负义的本性。奴隶们长年劳动，用自己的辛勤血汗养活了奴隶主，而奴隶主却没有丝毫的同情和怜悯，反而残忍无情，得寸进尺，剥削的程度越来越强。从“逝将去汝，适彼乐土”“乐国”到“乐郊”，则集中表现了奴隶们对自由和幸福生活的向往，他们幻想着能找到一块属于自己的理想的国土，摆脱奴隶主的压榨和剥削。诗的结尾处说“谁之永号”，即在这块幸福的国土上，谁还会再过啼饥号寒的生活呢？人人自由，人人幸福，就再也不用哀伤叹息地过日子了。

《硕鼠》是魏国的民歌，它和《伐檀》一样，都是反剥削反压迫的诗篇。所不同的是，《伐檀》责问剥削者用的是直呼其名的方式，《硕鼠》则用比喻以刺其政。但《硕鼠》比《伐檀》的斗争性更强。《伐檀》只有愤怒，没有反抗，而《硕鼠》则不但有愤怒，且立意在反抗，奴隶们在不堪忍受奴隶主剥削和压迫的情况下，准备远走逃亡。更为可贵的是，《硕鼠》提出了建立“乐土”“乐国”的美好理想，试图寻找一个没有剥削、没有压迫、人与人平等的社会，这虽然在当时根本不存在，也根本不可能达到，但毕竟比《伐檀》单纯的指责前进了一大步，明显地表明奴隶们在长期的反抗斗争中，已逐步清醒了阶级意识，开始有了明确的斗争目标和对未来社会的美好设想。

学生感悟： 读完这首诗，我真是太痛恨那些不劳而获、贪得无厌的人了。

4. 蒹葭

《诗经》

蒹葭苍苍，白露为霜。所谓伊人，在水一方。
溯洄从之，道阻且长。溯游从之，宛在水中央。
蒹葭凄凄，白露未晞。所谓伊人，在水之湄。
溯洄从之，道阻且跻。溯游从之，宛在水中坻。
蒹葭采采，白露未已。所谓伊人，在水之涘。
溯洄从之，道阻且右。溯游从之，宛在水中沚。

【写作背景】

关于这首诗的内容，历来意见分歧。归纳起来，主要有下列三种说法。

一是“刺襄公”说。《毛诗序》云：“蒹葭，刺襄公也。未能用周礼，将无以固其国焉。”今人苏东天在《诗经辨义》中阐析说：“‘在水一方’的‘所谓伊人’（那个贤人），隐喻周王朝礼制。如果逆周礼而治国，那就‘道阻且长’‘且跻’‘且右’，意思是走不通、治不好的。如果顺从周礼，那就‘宛在水中央’‘水中坻’‘水中沚’，意思是治国有希望。”

二是“招贤”说。姚际恒的《诗经通论》和方玉润的《诗经原始》都说这是一首招贤诗，“伊人”即“贤才”，“贤人隐居水滨，而人慕而思见之。”或谓：“征求逸隐不以其道，隐者避而不见。”

三是“爱情”说。今人蓝菊有、杨任之、樊树云、高亭、吕恢文等均持“恋歌”说。如吕恢文说：“这是一首恋歌，由于所追求的心上人可望而不可即，诗人陷入烦恼。说河水阻隔，是含蓄的隐喻。”

由于此诗本写之事无从查实，诗中的“伊人”所指亦难征信，故而以上三说均难以最终定论。在这里，我们姑且先把它当做一首爱情诗来解读。

《蒹葭》属于秦风。周孝王时，秦之先祖非子受封于秦谷（今甘肃天水）。平王东迁时，秦襄公因出兵护送有功，得到了岐山以西的大片封地。后来秦逐渐东徙，都于雍（今陕西兴平）。秦地包括现在陕西关中到甘肃东部一带。秦风共十篇，大多是东周时代这个区域的民歌。

【注释】

（1）本诗选自《诗经·秦风》（十三经《毛诗正义》）。秦风，秦地（在今陕西中部和甘肃东部一带）民歌。

（2）蒹葭（jiān jiā）：蒹，荻；葭，芦，芦苇。

（3）苍苍：茂盛的样子。

（4）萋萋：草长得茂盛的样子。

（5）伊人：那人，指意中人。

（6）白露为霜：晶莹的露水凝结成了霜。为，凝结成。

（7）所谓：所说、所念，这里指所怀念的。

（8）在水一方：在水的另一边。一方，那一边，即水的彼岸。方，通“旁”。

（9）溯洄（sù huí）：逆流而上。

（10）宛在水中央：（那个人）仿佛在河的中间。意思是相距不远却无法到达。宛，仿佛、好像。

（11）晞（xī）：晒干。

（12）湄（méi）：岸边，水与草交接之处。

（13）跻（jī）：登，升高。意思是道路险峻，需攀登而上。

（14）坻（chí）：水中的小洲、高地、小岛。

（15）未已：未止，还没有完，指露水尚未被阳光蒸发完毕。已，完毕。

（16）涘（sì）：水边。

（17）右：弯曲。

（18）沚（zhǐ）：水中的小块陆地。

【诗词鉴赏】

《蒹葭》以水、芦苇、霜、露等意象营造了一种朦胧、清新又神秘的意境。早晨的薄雾笼罩着一切，晶莹的露珠凝成冰霜，一位羞涩的少女缓缓而行。诗中水的意象代表了女性，体现出女性的柔美，而薄薄的轻雾就像是少女蒙上的纱。她一会出现在水边，一会又出现在水中央的小块陆地上。寻找不到，主人公急切而又无奈的心情既如蚂蚁钻心一般痒，又如刀绞一般痛。就像我们常说的“距离产生美感”，且这种美感因距离变得朦胧，模糊，不清晰。主人公和伊人的身份、面目、空间位置都是模糊的，给人以雾里看花、水中望月、若隐若现、朦胧缥缈之感。蒹葭、白露、伊人、秋水，越发显得难以捉摸，构成了一幅朦胧淡雅的水彩画。诗的每章开头都采用了赋和兴的表现手法。通过对眼前真景的描写与赞叹，绘画出一个空灵缥缈的意境，笼罩全篇。诗人抓住秋色独有的特征，不惜用浓墨重彩反复进行描绘、渲染深秋空寂悲凉的氛围，来抒写诗人怅然若失而又热烈企慕友人的心境。诗每章的头两句都是以秋景起兴，引出正文。它既点明了季节与时间，又渲染了蒹苍露白的凄清气氛，烘托了人物怅惘的心情，巧妙地达到了寓情于景、情景交融的艺术境地。“蒹葭”“水”和“伊人”的形象交相辉映，浑然一体，用作起兴的事物与所要描绘的对象形成一个完整的艺术世界。开头写秋天水边芦苇丛生的景象，这正是“托象以明义”，具有“起情”的作用。因为芦苇丛生，又在天光水色的映照之下，必然会呈现出一种迷茫的境界，这就从一个侧面显示了诗的主人公心中的那个“朦胧的爱”的境界。王夫之《姜斋诗话》说：“关情者景，自与情相为珀芥也。情景虽有在心与在物之分。而景生情，情生景，哀乐之触，荣悴之迎，互藏其宅。”《蒹葭》这首诗就是把暮秋特有景色与人物委婉惆怅的相思感情浇铸在一起，创造了一个扑朔迷离、情景交融的意境，正是“一切景语皆情语”的体现。

学生感悟：《蒹葭》一诗把水比作少女，不仅感觉柔美，而且很新颖，诗中营造了一种若隐若现、朦胧缥缈的意境。

5. 长歌行

《乐府诗集》

年代：两汉时期

青青园中葵，
朝露待日晞。
阳春布德泽，
万物生光辉。
常恐秋节至，
焜黄华叶衰。
百川东到海，
何时复西归？
少壮不努力，
老大徒伤悲。

【作者及背景】

本诗选自宋代郭茂倩所编《乐府诗集》。郭茂倩（1041 年—1099 年），字德粲，宋代郓州须城（今山东东平）人，祖籍太原。

东汉后期，人们开始重新审视人的本来价值。许多人生问题成为人们探讨的话题。同时，人们也再度感慨人生短促。在对待人生这一问题上，有两种截然相反的态度：一种是以《西门行》为代表的及时行乐的消极态度；另一种是以《长歌行》为代表的奋发有为、有所建树的积极态度。

【注释】

（1）长歌行：汉乐府曲调名。本诗选自宋代郭茂倩所编的《乐府诗集》。

（2）葵：冬葵，我国古代重要蔬菜之一，可入药。

（3）晞：天亮，引申为阳光照耀。

（4）阳春：温暖的春天。

（5）布：布施，给予。

（6）德泽：恩惠。

（7）秋节：秋季。

（8）焜黄：形容草木凋落枯黄的样子。

（9）华：同“花”。

（10）衰：为了押韵，这里可以按古音读作“cuī”。

（11）徒：白白的。

（12）百川：河流。少：年轻。老：老年。

【诗词赏析】

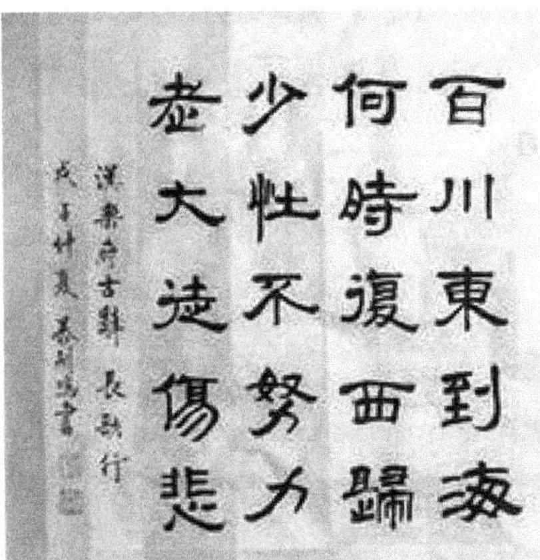

这首诗以景寄情，由情入理，将“少壮不努力，老大徒伤悲”的人生哲理，寄寓于朝露易干、秋来叶落、百川东去等鲜明形象中，使所表达的人生哲理既发人深省，又明白易懂。

本诗的前六句，揭示出春荣秋枯的自然规律。主要写自然界植物花草的荣枯变化，以托物起兴的方法，为过渡到珍惜时光作铺垫。

七、八句用生动巧妙的比喻，来揭示时光就像流水一样不会倒转，人老了就不会再年轻这一客观规律，从而突出人应珍惜宝贵的时光。比喻贴切，蕴涵的道理深刻，使诗句具有很强的逻辑力量。最后两句则进一步指出，一个人要有所作为，有所发明创造，就应该从年少时努力学习，不断扩充自己的知识，否则便会虚度光阴，一事无成而落得空悲叹！

全诗看起来平淡，都是些口头用语，但仔细品味，就会觉得意味深长，是在平浅的语句中寄寓着不平凡的内容，词浅意深，淡而多味。读过之后，很受启发。

学生感悟： 通过阅读诗歌，使我深深感受到时间不等人，我们必须趁着自己年轻，抓紧时间充实自己，丰富自己，否则后悔都来不及。

6. 迢迢牵牛星

《古诗十九首》

迢迢牵牛星，皎皎河汉女。

纤纤擢素手，札札弄机杼。
终日不成章，泣涕零如雨。
河汉清且浅，相去复几许。
盈盈一水间，脉脉不得语。

【写作背景】

牵牛和织女本是两个星宿的名称。牵牛星即“河鼓二”，在银河东。织女星又称“天孙”，在银河西，与牵牛相对。在中国，有关牵牛和织女的民间故事起源很早。《诗经·小雅·大东》已经写到了牵牛和织女，但还只是作为两颗星来写的。《春秋元命苞》和《淮南子·俶真》开始说织女是神女。而在曹丕的《燕歌行》、曹植的《洛神赋》和《九咏》里，牵牛和织女已成为夫妇了。曹植《九咏》曰：“牵牛为夫，织女为妇。织女牵牛之星各处河鼓之旁，七月七日乃得一会。”这是当时最明确的记载。《古诗十九首》中的这首《迢迢牵牛星》写牵牛织女夫妇的离隔，它的时代在东汉后期，略早于曹丕和曹植。将这首诗和曹氏兄弟的作品加以对照，可以看出，从东汉末年到魏这段时间里，牵牛和织女的故事大概已经定型了。

【注释】

（1）《迢迢牵牛星》选自《古诗十九首》。

（2）《古诗十九首》：选自南朝梁萧统《文选》卷二九（中华书局 1977 年版）。此诗是《古诗十九首》之一。《古诗十九首》，作者不详，时代大约在东汉末年。

（3）迢迢（tiáo）：遥远。牵牛星：隔银河和织女星相对，俗称“牛郎星”，是天鹰星座的主星，在银河南。

（4）皎皎：明亮。

（5）河汉：银河。河汉女：指织女星，是天琴星座的主星，在银河北。织女星与牵牛星隔河相对。

（6）擢（zhuó）：伸出，拔出，抽出。这句是说，伸出细长而白皙的手。

（7）素：白皙。

（8）札（zhá）札弄机杼：正摆弄着织机（织着布），发出札札的织布声。弄：摆弄。

（9）杼：织机的梭子。

（10）终日不成章：代用《诗经·大东》语意，说织女终日也织不成布。《诗经》原意是织女徒有虚名，不会织布；这里则是说织女因害相思，而无心织布。

（11）零：落。

（12）几许：多少。这两句是说，织女和牵牛二星彼此只隔着一条银河，相距才有多远！

（13）盈盈：清澈、晶莹的样子。

（14）脉脉（mò mò）：默默地用眼神或行动表达情意。

（15）涕：眼泪。

（16）章：指布帛上的经纬纹理，这里指布帛。

（17）间：相隔。

【诗词鉴赏】

此诗写天上一对夫妻牵牛和织女，视点却在地上，是以第三者的角度观察他们夫妻的离别之苦。开头两句分别从两处落笔，言牵牛曰“迢迢”，状织女曰“皎皎”。迢迢、皎皎互文见义，不可执着。牵牛也皎皎，织女也迢迢。他们都是那样的遥远，又是那样的明亮。但以迢迢属之牵牛，则很容易让人联想到远在他乡的游子，而以皎皎属之织女，则很容易让人联想到女性的美。如此说来，似乎又不能互换了。如果因为是互文，而改为“皎皎牵牛星，迢迢河汉女”，其意趣就减去了一半。诗歌语言的微妙于此可见一斑。称织女为“河汉女”是为了凑成三个音节，而又避免用“织女星”这三字。上句已用了“牵牛星”，下句再说“织女星”，既不押韵，又显得单调。“河汉女”就活脱多了。“河汉女”的意思是银河边上的那个女子，这说法更容易让人联想到一个真实的女人，而忽略了她本是一颗星。不知作者写诗时是否有这番苦心，反正写法不同，艺术效果亦迥异。总之，“迢迢牵牛星，皎皎河汉女”这十个字的安排，可以说是最巧妙的安排而又具有最浑成的效果。

以下四句专就织女这一方面来写，说她虽然整天在织，却织不成匹，因为她心里悲伤不已。“纤纤擢素手”意谓擢纤纤之素手，为了和下句“札札弄机杼”对仗，而改变了句子的结构。“擢”者，引也，抽也，接近伸出的意思。“札札”是机杼之声。“杼”是织布机上的梭子。诗人在这里用了一个“弄”字。《诗经·小雅·斯干》：“乃生女子，载弄之瓦。”这“弄”字是玩、戏的意思。织女虽然伸出素手，但无心于机织，只是抚弄着机杼，泣涕如雨水一样滴下来。“终日不成章”化用《诗经·大东》语意：“彼织女，终日七襄。虽则七襄，不成报章。”

最后四句是诗人的慨叹：“河汉清且浅，相去复几许？盈盈一水间，脉脉不得语。”那阻隔了牵牛和织女的银河既清且浅，牵牛与织女相去也并不远，虽只一水之隔却相视而不得语也。“盈盈”或解释为形容水之清浅，或者不是形容水，这和下句的“脉脉”都是形容织女。《文选》五臣注：“盈盈，端丽貌。”是确切的。人多以为“盈盈”既置于“一水”之前，必是形容水的。但“盈”的本义是满溢，如果是形容水，那么也应该是形容水的充盈，而不是形容水的清浅。把“盈盈”解释为清浅，是受了上文“河汉清且浅”的影响，并不是“盈盈”的本义。《文选》中出现“盈盈”除了这首诗外，还有“盈盈楼上女，皎皎当窗牖”。亦见于《古诗十九首》。李善注：“《广雅》曰：‘嬴，容也。’盈与嬴同，古字通。”这是形容女子仪态之美好，所以五臣注引申为“端丽”。又汉乐府《陌上桑》：“盈盈公府步，冉冉府中趋。”也是形容人的仪态。织女既被称为河汉女，则其仪容之美好亦映现于河汉之间，这就是“盈盈一水间”的意思。“脉脉”，李善注：“《尔雅》曰‘脉，相视也’。郭璞曰‘脉脉谓相视貌也’。”“脉脉不得语”是说河汉虽然清浅，但织女与牵牛只能脉脉相视而不得语。

这首诗一共十句，其中六句都用了叠音词，即“迢迢”“皎皎”“纤纤”“札札”“盈盈”“脉脉”，这些叠音词使这首诗质朴、清丽，情趣盎然。特别是后两句，一个饱含离愁的少妇形象若现于纸上，意蕴深沉，风格浑成，是极难得的佳句。

学生感悟： 诗句虽然很短小，但是意思很深沉，织女和牵牛只能相视而不得语的离愁太痛苦了。

7. 十五从军征

《乐府诗集》

十五从军征，
八十始得归。
道逢乡里人：
“家中有阿谁？”
“遥看是君家，
松柏冢累累。”
兔从狗窦入，
雉从梁上飞。
中庭生旅谷，
井上生旅葵。
舂谷持作饭，
采葵持作羹。
羹饭一时熟，
不知贻阿谁。
出门东向看，
泪落沾我衣。

【作者及背景】

乐府是自秦代以来设立的配置乐曲、训练乐工和采集民歌的专门官署，汉乐府指由汉时乐府机关所采制的诗歌。这些诗，原本在民间流传，经由乐府保存下来，汉人叫做“歌诗”，魏晋时始称“乐府”或“汉乐府”。后世文人仿此形式所作的诗，亦称

"乐府诗"。据《汉书·艺文志》载，"有代、赵之讴，秦、楚之风，皆感于哀乐，缘事而发，亦可以观风俗，知薄厚云"。可见这部分作品乃是汉乐府之精华。

北宋郭茂倩所编的《乐府诗集》现存汉乐府民歌40余篇，多为东汉时期作品，广泛而深刻地反映当时底层人民日常生活的艰难与痛苦，具有浓厚的生活气息，表现了激烈而直露的感情，形式朴素自然，句式以杂言和五言为主，语言清新活泼，长于叙事铺陈，为中国古代叙事诗奠定了基础。汉乐府是继《诗经》之后，古代民歌的又一次大汇集，不同于《诗经》(《诗经》亦是现实主义)，它开创了诗歌现实主义的新风。汉乐府民歌中女性题材作品占重要位置，它用通俗的语言构造贴近生活的作品，由杂言渐趋向五言，采用叙事写法，刻画人物细致入微，创造人物性格鲜明，故事情节较为完整，而且能突出思想内涵，着重描绘典型细节，开拓叙事诗发展成熟的新阶段，是中国诗史五言诗体发展的一个重要阶段。

【注释】

(1)始：才。

(2)归：回家。

(3)道逢：在路上遇到。

(4)道：路途。

(5)阿：在文章中是一个语音词。

(6)君：你，表示尊敬的称呼。

(7)遥看：远远地望去。

(8)松柏(bǎi)：松树、柏树。

(9)冢(zhǒng)：坟墓。

(10)累累：通"垒垒"，形容丘坟一个连一个的样子。

(11)狗窦(gǒu dòu)：给狗出入的墙洞。窦，洞穴。

(12)雉(zhì)：野鸡。

(13)中庭：屋前的院子。

(14)生：长。

(15)旅：旅生，植物未经播种而野生。

(16)旅谷：野生的谷子。

(17)旅葵(kuí)：野葵。

(18)舂(chōng)：把东西放在石臼或乳钵里捣掉皮壳或捣碎。

(19)持：用。

（20）作：当作。

（21）羹（gēng）：糊状的菜。

（22）一时：一会儿就。

（23）贻（yí）：送，赠送。

（24）沾：洒落。

【诗词鉴赏】

这是一首叙事诗，描绘了一个“少小离家老大回”的老兵返乡途中与到家之后的情景，抒发了这一老兵的情感，也反映了当时的社会现实，具有一定的典型意义。开篇就不同凡响：“十五从军征，八十始得归。”这两句，直言老兵“十五”岁从军，“八十”岁才回来，看似轻描淡写，像不经意间道来，实质上却耐人寻味，颇见功力。他“十五从军征”，奔赴何处，诗中未作说明；其军旅生活如何，战况如何，诗中也没有交代。这就给读者留下了众多想象的空间。但有一点是明确的，那就是他“从军征”，是出于战事，而且这一去就是几十年！“八十”与“十五”相对照，突出其“从军征”时间之长久；“始得归”与“从军征”相呼应，则表明他中途一直不曾回来。

《十五从军征》暴露了封建社会不合理的兵役制度，反映了劳动人民在当时黑暗的兵役制度下的不平和痛苦。作品真实、深刻，令人愤恨，催人泪下。

此诗围绕老兵的返乡经历和老兵的情感变化来谋篇布局，巧妙自然。其返乡经历是：始得归→归途中→返回家中→“出门东向看”。情感变化为：急想回家，急想知道“家中有阿谁？”，充满与亲人团聚的希望（归途中）→希望落空→彻底失望（返回家中，景象荒凉，了无一人）→悲哀流泪，心茫然（“出门东向看”）。这些又归结为表现揭露黑暗社会现实的诗之主题。全诗运用白描手法绘景写人，层次分明，语言质朴，且以哀景写哀情，情真意切，颇具特色，也颇能体现汉乐府即景抒情的艺术特点。

学生感悟： 不管什么时候，战争都会给人带来太多的痛苦和悲伤。因此，我们会一直维护和平，让千家万户都祥和安宁。

【学习启示】

情感的抒发与节制

情之范围颇为广大，与人之亲情、爱意、友谊，与己之自省、自怜、向上，与国之感慨、赞颂、敬仰。人生中总会有方方面面的事情涉及其内，表现形式也多种多样，无论是用缤纷的语言来抒发，抑或是在沉默中展现那份深沉的爱，都会为我们铺开一幅美丽的画卷，领略情的真谛。

人的一生每段经历都会对情做出回馈，相较于异国人浪漫开放的情怀，国人更喜欢那种内敛的表达，但在内敛之中好似又充满着力量。亲情可以是一顿佳肴，一种思念；爱情可以是一封诗书，一宿无眠；友情可以是一支柳条，一份寄托；自省可以是一纸心得，一声哀叹。只有从不同的情况和氛围中学会感受爱，抒发爱，“发乎情，止乎礼”，才会更恰当，更适合地享受爱。

生活中会有欢乐，那么请学会与他人分享，因为“独乐乐不如众乐乐”；有困难，积极寻找解决的方法，切莫停滞于此，不再前行；有烦恼，那么不妨学学古人，寻一处山清水秀，怡然自得的佳所，开阔胸怀，释放感情。

也许谈到爱国，范围有些广大，但是无国哪有家？只有学会爱国，爱家，爱人，爱己，才能把这一段人生过得鲜活无比，享受得淋漓尽致。

作为一名职校学生，面临的除了学习还有即将接触的真实社会，为了我们更好的未来，请摆好对“情”的心态。可以是“长风破浪会有时，直挂云帆济沧海”的壮志豪情，可以是“白日放歌须纵酒，青春作伴好还乡”的尽情畅快，也可以是“天生我材必有用，千金散尽还复来”的广阔胸怀，但是切莫留下“少壮不努力，老大徒伤悲”的悲哀。

寄　语

让礼仪成为自己的名片。
会说话也是一种技能。
不能不说，也不能多说。

第二篇

诗人的胸怀

Chapter 2

名句品读

《观沧海》 曹操 “日月之行，若出其中；星汉灿烂，若出其里。”

《短歌行》 曹操 “对酒当歌，人生几何？譬如朝露，去日苦多。慨当以慷，忧思难忘。何以解忧？唯有杜康。青青子衿，悠悠我心。”

《饮酒》 陶渊明 “采菊东篱下，悠然见南山。”

《归园田居》 陶渊明 “羁鸟恋旧林，池鱼思故渊。”

《送杜少府之任蜀州》 王勃 “海内存知己，天涯若比邻。”

《登幽州台歌》 陈子昂 “前不见古人，后不见来者。”

《春江花月夜》 张若虚 “人生代代无穷已，江月年年只相似。”

8. 观沧海

曹 操

东临碣石，以观沧海。水何澹澹，山岛竦峙。
树木丛生，百草丰茂。秋风萧瑟，洪波涌起。
日月之行，若出其中；星汉灿烂，若出其里。
幸甚至哉，歌以咏志。

【作者及背景】

曹操（155 年—220 年），一名吉利，字孟德，小名阿瞒，沛国谯县人。东汉末年杰出的政治家、军事家和诗人。著有《孙子略解》《兵书接要》等军事著作和《蒿里行》《观沧海》《薤露》《短歌行》《苦寒行》《碣石篇》《龟虽寿》等不朽诗篇。后人辑有《曹操集》。

《观沧海》是建安十二年（九月曹操北征乌桓，消灭了袁绍残留部队胜利班师途中登临碣石山时所作。这首四言诗借诗人登山望海所见到的自然景物，描绘了祖国河山的雄伟壮丽，既刻画了高山大海的动人形象，更表达了诗人豪迈乐观的进取精神，是建安时代描写自然景物的名篇，也是我国古典写景诗中出现较早的名作之一。

【注释】

（1）临：登上，有游览的意思。

（2）碣（jié）石：山名。碣石山，在现在河北昌黎。公元 207 年秋天，曹操征乌桓时经过此地。

（3）沧：通“苍”，青绿色。

（4）何：多么。

（5）澹澹（dàn dàn）：水波动荡的样子。

（6）竦峙（sǒng zhì）：高高耸立。竦 ，通“耸”，高。峙，挺立。

（7）萧瑟（xiāo sè）：草木被秋风吹的声音。

（8）洪波：汹涌澎湃的波浪。

（9）星汉：银河。

（10）幸甚至哉：庆幸得很，好极了。幸，庆幸。至，极点。甚，极其。

（11）咏：歌吟。咏志：表达心志。

（12）歌以咏志：以诗歌表达心志或理想。

【赏析】

从表达方式来看，这是一首写景抒情诗。“东临碣石，以观沧海”这两句话点明“观沧海”的位置：诗人登上碣石山顶，居高临海，视野寥廓，大海的壮阔景象尽收眼底。接下来十句描写，概由此拓展而来。“观”字起到统领全篇的作用，体现了这首诗意境开阔、气势雄浑的特点。

前四行诗句描写沧海景象，有动有静，如“秋风萧瑟，洪波涌起”与“水何澹澹”写的是动景，“树木丛生，百草丰茂”与“山岛竦峙”写的是静景。《观沧海》选自《乐府诗集》，这是乐府诗《步出夏门行》中的第一章。

“水何澹澹，山岛竦峙”是望海初得的大致印象，像绘画的粗线条。这两句写出了大海远景的一般轮廓，在这水波“澹澹”的海上，最先映入眼帘的是那突兀耸立的山岛，它们点缀在平阔的海面上，使大海显得神奇壮观。

“树木丛生，百草丰茂。秋风萧瑟，洪波涌起。”虽然已到秋风萧瑟，草木摇落的季节，但岛上树木繁茂，百草丰美，给人诗意盎然之感。定神细看，在秋风萧瑟中的海面竟是洪波巨澜，汹涌起伏。这儿，虽是秋天的典型环境，却无萧瑟凄凉的悲秋意绪。作者面对萧瑟秋风，极写大海的辽阔壮美：在秋风萧瑟中，大海汹涌澎湃，浩渺接天；山岛高耸挺拔，草木繁茂，没有丝毫凋衰感伤的情调。这种新的境界，新的格调，正反映了他“老骥伏枥，志在千里”的“壮志”胸怀。

“日月之行，若出其中；星汉灿烂，若出其里。”写出了作者曹操的壮志情怀。这四句则联系廓落无垠的宇宙，纵意宕开大笔，将大海的气势和威力凸显在读者面前：茫茫大海与天相接，空蒙浑融；在这雄奇壮丽的大海面前，日、月、星、汉（银河）都显得渺小了，它们的运行，似乎都由大海自由吐纳。诗人在这里描写的大海，既是眼前实景，又融进了自己的想象和夸张，展现出一派吞吐宇宙的宏伟气象。这种“笼盖吞吐气象”是诗人“眼中”景和“胸中”情交融而成的艺术境界。言为心声，如果诗人没有宏伟的政治抱负，没有建功立业的雄心壮志，没有对前途充满信心的乐观气度，那是无论如何也写不出这样壮丽的诗境来的。

“幸甚至哉，歌以咏志。”这是合乐时的套语，与诗的内容无关，也指出这是乐府唱过的。

学生感悟：曹操真是一位充满豪气的大英雄！

9. 短歌行

曹　操

对酒当歌，人生几何？譬如朝露，去日苦多。
慨当以慷，忧思难忘。何以解忧？唯有杜康。
青青子衿，悠悠我心。但为君故，沉吟至今。
呦呦鹿鸣，食野之苹。我有嘉宾，鼓瑟吹笙。
明明如月，何时可掇？忧从中来，不可断绝。
越陌度阡，枉用相存。契阔谈䜩，心念旧恩。
月明星稀，乌鹊南飞。绕树三匝，何枝可依？
山不厌高，水不厌深。周公吐哺，天下归心。

【写作背景】

曹操平定了北方割据势力，控制了朝政。他又亲率八十三万大军，直达长江北岸，准备渡江消灭孙权和刘备，进而统一全中国。建安十三年（公元208年），冬十一月十五日，天气晴朗，风平浪静，曹操下令：“今晚在大船上摆酒设乐，款待众将。”到了晚上，天空的月亮非常明亮，长江宛如横飘的一条素带。再看船上众将，个个锦衣绣袄，好不威风。曹操告诉众将官：我自起兵以来，为国除害，扫平四海，使天下太平。现在只有南方我还没得到，今天请你们来，为我统一中国同心协力，日后天下太平，我们共享荣华富贵。文武们都站起来道谢，曹操非常高兴，先以酒奠长江，随后满饮三大杯。并横槊告诉众将说：我拿此槊破黄巾，擒吕布，灭袁术，收袁绍，深入塞北，直达辽东，纵横天下，颇不负大丈夫之志，在这良辰美景，我作歌，你们跟着和。接着，他唱曰：“对酒当歌，人生几何……绕树三匝，何故可依，山不厌高，水不厌深，周公吐哺，天下归心。”

【注释】

（1）《短歌行》，汉乐府旧题，属《相和歌辞·平调曲》，似乎用于宴会场合。

（2）慨当以慷：“慷慨”的间隔用法。当以，没有实在意义。此句指宴会上歌声慷慨激昂。

（3）何以：用什么。杜康，传说中的造酒始祖，一说周代人，一说黄帝时代人，此处为酒的代称。

（4）青青子衿：引用《诗经·郑风·子衿》中的成句。“青衿”，周代读书人的服装，这里指代有学问的人。“悠悠”，长久的样子，形容思念之情。《诗经》原诗后两句是：“纵我不往，子宁不嗣音？”意为：虽然我不能去找你，你为什么不主动给我音信？曹操由于事实上不可能一个一个地去找那些贤才，所以他使用这种含蓄的话来提醒他们，希望贤才主动来归。

（5）君：指所思念的人。沉吟，低声叨念，表示渴念。这两句意思是：只因为你的缘故，让我渴念到如今。以女子对心爱的男子的思念比喻自己对贤才的渴求。

（6）苹：艾蒿。这四句引自《诗经·小雅·鹿鸣》，《鹿鸣》是一首描写贵族盛宴热情款待尊贵客人的诗歌。前两句起兴，意思是：野鹿呦呦呦呦地叫，欢快地吃着野地里的艾蒿。以下各句描写宾客欢宴的场面，这里引用的两句意思是：我有许多尊贵的客人，席间弹起琴瑟，吹起笙乐。诗人引用这几句诗，表示自己对贤才的热情。

（7）掇：拾取，摘取。一作“辍”，停止。这四句意思是：明月什么时候才能摘取呢？这不可能，它的运行是永不停止的，如我的忧思永不断绝。

（8）陌、阡：都是指田间小路，东西向叫“陌”，南北向叫“阡”。越陌度阡，成语，古谚：“越陌度阡，更为客主。”枉，枉驾，屈驾。用，以。存，探问，问候。此处意为客人远道来访。契，投合。阔，疏远。契阔，久别重逢。讌，通“宴”。旧恩，指往日的情谊。主客久别重逢，欢快畅谈，念念不忘往日的情谊。描写贤才既得，喜不自胜，欢乐无穷的情景。

（9）匝：周，圈。意思是：明月朗朗星星稀，乌鸦向南高高飞。绕树飞了多少圈，不知哪根树枝可栖息。清人沈德潜在《古诗源》中说：“月明星稀四句，喻客子无所依托。”即是说那些贤才在三国鼎立的局面下无所适从，不知道投靠到谁的门下。

（10）前两句借用《管子·形解》中的话：“海不辞水，故能成其大；山不辞土，故能成其高；明主不厌人，故能成其众；士不厌学，故能成其圣。”后两句借用典故，据《史记·鲁周公世家》记载，周公说自己“一沐三捉发，一饭三吐哺，起以待士，犹恐失天下之贤人”。这四句意思是：山不以它的高而满足，海不以它的深而满足。周公热切殷勤地接待贤才，使天下的人才都能心悦诚服地来归顺。诗人以周公自比，表明自己决心礼贤下士，希望贤才全部归己，帮助自己建功立业，统一天下。

【赏析】

这首诗是曹操的代表作之一。诗中抒发渴望招纳贤才、建功立业的宏图大愿。本诗用四言体写来，内容深厚，庄重典雅，感情充沛。诗的开头情绪稍嫌低沉，但整首诗的基调还是昂扬奋发的，在这点上和《龟虽寿》有点类似。按诗意划分，每八句一节，共四节。前八句为第一节，诗人对人生的短暂发出感慨和忧愁，并要借酒来浇愁。表面看是写个人的感慨和忧愁，仿佛要放浪形骸，及时行乐，其实是写一个大政治家祈求建功立业的广阔胸怀。“朝露”之比，形象鲜明，意蕴深刻，富有哲理。 总之，第一节的节意可以用一个“愁”字来概括。 接下来“青青子衿”以下八句为第二节，情味更加深厚缠绵了。“青青子衿”二句是《诗经·郑风·子衿》中的原句，其中第一章的四句是：“青青子衿，悠悠我心。纵我不往，子宁不嗣音？”诗人用这句诗句，是表达对贤才的渴求。诗句语气婉转，情味深细，表达了诗人内心深处的活动，这也是他原来颁布的《求贤令》之类的政治文件所不能达到的效果。接下来又引用《诗经·小雅·鹿鸣》中的四句，描写宾主欢宴的情景，意思是说只要你们来到我这里，我是一定会待以“嘉宾”之礼的，我们是能够欢快融洽地相处合作的。总之，诗人引用古诗自然妥帖，宛如己出，恰到好处地表达了心愿。“明明如月”以下八句为第三节，这八句是对前两节十六句的强调和照应。也就是说，从“明明如月”开始的四句说忧愁，强调和照应第一节；从“越陌度阡”开始的四句说礼遇贤才，强调和照应第二节。如此强调照应，使全诗有低昂抑扬、反复咏叹的效果。“明明如月，何时可掇”是说，天上的明月何时才会停止运行呢？比喻意是，我求贤如渴之心有如天上的明月，天地人共鉴，这颗心是永远不会止息的。最后“月明星稀”以下八句为第四节，求贤如渴的思想感情进一步加深。“月明”四句既是准确而形象的写景笔墨，也有比喻的深意。清人沈德潜《古诗源》中说：“月明星稀四句，喻客子无所依托。”实际上是说那些犹豫不决的人才，在三国鼎立的局面下一时无所适从。诗人以乌鸦绕树、“何枝可依”的情景来启发他们，不要三心二意，要善于择枝而栖，赶紧到我这边来。最后“周公”四句画龙点睛，明明白白，披肝沥胆，希望人才都来归顺我曹操，点明了全诗的主旨。关于“周公吐哺”的典故，据说周公自言：“吾文王之子，武王之弟，成王之叔父也；又相天下，吾于天下亦不轻矣。然一沐三握发，一饭三吐哺，犹恐失天下之士。”这话似也表达诗人心情。也有一种理解，说这句话不吉利，因为“乌鹊”本就是个不好的意象，而“何枝可依”更暗示了曹操后来的失败。总体来说，这首诗巧用典故和比兴的手法，像曹操的其他政治性很强的诗作一样，主要是他当时渴求实现政治理想的一种曲折反映。然而这种政治性的东西完全熔铸在抒情艺术当中，以情理景完美统一的方式表现出来了。

学生感悟：曹操重视人才的观念，今天依然重要呀。

10. 饮酒

陶渊明

结庐在人境，而无车马喧。
问君何能尔，心远地自偏。
采菊东篱下，悠然见南山。

山气日夕佳，飞鸟相与还。
此中有真意，欲辨已忘言。

【作者及背景】

陶渊明（约 365 年—427 年），字元亮，号五柳先生，谥号靖节先生，入刘宋后改名潜。东晋末期南朝宋初期诗人、文学家、辞赋家、散文家。东晋浔阳柴桑人。曾做过几年小官，后辞官回家，从此隐居，田园生活是陶渊明诗的主要题材，相关作品有《饮酒》《归园田居》《桃花源记》《五柳先生传》《归去来兮辞》《桃花源诗》等。他还是田园派的创始人。

陶渊明因不满官场的黑暗，政治上的腐败，41 岁弃官归田，回柴桑归隐。此后直至他逝世的 23 年间，以耕读自娱，未再入仕。陶诗以其冲淡清远之笔，写田园生活、墟里风光，为诗歌开辟一个全新境界。

此诗大约作于晋安帝义熙十二三年间，是陶渊明的重要代表作。《饮酒》组诗共二十首，此为第五首。前有小序，说明全是醉后的作品，不是一时所写，并无内在联系，兴至挥毫，独立成篇。这首主要表现隐居生活的情趣，于劳动之余，饮酒致醉之后，在晚霞的辉映下，在山岚的笼罩中，采菊东篱，遥望南山，此时情味，何其深永！陶诗的一大特色就是朴厚，感觉和情理浑然一体，不可分割。他常常用“忘言”“忘怀”等词语阻断对情理规律的探索和揭示，这或许就是诗歌回归自然的一种表现。

【注释】

（1）结庐：构筑房舍。结，建造、构筑。庐，简陋的房屋。人境：人聚居的地方。

（2）问君二句：设为问答之辞，意谓思想远离尘世，虽处喧嚣之境也如同住在偏僻之地。君：陶渊明自谓。

（3）尔：如此，这样。

（4）山气二句：意谓傍晚山色秀丽，飞鸟结伴而还。日夕，傍晚。相与，相交、结伴。

（5）此中二句：意谓此中含有人生的真义，想辨别出来，却忘了如何用语言表达。

（6）见：通常读作 xiàn，但有时也被人读作 jiàn。（学术界仍无确切定论，但大部分学者认为 xiàn 更好，仿佛南山出现在眼前。如：风吹草低见牛羊）

（7）悠然：悠然自得的样子。南山：指庐山。因采菊而见山，境与意会，此句最有妙处。

（8）欲辨已忘言：想要辨识却不知怎样表达。辨，辨识。

（9）无车马喧：没有车马的喧闹声。指没有世俗的交往。

（10）心远：心远远地超脱世俗。

（11）山气：指山景。

（12）真意：指人生的真正意义。

（13）言：名词作动词，用言语表达。

【赏析】

这首诗感情非常率真，一切都自然。开头说“结庐在人境，而无车马喧”，把自己的房子建筑在人世间，可是听不到车马的喧闹，但“在人境”一定会有“车马喧”，为什么没有“车马喧”呢？他自问，说“问君何能尔”，就是我问你是什么原因能够达到这样的地步呢？下面他答道“心远地自偏”。“心远地自偏”对我们今天也不无启发，我们今天生活在一个非常现代化、非常喧闹的社会当中，我们已经不可能像陶渊明时代那样隐居到山林里面去。我们在这个非常热闹的现实当中，只要我们每个人的心远离了一些名利、一些物质的追求，远离了一些世俗的官场，那么我们住的地方也会变得偏僻起来，我们的心情也会变得宁静起来。我们也会克服一些浮躁的情绪，这样使自己变得非常的宁静，这对于我们自己人生的修养，对于我们社会的安宁都是很有好处的。“采菊东篱下，悠然见南山”是陶渊明非常有名的咏菊的诗歌，“采菊东篱下”是一俯，“悠然见南山”是一仰，在“采菊东篱下”的不经意间抬起头来看南山，那秀丽的南山就是庐山，他家乡的庐山，一下就扑进了他的眼帘，所以这个“见”字用得非常好。苏东坡曾经说，如果把这个“见”南山改成“望”南山，则一片神气都索然矣。下面又说“山气日夕佳，飞鸟相与还”，就是说山里面自然的景观早晨和晚上都非常好，在傍晚时分飞鸟呼朋唤侣结伴而归，在这个很自然的气氛中飞鸟就回到鸟巢中去了。然后从这样一种非常自然的、非常率真的意境中，陶渊明感受到人生的某一种境地。但是这样一种非常微妙的境地，是难以用语言来表达的，只可意会不可言传，所以“欲辨已忘言”了。

学生感悟： 我觉得如今我们更需要像陶渊明一样悠然的心态，才能更好地构建和谐社会。

11. 归园田居（其一）

陶渊明

少无适俗韵，性本爱丘山。
误落尘网中，一去三十年。
羁鸟恋旧林，池鱼思故渊。
开荒南野陈，守拙归园田。
方宅十余亩，草屋八九间。
榆柳荫后檐，桃李罗堂前。
暖暖远人村，依依墟里烟。
狗吠深巷中，鸡鸣桑树颠。
户庭无尘杂，虚室有余闲。
久在樊笼里，复得返自然。

【作者及背景】

晋义熙二年，亦即陶渊明辞去彭泽令后的次年，诗人写下了《归园田居》五首著名诗篇。这是诗人辞旧我的别词，迎新我的颂歌。它所反映的深刻思想变化，它所表现的精湛圆熟的艺术技巧，不仅为历来研究陶渊明的学者所重视，也使广大陶诗爱好者为之倾倒。

【注释】

（1）适俗：适应世俗。韵：情调、风度。

（2）尘网：官府生活污浊而又拘束，犹如网罗。这里指仕途、官场。

（3）三十年：吴仁杰认为当作“十三年”。陶渊明自太元十八年（393 年），初仕为江州祭酒，到义熙元年（405 年）辞彭泽令归田，恰好是十三个年头。

（4）羁鸟：笼中之鸟。池鱼：池塘之鱼。鸟恋旧林、鱼思故渊，借喻自己怀恋旧居。

（5）南野：一本作南亩。际：间。

（6）守拙：守正不阿。潘岳《闲居赋序》有“巧官”“拙官”二词，巧官即善于钻营，拙官即一些守正不阿的人。守拙的含义即守正不阿，可解释为固守自己愚拙的本性。

（7）方：读作“旁”。这句是说住宅周围有土地十余亩。

（8）暧暧：暗淡的样子。

（9）依依：轻柔的样子。墟里：村落。

（10）“狗吠”二句全是化用汉乐府《鸡鸣》篇的“鸡鸣高树颠，犬吠深宫中”之意。

（11）户庭：门庭。尘杂：尘俗杂事。

（12）虚室：闲静的屋子。余闲：闲暇。

（13）樊：栅栏。樊笼：蓄鸟工具，这里比喻仕途、官场。返自然：指归耕园田。这两句是说自己像笼中的鸟一样，重返大自然，获得自由。

【赏析】

本篇是《归园田居》五首中的第一首。诗歌描写了诗人重归田园时的新鲜感受和由衷喜悦。在诗人的笔下，田园是与浊流纵横的官场相对立的理想洞天，寻常的农家景象无不是现出迷人的诗情画意。诗人在用白描的手法描绘田园风光的同时，也巧妙地在其间融入自己的生活理想、人格情操。如果说那洒遍浓荫的庭院就像是诗人“复得返自然”之后的恬静心境，那么在村落上空缓缓弥漫的炊烟就像是诗人对故乡田园的依恋之情。甚至那几声最普通不过的鸡鸣狗吠，也以其特有的乡土气息，传达着诗人对淳朴、宁静的生活理想的追求。以田园之景写胸中之意，是此诗的显著特色。这首诗显现的画面很有层次。近处，宅院、林木，亲切可即；远处，村落、炊烟，给人以悠长的遐思。一近一远，使画面具有纵深感。诗歌的语言就像那茅舍一样质朴无华；其间的意趣就像那缕炊烟一般飞扬。诗人以叙家常的笔调吐露胸襟，整首诗宛如一条涓涓溪流，以其从容不迫的流动，将作者带入一个“豪华落尽见真淳”的艺术境界。诗人采用了一种与朴实纯厚的田园生活本身完全谐调的艺术形式，从而使诗歌具有自然真挚之美。这正是陶诗独具的魅力。

学生感悟：淳朴的田园生活，让人陶醉其中。

12. 送杜少府之任蜀州

王　勃

城阙辅三秦，风烟望五津。与君离别意，同是宦游人。

海内存知己，天涯若比邻。无为在歧路，儿女共沾巾。

【作者及背景】

王勃（649 年或 650 年—675 年或 676 年），唐代诗人，字子安，著有《滕王阁序》。绛州龙门人。王勃的祖父王通是隋末著名学者，号文中子。父亲王福畤历任太常博士、雍州司功等职。与杨炯、卢照邻、骆宾王齐名，齐称“初唐四杰”，其中王勃是“初唐四杰”之冠。

《送杜少府之任蜀州》是他在长安的时候写的。“少府”，是唐朝对县尉的通称。这位姓杜的少府将到四川去上任，王勃在长安相送，临别时赠送给他这首送别诗。

【注释】

（1）本文选自《王子安集》(《四部丛刊》本)。

（2）少府：官名。

（3）蜀州：现在四川崇州。也作蜀川。

（4）城阙（què）：皇宫门前的望楼，往往被用来代表京都。这里指唐朝都城长安。

（5）辅：以……为辅。这里是拱卫的意思。

（6）三秦：这里泛指秦岭以北、函谷关以西的广大地区。本指长安周围的关中地区，秦亡后，项羽三分秦故地关中为雍、塞、翟三国，以封秦朝三个降将，因此关中又称“三秦”。

（7）风烟望五津：“风烟”两字名词用作状语，表示行为的处所，全句意思是在风烟迷茫之中，遥望蜀州。

（8）五津：指岷江的五个渡口白华津、万里津、江首津、涉头津、江南津。这里泛指蜀州。

（9）君：对人的尊称，这里指“你”。

（10）宦（huàn）游：出外做官。

（11）海内：四海之内，即全国各地。古人认为陆地的四周都为大海所包围，所以称天下为四海之内。

（12）天涯：天边，这里比喻极远的地方。

（13）比邻：并邻，近邻。

（14）无为：不必，无须。

（15）歧路：岔路。古人送行常在大路分岔处告别。

（16）沾巾：泪水沾湿衣服和腰带，意思是挥泪告别。

【赏析】

首联“城阙辅三秦，风烟望五津”，写送别之地长安被辽阔的三秦地区所“辅”，突出了雄浑阔大的气势。第二句点出友人“之任”的处所——风烟迷蒙的蜀地。诗人巧用一个“望”字，将秦蜀二地联系起来，好似诗人站在三秦护卫下的长安，遥望千里之外的蜀地，这就暗寓了惜别的情意。“望”字不仅拓宽了诗的意境，使读者的视野一下子铺开，而且在心理上拉近了两地的距离，使人感觉到既然“五津”可望，那就不必为离别而忧伤。这一开笔创造出雄浑壮阔的气象，使人有一种天空寥廓、意境高远的感受，为全诗锁定了豪壮的感情基调。颔联“与君离别意，同是宦游人”，诗人劝慰友人：我和你都是远离故土、宦游他乡的人，离别乃常事，何必悲伤呢？此次友人孤身前往蜀地，远走天涯，举目无亲，更觉惆怅，作者在这里用两人处境相同、感情一致来宽慰朋友，借以减轻他的悲凉和孤独之感。惜别之中显现出诗人胸襟的阔大。颈联“海内存知己，天涯若比邻”，把前面淡淡的伤离情绪一笔宕开。诗人设想别后：只要我们声息相通，即使远隔天涯，也犹如近在咫尺。这与一般的送别诗情调不同，含义极为深刻，既表现了诗人乐观宽广的胸襟和对友人的真挚情谊，也道出了诚挚的友谊可以超越时空界限的哲理，给人以莫大的安慰和鼓舞，因而成为脍炙人口的千古名句。尾联“无为在歧路，儿女共沾巾”，慰勉友人不要像青年男女一样，为离别泪湿衣巾，而要心胸豁达，坦然面对，足见情深意长。同时，全诗气氛变悲凉为豪放。

这首诗四联均紧扣“离别”起承转合，诗中的离情别意及友情，既得到了展现，又具有深刻的哲理、开阔的意境、高昂的格调，不愧为古代送别诗中的上品。

学生感悟：人生能够拥有几个知心朋友是一件多么幸福的事情啊！

13. 登幽州台歌

陈子昂

前不见古人，后不见来者。
念天地之悠悠，独怆然而涕下。

【作者及背景】

陈子昂（659 年—700 年），初唐著名诗人、文学家。字伯玉，梓州射洪人。唐睿高宗文明元年进士，官至右拾遗，后世称为陈拾遗。他论诗标榜汉魏风骨，反对齐梁绮靡文风，所作诗歌以三十八首《感遇诗》最为杰出，诗风质朴浑厚，受到杜甫、韩愈、元好问等后代诗人的高度评价。

这首诗写于万岁通天元年，契丹李尽忠、孙万荣等攻陷营州。武则天委派武攸宜率军征讨，陈子昂在武攸宜幕府担任参谋，随军出征。武攸宜为人轻率，少谋略。次年兵败，情况紧急，陈子昂请求遣万人作前驱以击敌，武不允。稍后，陈子昂又向武进言，不听，反把他降为军曹。诗人接连受到挫折，眼看报国宏愿成为泡影，因此登上蓟北楼（即幽州台、黄金台，遗址在今北京市），慷慨悲吟，写下了《登幽州台歌》以及《蓟丘览古赠卢居士藏用七首》等诗篇。从这首流传千古的《登幽州台歌》，可以看出诗人孤独遗世、独立苍茫的落寞情怀。

【注释】

（1）幽州台：蓟北楼，故址在今北京市大兴。燕昭王为招纳天下贤士而建。

（2）前：向前看。

（3）古人、来者：那些能够礼贤下士的贤明君主，指燕昭王。

（4）念：想到。

（5）悠悠：形容时间的久远和空间的广大。

（6）怆（chuàng）然：悲伤的样子。

（7）涕：古时指眼泪，此指流泪。涕下:流眼泪。

【赏析】

“前不见古人，后不见来者。”这里的古人是指古代那些能够礼贤下士的贤明君主。《蓟丘览古赠卢居士藏用》与《登幽州台歌》是同时之作，其内容可资参证。《蓟丘览古》七首，对战国时代燕昭王礼遇乐毅、郭隗，燕太子丹礼遇田光等历史事迹，表示无限钦慕。但是，像燕昭王那样前代的贤君既不复可见，后来的贤明之主也来不及见到，自己真是生不逢时；当登台远眺时，只见茫茫宇宙，天长地久，不禁感到孤单寂寞，悲从中来，怆然流泪了。因此以“山河依旧，人物不同”来抒发自己“生不逢辰”的哀叹。这里有对时世的感伤，也有诗人对诗坛污浊的憎恶。诗人看不见前古贤人，古人也没来得及看见诗人；诗人看不见未来英杰，未来英杰同样看不见诗人，诗人所能看见以及能看见诗人的，只有眼前这个时代。这首诗以慷慨悲凉的调子，表现了诗人失意的境遇和寂寞苦闷的情怀。这种悲哀常常为旧社会许多怀才不遇的士人所共有，因而获得广泛的共鸣。

这首诗没有对幽州台作一字描写，而只是登台的感慨，却成为千古名篇。诗篇风格明朗刚健，是具有“汉魏风骨”的唐代诗歌的先驱之作，对扫除齐梁浮艳纤弱的形式主义诗风具有拓疆开路之功。在艺术上，其意境雄浑，视野开阔，使得诗人的自我形象更加鲜亮感人。全诗语言奔放，富有感染力，虽然只有短短四句，却在人们面前展现了一幅境界雄浑、浩瀚空旷的艺术画面。诗的前三句粗笔勾勒，以浩茫宽广的宇宙天地和沧桑易变的古今人事作为深邃、壮美的背景加以衬托。第四句饱蘸感情，凌空一笔，使抒情主人公——诗人慷慨悲壮的自我形象站到了画面的主位上，画面顿时神韵飞动，光彩照人。

从结构脉络上说，前两句是俯仰古今，写出时间的绵长；第三句登楼眺望，写空间的辽阔无限；第四句写诗人孤单悲苦的心绪。这样前后相互映照，格外动人。在用词造语方面，此诗深受《楚辞》特别是其中《远游》篇的影响。《远游》有云："唯天地之无穷兮，哀人生之长勤。往者余弗及兮，来者吾不闻。"此诗语句即从此化出，然而意境却更苍茫遒劲。同时，在句式方面，采取了长短参错的楚辞体句法。上两句每句五字，三个停顿，其式为：前——不见——古人，后——不见——来者；后两句每句六字，四个停顿，其式为：念——天地——之——悠悠，独——怆然——而——涕下。前两句音节比较急促，传达了诗人生不逢时、抑郁不平之气；后两句各增加了一个虚字，多了一个停顿，音节就比较舒徐流畅，表现了他无可奈何、曼声长叹的情景。全篇前后句法长短不齐，音节抑扬变化，互相配合，增强了艺术感染力。

学生感悟： 感慨于诗人旷达的胸襟，前不见古人，后不见来者，真是千古绝唱！

14. 春江花月夜

张若虚

春江潮水连海平，海上明月共潮生。滟滟随波千万里，何处春江无月明。
江流宛转绕芳甸，月照花林皆似霰。空里流霜不觉飞，汀上白沙看不见。
江天一色无纤尘，皎皎空中孤月轮。江畔何人初见月？江月何年初照人？
人生代代无穷已，江月年年只相似。不知江月待何人，但见长江送流水。
白云一片去悠悠，青枫浦上不胜愁。谁家今夜扁舟子？何处相思明月楼？
可怜楼上月徘徊，应照离人妆镜台。玉户帘中卷不去，捣衣砧上拂还来。
此时相望不相闻，愿逐月华流照君。鸿雁长飞光不度，鱼龙潜跃水成文。
昨夜闲潭梦落花，可怜春半不还家。江水流春去欲尽，江潭落月复西斜。
斜月沉沉藏海雾，碣石潇湘无限路。不知乘月几人归，落月摇情满江树。

【作者及背景】

张若虚（约660年—720年），初唐诗人，扬州人，曾任兖州兵曹。生卒年、字号均不详。事迹略见于《旧唐书·贺知章传》。中宗神龙（705年—707年）中，与贺知章、贺朝、万齐融、邢巨、包融俱以文词俊秀驰名于京都，与贺知章、张旭、包融并称“吴中四士”。玄宗开元时尚在世。张若虚的诗仅存两首于《全唐诗》中。其中《春江花月夜》是一篇脍炙人口的名作，它沿用陈隋乐府旧题，抒写真挚动人的离情别绪及富有哲理意味的人生感慨，语言清新优美，韵律宛转悠扬，洗去了宫体诗的浓脂艳粉，给人以澄澈空明、清丽自然的感觉。流传诗仅存两首：《春江花月夜》、《代答闺梦还》。

【注释】

（1）滟（yàn）滟：波光闪动的光彩。

（2）芳甸（diàn）：遍生花草的原野。

（3）霰（xiàn）：天空中降落的白色不透明的小冰粒。

（4）流霜：飞霜，古人以为霜和雪一样，是从空中落下来的，所以叫流霜。在这里比喻月光皎洁，月色朦胧、流荡，所以不觉得有霜霰飞扬。

（5）江月年年只相似：另一种版本为“江月年年望相似”。

（6）青枫浦上：青枫浦，地名，今湖南浏阳县境内有青枫浦。这里泛指游子所在的地方。浦上：水边。

（7）明月楼：月夜下的闺楼。这里指闺中思妇。

（8）玉户：形容楼阁华丽，以玉石镶嵌。

（9）捣衣砧（zhēn）：捣衣石、捶布石。

（10）复西斜：此中“斜”应押韵读作“xiá”。

（11）潇湘：湘江与潇水。

（12）碣石、潇湘：泛指天南地北。

（13）无限路：极言离人相距之远。

（14）摇情：激荡情思，犹言牵情。

【赏析】

这首诗以写月作起，以写月落结，把从天上到地下这样寥廓的空间，从明月、江流、青枫、白云到水纹、落花、海雾等众多的景物，以及客子、思妇种种细腻的感情，通过环环紧扣、连绵不断的结构方式组织起来。由春江引出海，由海引出明月，又由江流明月引出花林，引出人物，转情换意，前后呼应，若断若续，使诗歌既完美严密，又有反复咏叹的艺术效果。前半部分重在写景，是写实，但如“何处春江无月明”“空里流霜不觉飞”等句子，同时也体现了人物的想象和感觉。后半部分重在抒情，这情是在景的基础上产生的，如长江流水、青枫白云、帘卷不去、拂砧还来等句，景中亦自有情，结尾一句，更是情景交融的名句。全篇有情有景，亦情亦景，情景交织成有机整体。诗歌写了许多色彩鲜明的形象，如皎月、白沙、白云、青枫等，这些景物共同造成了柔和静谧的诗境，这种意境与所抒发的绵邈深挚的情感，十分和谐统一。诗歌每四句一换韵，平仄相间，韵律宛转悠扬。为了与缠绵的情感相适应，语言采用了一些顶针连环句式，如“春江潮水连海平，海上……”“江月何年初照人？人生……”“何处相思明月楼，可怜楼上……”“江潭落月复西斜，斜月……”。一唱三叹，情味无穷。对偶句的使用如“谁家今夜扁舟子？何处相思明月楼？”“鸿雁长飞光不度，鱼龙潜跃水成文”等。句中平仄的讲求如“滟滟随波千万里，何处春江无月明？江流宛转绕芳甸，月照花林皆似霰”，平仄变换与律诗相同，使诗歌语言既抑扬顿挫，又清新流畅。“暮江平不动，春花满正开。流波将月去，潮水带星来。”杨广此首借题生义，一扫艳媚。黄昏远眺长江岸，暮霭沉沉，江水浩渺。“平不动”是水波不兴。江面平坦宁静，江边春花如火，开得满满当当。他写春夜潮生，江水滔滔。“将月去”“带星来”将水波激荡、月星交辉的情景写得极宏大，于写景的壮阔中写出了时间的流逝。寥寥四句诗，将春江花月夜收纳其间，绘出一幅江月胜景图。“流波将月去，潮水带星来”，缓缓读来，如欣赏清秋月夜之画，风致婉然。此句好在平实，一个“将”字，一个“带”

字，都是比较虚的动词，不会破了月明星稀的安稳美感。

总而言之，诗人凭借对春江花月夜的描绘，尽情赞叹大自然的绮丽景色，讴歌人间的纯洁爱情，把游子对思妇的同情扩大开来，与对人生哲理的追求、对宇宙奥秘的探索结合起来，从而汇成一种情、景、理水乳交融的优美而邈远的意境。

学生感悟：一幅情景交融的画面，让人不禁陶醉其中。

【学习启示】

诗人的胸怀

有人曾经说过，世界上什么最大？陆地。什么比陆地大？海洋。什么比海洋大？天空。什么比天空大？是诗人的胸怀。是啊，诗人的胸怀不仅能容纳七情六欲，而且能容纳百川和苍穹。

诗人王勃在送友人时，慰勉友人，要心胸豁达，坦然面对离别，意味深长地道出："无为在歧路，儿女共沾巾。"而"海内存知己，天涯若比邻"更是他乐观、宽广的胸怀的体现。漫漫长路，不知王勃的朋友听了他的话，是否能以开朗的心态走完他的旅途。而面对历史和未来这更广更长的路，陈子昂为自己生不逢时慨叹道："前不见古人，后不见来者。"可见宇宙时空也被他装入胸中。

古往今来，建功立业者的胸怀通常是博大的。曹操诗"日月之行，若出其中；星汉灿烂，若出其里。"写出了大海的气势磅礴，与天相接，日月星汉都渺小了，由大海吐纳，展现出尽吐宇宙的宏伟气象，可见诗人壮志雄心，心怀自然。与之相比，陶渊明却把自己完全融入自然。41 岁的陶渊明因不满官场上的黑暗，弃官归田，"采菊东篱下，悠然见南山"正是他"忘怀"的写照，我们不得不说陶渊明胸怀更加豁达。

张若虚的《春江花月夜》全篇收放，皆关花月。在一个美丽的夜月里，诗人对此美景良辰，徘徊江畔，神游万里，遐想联翩，诗情如潮，难以自抑。景语情语如歌，缠绵悱恻，然而气象宏伟。清丽之笔，点染出春花绝丽皓月千古，所以更加展示出诗人的情怀。

寄　　语

谨慎听取他人意见。

退一步并不等同于懦弱。

第 三 篇

人和自然的融合

Chapter 3

名句品读

《望月怀远》 张九龄 “海上生明月，天涯共此时。”

《过故人庄》 孟浩然 “待到重阳日，还来就菊花。”

《芙蓉楼送辛渐》 王昌龄 “洛阳亲友如相问，一片冰心在玉壶。”

《凉州词》 王翰 “醉卧沙场君莫笑，古来征战几人回？”

《登鹳雀楼》 王之涣 “欲穷千里目，更上一层楼。”

《出塞》 王昌龄 “但使龙城飞将在，不教胡马度阴山。”

《次北固山下》 王湾 “海日生残夜，江春入旧年。”

15. 望月怀远

张九龄

海上生明月，天涯共此时。
情人怨遥夜，竟夕起相思。
灭烛怜光满，披衣觉露滋。
不堪盈手赠，还寝梦佳期。

【作者及背景】

张九龄（678 年—740 年），又名博物，字子寿，韶州曲江（今广东省韶关市）人，唐中宗景龙初年进士，唐玄宗开元时历官中书侍郎、同中书门下平章事、中书令，唐代有名的贤相；举止优雅、风度不凡。自张九龄去世后，唐玄宗对宰相推荐之士，总要问："风度得如九龄否？"因此一直为后世人所崇敬仰慕。

张九龄诗歌成就颇高，独具"雅正冲淡"的神韵，写出了不少留存后世的名诗，并对岭南诗派的开创起了启迪作用。他才思敏捷，文章高雅，诗意超群，其《感遇》《望月怀远》等更为千古传颂之诗。有《曲江集》二十卷传世。张九龄的诗早年词采清丽，情致深婉，为诗坛前辈张说所激赏。被贬后风格转趋朴素遒劲，是一位伟大的诗人。

【注释】

（1）情人：多情的人，指作者自己。

（2）遥夜：长夜。怨遥夜：因离别而幽怨失眠，以至抱怨夜长。

（3）竟夕：终宵，即一整夜。

（4）怜：爱。滋：湿润。怜光满：爱惜满屋的月光。

（5）盈手：双手捧满之意。盈：满（指那种满当当的充盈的状态）。

【赏析】

这是一首月夜怀念远人的诗。起句“海上生明月”意境雄浑阔大，是千古佳句。它和谢灵运的“池塘生春草”，鲍照的“明月照积雪”，谢朓的“大江流日夜”以及作者自己的“孤鸿海上来”等名句一样，看起来平淡无奇，没有一个奇特的字眼，没有一分点染的色彩，脱口而出，却自然具有一种高华浑融的气象。这一句完全是景，点明题中的“望月”。第二句“天涯共此时”，即由景入情，转入“怀远”。谢庄《月赋》中的“隔千里兮共明月”，以及苏轼《水调歌头》词中的“但愿人长久，千里共婵娟”，都是写月的名句，其旨意也大抵相同，但由于各人以不同的表现方法，表现在不同的体裁中，各极其妙。这两句把诗题的情景，一起就全部收摄，却又毫不费力，仍是张九龄作古诗时浑成自然的风格。

从月出东山直到月落鸟啼，是一段很长的时间，诗中说是“竟夕”，亦即通宵。这通宵的月色对一般人来说，可以说是漠不相关的，而远隔天涯的一对情人，因为对月相思而久不能寐，故而落出一个“怨”字。三、四两句，就以怨字为中心，以“情人”与“相思”呼应，以“遥夜”与“竟夕”呼应，上承起首两句，一气呵成。

竟夕相思不能入睡，怪谁呢？是屋里烛光太耀眼吗？于是灭烛，披衣步出门庭，光线还是那么明亮。这天涯共对的一轮明月竟是这样撩人心绪，见到它那姣好圆满的光华，让人更难以入睡。夜已深了，气候更凉一些了，露水也沾湿了身上的衣裳。“灭烛怜光满，披衣觉露滋”，两句细巧地写出了深夜对月不眠的实情实景。

相思不眠之际，有什么可以相赠呢？一无所有，只有满手的月光。可是饱含深情的月光又怎么赠送给你呢？还是睡吧！睡了也许能在梦中与你欢聚。“不堪”两句，构思奇妙，意境幽清。这里诗人暗用晋陆机“照之有余辉，揽之不盈手”两句诗意，翻古为新，悠悠托出不尽情思。诗至此戛然而止，只觉余韵袅袅，令人回味不已。

学生感悟： 读完这首诗的感受是：古人将思念表达得非常含蓄，也非常浪漫。天涯共对的一轮明月寄托了诗人满腔的思念，而我们现在表达情感的方式就太直接了。

16. 过故人庄

孟浩然

故人具鸡黍，邀我至田家。绿树村边合，青山郭外斜。

开轩面场圃，把酒话桑麻，待到重阳日，还来就菊花。

【作者及背景】

孟浩然（689 年—740 年），唐代诗人，本名浩，字浩然。襄州襄阳（今湖北省襄阳市）人，世称孟襄阳。因他未曾入仕，又称之为孟山人。生当盛唐，早年有志用世，在仕途困顿、痛苦失望后，尚能自重，不媚俗世，以隐士终身。曾隐居鹿门山。40 岁时，游长安，应进士举不第。曾在太学赋诗，名动公卿，一座倾服，为之搁笔。一生经历比较简单，他诗歌创作的题材也不宽。孟诗绝大部分为五言短篇，多写山水田园和隐居的逸兴以及羁旅行役的心情。其中虽不无愤世嫉俗之词，而更多属于诗人的自我表现。他和王维并称“王孟”，虽远不如王诗境界广阔，但在艺术上有独特的造诣，他们是山水田园诗派的代表。有《孟浩然集》三卷，今编诗二卷。这首诗是作者孟浩然隐居鹿门山时到一位山村友人家做客所写。

【注释】

（1）《过故人庄》：选自《孟浩然集》。过：拜访，探访，看望。故人庄：老朋友的田庄。

（2）具：准备，置办。鸡黍：指烧鸡和黄米饭。黍（shǔ）：黄米饭。

（3）郭：指城外修筑的一种外墙，泛指城外。这里指村庄的四周。斜：迤逦远去，连绵不绝。因古诗需与上一句押韵，所以，应读第二声的 xiá。

（4）开：打开。轩：有窗户的长廊或小屋。面：面对。场圃（pǔ）：菜园和打谷场。

（5）把酒：拿起酒杯。把：端着，拿起。话：闲聊，谈论。桑麻：指桑树和麻，这里泛指庄稼。

（6）重阳日：夏历九月九日重阳节。古人在这一天有登高、饮菊花酒的习俗。

（7）还：回到原处或恢复原状；返。就菊花：指欣赏菊花与饮酒。就：靠近、赴、来。这里是欣赏的意思。

【赏析】

这首诗是作者隐居鹿门山时到一位山村友人家做客所写。一、二句从应邀写起，“故人”说明不是第一次做客。三、四句是描写山村风光的名句，绿树环绕，青山横斜，犹如一幅清淡的水墨画。五、六句写山村生活情趣，面对场院菜圃，把酒谈论庄稼，亲切自然，富有生活气息。结尾两句以重阳节还来相聚写出友情之深，言有尽而意无穷。全诗描绘了美丽的山村风光和平静的田园生活，语言朴实清新，意境鲜明，富有浓厚的生活气息，从而成为自唐代以来田园诗中的佳作。

全诗用的是最朴素的语言，读起来令人感到纯朴自然而又真挚，一种古道热肠的友情跃然诗上，传诵不衰。

诗人以喜悦的感情，给了我们一个和平生活、美丽恬静的农村情景，既无名山胜水，也无异草奇花，有的是一片场圃，一片桑麻和具有淳朴感情的农家朋友。于是诗人用“故人具鸡黍，邀我至田家”的朴素语言展开了饶有古风的场景的描绘。鸡黍是农民款客最诚意的表现，通过对鸡黍的具体描写，就令人浮起了田家的形象。田家的环境，是绿树绕村，青山远衬，故人把酒叙旧，面对着窗外的场圃，娓娓谈着桑麻的农事，充满了喜悦的情绪。主人的款待出自真诚，不仅以这次欢叙为难得，更约定客人来年重阳佳节再来做客，到那时篱菊已开，又另有一番赏心的情趣了。

孟浩然擅长于自然描写，与王维齐名。从《过故人庄》可以看到作者以清峭的情怀，感受到农村大自然的陶醉，承受到友情的温暖，因而能以质朴的语言抒发出美好的篇章。《过故人庄》能传诵下来，艺术上是具有纯朴的特点，语言上具有清新口语化的风格，大有“清水出芙蓉，天然去雕饰”之致。由此看来，好诗能去掉陈词滥调，写得自然，不涂饰，不堆砌，正如谢朓写出“余霞散成绮，澄江静如练”一样，于平淡之中见出功力。

学生感悟：读完这首诗的感受是：诗人用最朴素的话语、最常见的生活场面为我们描述了一个恬静质朴的世外桃源，感觉很亲切温暖。

17. 芙蓉楼送辛渐

王昌龄

寒雨连江夜入吴，
平明送客楚山孤。
洛阳亲友如相问，
一片冰心在玉壶。

【作者及背景】

王昌龄（698 年—756 年），字少伯，京兆长安（今陕西省西安市）人，汉族。盛唐著名边塞诗人，后人誉之为“七绝圣手”。他的边塞诗气势雄浑，格调高昂，充满了积极向上的精神。世称王龙标，有“诗家天子王江宁”之称，存诗一百七十余首，作品有《王昌龄集》。

这首诗大约作于开元二十九年以后。王昌龄当时离京赴江宁（今南京市）上任，辛渐是他的朋友，这次拟由润州渡江，取道扬州，北上洛阳。王昌龄可能陪他从江宁到润州，然后在此分手。这诗原题共两首，这一首写的是第二天早晨在江边离别的情景。另一首为“丹阳城南秋海阴，丹阳城北楚云深。高楼送客不能醉，寂寂寒江明月心”，说的是头天晚上诗人在芙蓉楼为辛渐饯别时难忘的情景。

【注释】

（1）芙蓉楼：遗址在润州（今江苏镇江）。

（2）辛渐：诗人的一位朋友。

（3）寒雨：寒冷的雨。

（4）吴：三国时的吴国在长江下游一带，简称这一带为吴，与下文“楚”为互文。

（5）平明：清晨天刚亮。

（6）客：在这指辛渐。

（7）楚山：春秋时的楚国在长江中下游一带，所以称这一带的山为楚山。

（8）孤：独自，孤单一人。

（9）一片冰心在玉壶：冰在玉壶之中，比喻人清廉正直。

（10）冰心：比喻心地纯洁。

（11）洛阳：位于河南省西部、黄河南岸。

【赏析】

诗人一开始就描绘了这样一幅画面：迷蒙的烟雨笼罩着吴地江天，织成了无边无际的愁网。这夜雨增添了萧瑟的秋意，也渲染出离别的黯淡气氛，那寒意不仅弥漫在满江烟雨之中，更沁透在两个离人的心头。“连”字和“入”字写出雨势的平稳连绵，江雨悄然而来的动态能为人分明地感知，则诗人因离情萦怀而一夜未眠的情景也自可想见。但是，这一幅水天相连、浩渺迷茫的吴江夜雨图，不也展现了一种极其高远壮阔的境界吗？中晚唐诗和婉约派宋词往往将雨声写在窗下梧桐、檐前铁马、池中残荷等琐物上，而王昌龄却并不实写如何感知秋雨来临的细节，他只是将听觉、视觉和想象概括成连江入吴的雨势，以大片淡墨染出满纸烟雨，这就用浩大的气魄烘托了“平明送客楚山孤”的开阔意境。清晨，天色已明，辛渐即将登舟北归。诗人遥望江北的远山，想到行人不久便将隐没在楚山之外，孤寂之感油然而生。在辽阔的江面上，进入诗人视野的当然不只是孤峙的楚山，浩荡的江水本来是最易引起别情似水的联想的，唐人由此而得到的名句也多得不可胜数。然而王昌龄没有将别愁寄予随友人远去的江水，却将离情凝注在矗立于苍莽平野的楚山之上。因为友人回到洛阳，即可与亲友相聚，而留在吴地的诗人，却只能像这孤零零的楚山一样，伫立在江畔空望着流水逝去。一个“孤”字如同感情的引线，自然而然牵出了后两句临别叮咛之辞：“洛阳亲友如相问，一片冰心在玉壶。”诗人从清澈无瑕、澄空见底的玉壶中捧出一颗晶亮纯洁的冰心以告慰友人，这就比任何相思的言辞都更能表达他对洛阳亲友的深情。

学生感悟：读完这首诗的感受是：送别本来就是一个伤感的话题，在“寒雨连江”的夜晚，更增添了这种情绪。诗人将这种孤寂之感融入到山水之间，捧出一颗晶亮纯洁的冰心告慰友人。

18. 凉州词

王　翰

葡萄美酒夜光杯，
欲饮琵琶马上催。
醉卧沙场君莫笑，
古来征战几人回？

【作者及背景】

王翰，字子羽，晋阳人；登进士第，举直言极谏，调昌乐尉。复举超拔群类，召为秘书正字。擢通事舍人、驾部员外。出为汝州长史，改仙州别驾。日与才士豪侠饮乐游畋，坐贬道州司马，卒。其诗题材大多吟咏沙场少年、玲珑女子以及欢歌饮宴等，表达对人生短暂的感叹和及时行乐的旷达情怀。词语似云铺绮丽，霞叠瑰秀；诗音如仙笙瑶瑟，妙不可言。代表作有《凉州词二首》《饮马长城窟行》《春女行》《古蛾眉怨》

等，其中以《凉州词二首》最负盛名。诗句“醉卧沙场君莫笑，古来征战几人回”中透露出来的那种豪迈和悲凉真是有回肠荡气、洗心涤魄的感染力，令人三日犹闻其音。《古蛾眉怨》诗中所表现出来的那种瑰丽奇崛的想象和珠玑满盆的秀词不禁令人联想到李白和屈原的作品，真不愧为余音绕梁之仙作也。原有诗集十卷，今存诗一卷（全唐诗上卷第一百五十六）。

《凉州词》是盛唐边塞诗中的一篇名作。这首诗以豪放的风格写了征戍战士饮酒作乐的情景，具有浓郁的边塞军营生活的色彩。

【注释】

（1）《凉州词》：唐代乐府曲名，是歌唱凉州一带边塞生活的歌词。王翰写有《凉州词》两首，慷慨悲壮，广为流传。而这首《凉州词》被明代王世贞推为唐代七绝的压卷之作。

（2）夜光杯：用白玉制成的酒杯，光可照明。它和葡萄酒都是西北地区的特产。

（3）沙场：平坦空旷的沙地，古时多指战场。

（4）琵琶：这里指作战时用来发出号角的声音时用的乐器。

【赏析】

这首诗的前两句叙事，写将军战罢归营，设酒庆功。正欲开怀畅饮，琵琶弦音急促，催人出征。葡萄酒、夜光杯、琵琶声，这些都有着浓郁的边塞色彩和鲜明的军旅生活特征，诗人借以渲染出塞外军营特有的情调，让读者开始就沉浸在塞外古战场紧张而热烈的气氛中。美酒、玉杯、琵琶催发，激起征戍将士的无限感慨。此后诗人转入言情：休笑战士醉卧沙场，自古以来，远赴边庭征战的能有几人生还？“古来”句虽然用了夸张手法写出边陲战争的激烈残酷，但诗的基调仍然是雄壮高昂的，它不仅表现出战士开朗、达观的性格，也抒发了他们把生死置之度外的坦荡胸怀。

古凉州靠近西域，风物情景与中原迥异。诗人抓住葡萄美酒、夜光杯和琵琶乐曲，给人以强烈的色彩感和地域感，用凝练的语言，丰富的想象，勾勒出一幅情深、味浓的边塞风物画卷。诗人没有直接去描摩人物，却给我们留下了形象鲜明、格调豪壮的印象。在全诗所渲染的景物和氛围中，一个有动作、有性格、内心世界十分丰富的边塞健儿的形象已跃然纸上。塞外景色单调，作者在平常的痛饮中蕴藉了壮美的豪情、悲凉的情调，随着催发的琵琶声一起激发出来，使天地光色都显得十分壮阔。正是这种粗线条的画面，一经点染便产生了震撼人心的力量。

盛唐边塞诗是唐王朝频繁进行边塞战争的反映。当时不少著名的诗人都长于用七言诗体描绘塞外绮丽的风光和壮观的战争场面，王翰却善于撷取具有典型意义的片段景象，用极为简约的绝句形式来表现同样的题材。他撇开正面的战争描写，由景入情，内容与形式十分谐调，别具风姿。

王翰是位极富浪漫气质的诗人，他豪放不羁，能歌善舞，多才多艺，曾因纵饮游猎，击鼓穷欢而被贬官。诗如其人，他的这首《凉州词》以浓厚的浪漫气息，诗化了西北边陲的军旅生活，表现了积极乐观的人生态度。它所取得的卓越的艺术成就和所表现的激昂慷慨的时代精神风貌，为唐诗艺术增添了异彩。

学生感悟： 读完这首诗的感想是：壮美的豪情、悲凉的情调在“葡萄美酒夜光杯”中展现，催发的琵琶声更使天地光色都显得十分壮阔。正是这种粗线条的画面，一经点染便产生了震撼人心的力量。

19. 登鹳雀楼

王之涣

白日依山尽，黄河入海流。
欲穷千里目，更上一层楼。

【作者及背景】

王之涣（688 年—742 年），盛唐诗人。字季凌，祖籍晋阳（今山西太原），其高祖迁今山西绛县。其兄之咸、之贲皆有文名。豪放不羁，常击剑悲歌，其诗多被当时乐工制曲歌唱，名动一时，常与高适、王昌龄等相唱和，以善于描写边塞风光著称。其诗用词十分朴实，然意境极为深远，令人裹身诗中，回味无穷。诗六首，其中《登鹳雀楼》、《凉州词》二首（其一）和《送别》三首皆著名，又尤以前两首最脍炙人口，可谓“皤发垂髫，皆能吟诵”；诗中的“欲穷千里目，更上一层楼”和“黄河远上白云间，一片孤城万仞山”都是流传千古的佳句，也正是这两首诗给诗人赢得了百世流芳的显著地位。

【注释】

（1）鹳雀楼：旧址在山西永济县，楼高三层，前对中条山，下临黄河。传说常有鹳雀在此停留，故有此名。

（2）尽：消失。这句话是说太阳依傍山峦沉落。

（3）欲：想要得到某种东西或达到某种目的的愿望，但也有希望、想要的意思。

（4）穷：尽，使达到极点。

（5）千里目：眼界宽阔。

（6）更：再，复，又。

【赏析】

鹳雀楼：又名鹳鹊楼。旧址在今山西永济县。唐时属河中府。宋代沈括《梦溪笔谈》载：“河中府鹳雀楼三层，前瞻中条，下瞰大河。唐人留诗者甚多。”

鹳雀楼曾是一方登临胜地，唐人常于楼上凭高望远，即兴赋诗，故《梦溪笔谈》谓其上“唐人留诗者甚多”。惜乎大浪淘沙，历史无情，唐人那些精彩的诗句随着鹳雀楼本身的消失荡然无存，然而，其中王之涣所作的这一首《登鹳雀楼》诗却有幸越过了一千余年的历史长河，直到今天还传诵于千家万户。这不能不证明它本身具备了强大的艺术魅力。

诗的开头是一对偶句：“白日依山尽，黄河入海流。”对仗纯朴自然，工整流畅，真是天衣无缝。这样开阔的视野，宽广的胸怀，诗人的气质从一开始便不同凡响。自然，这暗中也写出了登楼本身，只有登临纵目，眼光和胸襟才会如此高远宽阔。而称太阳为“白日”，这是写实的笔调。落日衔山，云遮雾障，那本已减弱的太阳的光辉，此时显得更加暗淡，所以诗人直接观察到“白日”的奇景。至于“黄河”，当然也是写实。它宛若一条金色的飘带，飞舞于层峦叠嶂之间。诗人眼前所呈现的，是一幅流光溢彩、金碧交辉的壮丽图画。这幅图画还处于瞬息多变的动态之中。白日依山而尽，这仅仅是一个极短暂的过程；黄河向海而流，却是一种永恒的运动。如果说这种景色很美，那么，它便是一种动态的美，充满了无限生机的活泼的美。后两句“欲穷千里目，更上一层楼”，语极平直，然蕴蓄深远，余韵无穷。登高望远，这是一般常识。而登高者唯愿其愈高，望远者唯求其更远，这种细腻入微的心理却只有哲人才能赋予它以重大意义。这其中隐含着人的无限的进取与探索精神。俗话说“人往高处走”，又说“百尺竿头更进一步”，都是对现状的不满足，都是进取精神的直接反映。不同的是，纯粹的哲人以说教者的姿态出现，可以使人膜拜，而诗人似的哲人则善于以朋友的身份说话，足以使人感奋与追求。

学生感悟： 读完这首诗的感想是：这首诗具有超越时空的力量，这种力量是美和哲理的统一，是客观与主观的和谐，是伟大的艺术再现和创造。

20. 出塞

王昌龄

秦时明月汉时关，万里长征人未还。
但使龙城飞将在，不教胡马度阴山。

【作者及背景】

王昌龄（698 年—757 年），字少伯，长安（今属西安市）人。开元十五年中进士，历任汜水尉、校书郎，天宝元年贬江宁丞，天宝七年又贬为龙标尉，世称王江宁或王龙标。安史之乱起，他避乱回乡，被刺史闾丘晓所杀。他的边塞诗或抒发建功立业的雄心壮志，充满了杀敌卫国的热情；或描写长期征战怀乡思亲的“边愁”，流露出对统治阶级的不满。一部分描写妇女生活的诗也很有名。他的诗意境开阔，精神昂扬，语言流畅，言简意深，当时就有“诗家夫子王江宁”之称。著有《王昌龄集》。

【注释】

（1）“出塞”是唐代诗人写边塞生活的诗经常用的题目。塞（sài）：边关 ，边塞。

（2）秦时明月汉时关：运用互文修辞，意思是，秦汉时的明月，秦汉时的关。

（3）但使：只要。

（4）龙城飞将：“龙城”，地名，是古代匈奴圣地，汉朝大将军卫青曾奇袭龙城，最后与匈奴作战七战七胜，而“飞将”则指威名赫赫的“汉之飞将军”李广。“龙城飞将”并不指一人，实指李、卫，更是借代众多汉朝抗匈名将。

（5）胡马：指胡人的战马。胡：古人对西北少数民族的称呼。

（6）阴山：山名，指阴山山脉，在今内蒙古境内，汉时匈奴时常从这里开始南下骚扰、侵占中原地区。

（7）不教：不叫，不让。教：让。

【赏析】

凡是历史上脍炙人口的诗歌，都有着独特的思想艺术魅力。王昌龄这一首有名的边塞七绝，其妙处在于篇幅虽小，而容量特大。诗人以雄劲的笔触，对当时的边塞战争生活作了高度的艺术概括。他通过对于时间和空间的意匠经营，以及把写景、叙事、抒情与议论紧密结合，在四句诗里熔铸了丰富复杂的思想感情，使诗的意境雄浑深远，既激动人心，又耐人寻味。

“秦时明月汉时关”七个字，即展现出一幅壮阔的图画：一轮明月，照耀着边疆关塞。诗人只用大笔勾勒，不作细致描绘，却恰好显示了边疆的寥廓和景物的萧条，渲染出孤寂、苍凉的气氛。尤为奇妙的是，诗人在“月”和“关”的前面，用“秦汉时”三字加以修饰，使这幅月临关塞图，变成了时间中的图画，给万里边关赋予了悠久的历史感。这是诗人对长期的边塞战争作了深刻思考而产生的“神来之笔”。接着，诗人触景生情，第二句写出既叙事又抒情的句子——“万里长征人未还”。在深沉的感叹中暗示当时边防多事，表现了诗人对于久戍边疆的士卒的深厚同情，同时又从空间的角度点明边塞的遥远。这样，诗人便创造了时空交织的意象，把读者带到万里以外的边塞，引进漫长的历史河流中去回忆、体验、思考。言外之意：秦汉时的边关，至今在月下依然如故，而战争一直持续不断；已有多少士卒血洒沙场，至死未归；又有多少战士仍然戍守着边关，不能归来。诗人借助阔大、悠久的时空意象，表现战争给秦、汉以来历代人民带来的痛苦和灾难。立意既高，又看得深远，真可谓“发兴高远”。

既然战争造成了人民共同的悲剧，那么，怎样来制止、结束这个悲剧呢？诗人在三、四句做出了正确的回答。他为久戍边疆的士卒发出呼吁，希望有像飞将军李广那样的名将来率领广大战士打败敌人，夺取胜利，使敌人从此不敢再来侵犯。“但使龙城飞将在，不教胡马度阴山”两句，融抒情与议论为一体，直接抒发戍边战士巩固边防的愿望和保卫国家的壮志，洋溢着爱国激情和民族自豪感，写得气势豪迈，铿锵有力，掷地作金石声!同时，这两句又语带讽刺，表现了诗人对朝廷用人不当和将帅腐败无能的不满，有弦外之音，使人寻味无穷。

学生感悟：读完这首诗的感想是：这是一首荡气回肠的诗，抒发了诗人豪迈的气概，字字句句洋溢着诗人的爱国情怀。

21. 次北固山下

王 湾

客路青山外，行舟绿水前。潮平两岸阔，风正一帆悬。

海日生残夜，江春入旧年。乡书何处达？归雁洛阳边。

【作者及背景】

王湾（693年—751年），是唐代诗人。字号为德，洛阳（今河南洛阳）人。玄宗先天年间（712年—713年）进士及第，授荥阳县主簿。开元五年（717年）唐朝政府编次官府所藏图书，9年书成，共200卷，名为《群书四部录》。王湾由荥阳主簿受荐编书，参与集部的编撰辑集工作，书成之后，因功授任洛阳尉。约在开元十七年，他曾作诗赠当时宰相萧嵩和裴光庭，后来不幸去世。

【注释】

（1）次：住宿，此指停泊，途中暂时停宿。

（2）北固山：在今江苏镇江市北，北临长江。

（3）潮平两岸阔：潮水涨满时，两岸之间水面宽阔。

（4）风正：风顺（而和）。

（5）残夜：夜色已残，指天将破晓，夜将尽而未尽的时候。

（6）归雁：大雁每年秋天飞往南方，春天飞往北方。古代有用大雁传递书信的传说。

【赏析】

诗以对偶句发端，既工丽，又跳脱。“客路”，指作者要去的路。“青山”点题中“北固山”。作者乘舟，正朝着展现在眼前的“绿水”前进，驶向“青山”，驶向“青山”之外遥远的“客路”。这一联先写“客路”而后写“行舟”，其人在江南、神驰故里的漂泊羁旅之情，已流露于字里行间，与末联的“乡书”“归雁”，遥相照应。

次联的“潮平两岸阔”，“阔”是表现“潮平”的结果。春潮涌涨，江水浩渺，放眼望去，江面似乎与岸平了，船上人的视野也因之开阔。这一句，写得恢弘阔大，下一句“风正一帆悬”，便愈见精彩。“悬”是端端直直地高挂着的样子。诗人不用“风顺”而用“风正”，是因为光“风顺”还不足以保证“一帆悬”。风虽顺，却很猛，那帆就鼓成弧形了。只有既是顺风，又是和风，帆才能够“悬”。一个“正”字，兼包“顺”与“和”的内容。这一句写小景已相当传神，但还不仅如此，如王夫之所指出，这句诗的妙处，还在于它“以小景传大景之神”（《姜斋诗话》卷上）。可以设想，如果在曲曲折折的小河里行船，老要转弯子，这样的小景是难得出现的。如果在三峡行船，即使风顺且风和，却依然波翻浪涌，这样的小景也是难得出现的。诗句妙在通过“风正一帆悬”这一小景，把平野开阔、大江直流、波平浪静等的大景也表现出来了。

读到第三联，就知道作者是于岁暮腊残，连夜行舟的。潮平而无浪，风顺而不猛，近看可见江水碧绿，远望可见两岸空阔。这显然是一个晴明的、处处透露着春天气息的夜晚，孤舟扬帆，缓行江上，不觉已到残夜。这第三联，就是表现江上行舟，即将天亮时的情景。

这一联历来脍炙人口，殷璠说：“‘海日生残夜，江春入旧年’，诗人已来少有此句。张燕公（张说）手题政事堂，每示能文，令为楷式。”（《河岳英灵集》）明代胡应麟在《诗薮·内编》里说，“海日”一联“形容景物，妙绝千古”。当残夜还未消退之时，一轮红日已从海上升起；当旧年尚未逝去，江上已呈露春意。“日生残夜”“春入旧年”，都表示时序的交替，而且是那样匆匆不可待，这怎不叫身在“客路”的诗人顿生思乡之情呢？这两句炼字炼句也极见功夫。作者从炼意着眼，把“日”与“春”作为新生的美好事物的象征，提到主语的位置而加以强调，并且用“生”字和“入”字使之拟人化，赋予它们以人的意志和情思。此联妙在作者无意说理，却在描写景物、节令之中，蕴含着一种自然的理趣。海日生于残夜，将驱尽黑暗；江春，那江上景物所表现的“春意”，闯入旧年，将赶走严冬。不仅写景逼真，叙事确切，而且表现出具有普遍意义的生活真理，给人以乐观、积极、向上的艺术感染力。

这首五律虽然以第三联驰誉当时，传诵后世，但并不是只有两个佳句而已；从整体来看，也是相当和谐，相当优美的。

学生感悟： 读完这首诗感觉它好像在跟我们讲一个故事：海日东升，春意萌动，诗人放舟于绿水之上，继续向青山之外的客路驶去。这时候，一群北归的大雁正掠过晴空。雁儿正要经过洛阳的啊！诗人想起了“雁足传书”的故事，还是托雁捎个信吧：雁儿啊，烦劳你们飞过洛阳的时候，替我问候一下家里人。

【学习启示】

人和自然的融合

这几首诗既给我们展现了田园风光的恬静委婉，又给我们展现了大漠风光的粗犷豪放。这些景物融入了作者的思绪与情怀，体现了人与自然和谐之美。明月寄托了对远方情人的思念，于是有了“海上生明月，天涯共此时”的祈望。“寒雨”洒落在大地，也洒落在送别之人的心中，浩瀚的江水、孤寂的楚山更增添了离别的伤感。滔滔的黄河、寂寥的边塞、巍巍的鹳雀楼、绵绵的阴山，都是诗人爱国情怀的流露。“葡萄美酒夜光杯，欲饮琵琶马上催。”“秦时明月汉时关，万里长征人未还。”使我们联想到了边外惨烈的战争，体会到了壮士们保家卫国的决心。诗人赋予了这些自然景物别样的生命，这些自然景物也寄托了诗人的诗意与情怀。这几首诗中的景物没有壮美图卷，没有名山大川，正是这些生活中常见的自然景物抒发了诗人或兴奋或烦闷或思念或盼望或惆怅或伤感的情怀。所以只要我们热爱自然热爱生命，细心观察生活、品味生活，就可以发现美，感受美。这就是人与自然的和谐统一。

上一篇中陶渊明的《饮酒》中写道“采菊东蒿下，悠然见南山”正是这种人与自然完美融合的体现。

作为中职生，我们不仅看到了生活的压力，更能感受到生命的价值。生活是琐碎的，也是美好的。只要我们留心观察，用心思考，细心品味，自然界的万事万物都能给我们生命的启迪。

寄　语

有长远的眼光和做人、做事的目标。

对每一个细节都要负责。

第 四 篇

离愁别恨与旷达人生

Chapter 4

名句品读

《题破山寺后禅院》 常建 “曲径通幽处，禅房花木深。”

《九月九日忆山东兄弟》 王维 “独在异乡为异客，每逢佳节倍思亲。”

《使至塞上》 王维 “大漠孤烟直，长河落日圆。”

《山居秋暝》 王维 “明月松间照，清泉石上流。”

《黄鹤楼》 崔颢 “日暮乡关何处是？烟波江上使人愁。”

《闻王昌龄左迁龙标遥有此寄》 李白 “我寄愁心与明月，随风直到夜郎西。”

《独坐敬亭山》 李白 “众鸟高飞尽，孤云独去闲。”

22. 题破山寺后禅院

常 建

清晨入古寺，初日照高林。曲径通幽处，禅房花木深。

山光悦鸟性，潭影空人心。万籁此俱寂，但余钟磬音。

【作者及背景】

常建（708 年—765 年），唐代诗人，长安人，开元十五年与王昌龄同榜进士，仕途颇不如意。来往山水名胜，过了一个很长时期的漫游生活，后隐居鄂州武昌。一生沉沦失意，耿介自守，交游无显贵，与王昌龄有文字相酬。其诗意境清迥，语言洗练自然，艺术上有独特造诣。现存诗 57 首，题材较窄，绝大部分是描写田园风光、山林逸趣的。名作有《题破山寺后禅院》《吊王将军墓》。他还有一些优秀的边塞诗。今存《常建诗集》三卷和《常建集》两卷。

破山在今江苏常熟，寺则指兴福寺，是南齐时改建的，到唐代已属古寺。由于诗人本身的仕途不如意，所以借诗中对清晨游寺后禅院的观感，寄情于景，兴象深微，意境浑融。将山色风光以艺术的手法描绘得淋漓尽致，让人杂念顿消。中间四句不仅写出了环境的静美，更体现出诗人内心的深一层感触，是盛唐山水诗中独具一格的名篇。

【注释】

（1）破山寺：兴福寺，今江苏省常熟市北。

（2）曲：弯折、曲折。一作“竹”。

（3）空：使……空明，形容词用作动词。

（4）悦：用作动词，使……高兴。

（5）万籁：一切声响。

（6）俱：都。

（7）但：只。

【赏析】

《题破山寺后禅院》是一首题壁诗。这首诗咏的是佛寺禅院景色秀美幽静，而抒发的则是诗人寄情于景的胸怀。诗人清晨登山，入破山寺，在晨光映照下的静美景色中，显露出礼赞佛宇之情。

首联“清晨入古寺，初日照高林”，以金色的阳光与肃穆的古寺、翠绿的山林交相辉映，使古寺更为庄严幽远，山林更为青翠迷人。

颔联“曲径通幽处，禅房花木深”，将那绵延幽静的小路与花木深处的禅院相衬托，更显一番意境的静净。起句对偶，而此联却并不工整，虽然属于五律，但却具有古体诗的风韵。

颈联“山光悦鸟性，潭影空人心”，描绘出一幅山间美景，蓝天白云，晨光明媚，鸟儿在林中自由飞翔，水潭清澈见底，仿佛能让人的心灵为之洁净空明。从侧面表现出佛理对人心的净化，使人的身心获得一种超脱、自由的感觉。

尾联前一句写万籁俱寂，后一句又突出钟磬之声。以声托静，将这来自佛门圣地的天籁之音对人心灵的洗涤衬托得更为纯净和神秘。

从整首诗来看，无疑写景的篇幅较大，但是此诗又并非单纯写景，而是诗人从这引人流连忘返的幽静景色和与世隔绝的禅院内，领略到了佛门忘情尘俗的意境。寄情于景，抒发了自身遁世无门的情怀，对佛门超凡脱俗、净化心灵的境界发出了礼赞。

盛唐的山水诗多是借歌咏景物，借景抒情，情调多为悠闲惬意，但也各有独自的风格特点。这首诗以佛心为衬，更添超凡之感，独具一格。

学生感悟：诗人借景抒情，以禅院与幽境为背景，衬托了自己的遁世无门，表达了对一种自由而超脱的生活状态的深刻向往。

23. 九月九日忆山东兄弟

王　维

独在异乡为异客，
每逢佳节倍思亲。
遥知兄弟登高处，
遍插茱萸少一人。

【作者及背景】

王维（701 年—761 年），字摩诘，唐朝诗人，原籍太原祁县。进士及第，官至尚书右丞，世称王右丞。王维的诗明净清新，精美雅致，李杜之外，自成一家。外号“诗佛”，今存诗 400 余首。苏轼称其“诗中有画”“画中有诗”，他是唐代山水田园诗派的著名代表，以五言律诗和绝句著称。王维的诗有两种风格，前期的诗大多反映现实，后期则多是描绘田园山水，他最擅长的也是田园诗，有《山居秋暝》《九月九日忆东山兄弟》等代表作。

这首诗是诗人十七岁时身在长安异乡所作，正值九月初九重阳节，表达了深切的思乡之情。起句直抒思乡，笔锋一转，又以家人的角度描绘对自己的思念。诗句超脱俗套、朴素自然，更具一份真性情。

【注释】

（1）九月九日：指农历九月九日重阳节。

（2）忆：想念。

（3）异乡：他乡、外乡。

（4）逢：遇。

（5）倍：格外。

（6）茱萸：一种香草。古时重阳节人们插戴茱萸，据说可以避邪。

【赏析】

王维家居华山之东，所以本诗题为“忆山东兄弟”。作这首诗时，他初次离开家乡，到长安谋取功名。恰逢重阳佳节，对于孤身在外的游子来说，繁华热闹的帝都更加深了他对家乡亲人的深深思念之情。

诗文首句起笔就直抒了自己的思想之情。“独”“异乡”“异客”三个词充分诉说出诗人自己在他乡长安的孤独之感，在平常之时还较为常见，但是次句就点出时间上的独特性——“佳节”，无论是长安的繁华还是所处之地节日的喧闹，无疑都衬托出了诗人自身的孤寂，也更增添了对家乡亲人的想念。“倍”字从程度上体现了这一点。语言朴素无华，却又饱含深情。

前两句是诗人自己抒发感情，而后两句则笔锋一转，将描写角度切换成了家乡的亲人，幻想他们按照每年重阳节的习俗，登高望远，佩戴茱萸，却缺少了自己一人时未能团聚的心情。将家人对自己的思念与自身的强烈思乡之情相交融，在特定的时间内将这份特殊的感情抒发得更为淋漓尽致。

写思乡的诗句乃至节日思乡的诗都不算少见，但单纯地叙述思念之情难免落入俗套。这首诗虽然前两句仍以自己的感情出发，但其高明之处就在于避开了平铺直叙，而是调换角度，将亲人对自身的思念构造出来，幻想兄弟为不能与诗人团聚而遗憾失落，反倒把自己的那份思念之情淡上几许。这使诗文曲折有致，出乎常情。

学生感悟： 无论是诗人本身或是读者，都能从这短短的四句诗中体验到亲情的深重，无论离开家乡和亲人多么遥远，永远都无法阻挡心中的那份牵挂。

24. 使至塞上

王 维

单车欲问边，属国过居延。
征蓬出汉塞，归雁入胡天。
大漠孤烟直，长河落日圆。
萧关逢候骑，都护在燕然。

【作者及背景】

王维（701 年—761 年），字摩诘，唐朝诗人，原籍太原祁县（今属山西）。进士及第，官至尚书右丞，世称王右丞。王维的诗明净清新，精美雅致，李杜之外，自成一家。外号“诗佛”，今存诗 400 余首。苏轼称其“诗中有画”“画中有诗”，他是唐代山水田园诗派的著名代表。王维以五言律诗和绝句著称。王维的诗有两种风格，前期的诗大多反映现实，后期则多是描绘田园山水，王维最擅长的也是田园诗，有《山居秋暝》《九月九日忆东山兄弟》等代表作。

《使至塞上》是王维边塞诗中的代表作。开元二十五年春（737 年），河西节度使崔希逸在与吐蕃作战中大胜，王维奉唐玄宗之命出塞到凉州慰问守卫的官兵。这首诗就是在出塞的途中所作的。这是一首纪行诗，记述了此次出使途中的所见所感。它描绘了塞外沙漠的壮景奇观，并对唐帝国的幅员辽阔以及国力的强盛进行了歌颂。虽然诗中表达了诗人自己奉命出使边塞的责任感与自豪感，但由于当时器重诗人的宰相张九龄在朝廷政治斗争中被贬，诗中多少带着几许孤独失意和不得志的意味。

【注释】

（1）使至塞上：奉命出使边塞。这是一首五言律诗，选自《王右丞集笺注》。

（2）使：出使。

（3）问边：到边塞去察看，指慰问守卫边疆的官兵。

（4）属国：典属国的简称。汉代称负责外交事务的官员为典属国，这里诗人用来指自己的身份。

（5）征蓬：随风飘飞的蓬草，此处为诗人自喻。

（6）烟：烽烟，报警时点的烟火。

【赏析】

这首边塞纪行诗写于出塞的途中，首联中“问边”一词交代出了这次出行的目的和要去往的地点——到边塞去慰问守卫的官兵。诗人以“属国”一职带着少量的随从路过居延一地。“单车”不仅表达出这次出使的规格不高，同时也透露出诗人的失意之感。“居延”在今内蒙古额济纳旗北境内，侧面表现了唐帝国边塞疆域的辽阔。

颔联借动植物来喻己。“征蓬”指蓬草成熟后根部脱离大地，随风飘荡。“归雁”则是指大雁归巢。两相对比，再加上“出汉塞”这一词与诗人此行的相同点，更显诗人由于受命出使而不得不远离故乡的孤独飘零之感。

颈联“大漠孤烟直，长河落日圆”是流传至今的经典写景诗句，为众人所传诵。它为我们描绘出这样的画面：苍凉的沙漠里，几乎没有草木，罕见人烟。但偏偏在这一幅孤凉的图景中，遥远处升腾着一缕孤烟，那烟便是边关的烽烟，不仅为诗人带来一丝温暖的感受，同时也预示着此行的目的地已并不遥远。另一幅画面则是作者登高极目远眺，望着长河之边夕阳映照，落日正圆。夕照落于河中，水波粼粼，交相辉映，无比壮阔。将沙漠中的孤独与壮美景观互相衬托，更添一份别样情怀。

尾联则单纯叙述看到侦查的骑兵，离目的地已然不远。

全诗中尤以颈联最为壮阔波澜，最为后人称道，被王国维称为“千古壮观”的名句。

学生感悟：诗人远离家乡去往边关，一路上既有来时的不如意，又有“单车”简行的孤独之感，但是在目睹沙漠中这壮阔的美景时，无疑也被这景色所震撼，同时也对幅员辽阔的国家产生了强大的归属感和自豪感。

25. 山居秋暝

王　维

空山新雨后，天气晚来秋。
明月松间照，清泉石上流。
竹喧归浣女，莲动下渔舟。
随意春芳歇，王孙自可留。

【写作背景】

《山居秋暝》是一首五言律诗，同时也是一首著名的山水诗。诗中涉及很多静态和动态的景物，如雨后的空山，明月映照下的松林与石头上流淌的清泉和浣洗女子的喧笑，以及渔船穿过荷花丛的声音等，多者完美地融合在一起，动静搭配，给人一种诗中有画，人在画中的感受。

【注释】

（1）暝：日落，夜晚。

（2）新：刚刚。

（3）随意：任凭。

（4）歇：消散、逝去。

（5）留：居。

【赏析】

本诗描绘了一幅美丽的山间画卷，无疑是归隐之人最好的向往之处，也表达出作者对恬静生活的热爱和隐居田园的怡然自得之情。

首联两句“空山新雨后，天气晚来秋”，空寂的山间、新雨初歇，夜风更带了几分秋意。此“空”字尤其表现出所隐居地点的清静、安静，少有人烟的掺杂，更添空灵之感。

颔联“明月松间照，清泉石上流”，前一句较为静态，描绘松林为明月所照耀而产生的青翠光华，后一句则较为动态，将石头上流淌的清泉添加了活泼气息。两句动词都缀后，更给“明月”和“清泉”带上几分灵动之气。

颈联“竹喧归浣女，莲动下渔舟”，前文中主要突出环境的静，而此句则描述了生活在此环境中的人们的惬意之感。浣洗的少女不时笑闹，莲叶波动下渔船乘月而归。虽然与前文的静起了强烈对比，但更可以看出这是一处超脱尘世、令人们愉悦生活的地方。

尾联“随意春芳歇，王孙自可留”，对于如此美景和吸引人的生活，作者表达出了强烈的向往之情。“王孙”指代诗人自己，也表达了他厌倦宦海纷争，想要脱离世俗，独善其身的高洁情操。

学生感悟：世俗纷乱，在其中多会碰到污浊的侵扰。作者保持着自身高洁的情操，出淤泥而不染，更有一种超脱的精妙。在现实生活中，也同样难以避免，但是坚持自己的理想，不被他物所干扰污染，不懈努力，终会有一番收获。

26. 黄鹤楼

崔　颢

昔人已乘黄鹤去，此地空余黄鹤楼。
黄鹤一去不复返，白云千载空悠悠。
晴川历历汉阳树，芳草萋萋鹦鹉洲。
日暮乡关何处是？烟波江上使人愁。

【作者及背景】

崔颢（约704年—754年），唐代诗人，汴州人士。唐玄宗开元十一年进士，才思敏捷，善于写诗。少年为诗，意浮艳，多陷轻薄；晚节忽变常体，风骨凛然。《旧唐书·文苑传》中将他与王昌龄、高适、孟浩然并提。但他一生在宦海浮沉，终不得志。他的作品激昂豪放、气势宏伟。有《崔颢集》，现存诗仅四十几首。

这首诗是吊古怀乡的佳作。诗人登临黄鹤楼，饱览景色，触景生情，有感而发，一蹴而就。这首诗既描绘自然风光的宏伟壮丽，又带有诗人自己的风骨，为后世所推崇。严沧浪曾用“唐人七言律诗，当以此为第一”对这首诗进行褒扬。

【注释】

（1）悠悠：飘荡的样子。

（2）历历：清晰、分明的样子。

（3）乡关：故乡。

【赏析】

“昔人已乘黄鹤去，此地空余黄鹤楼。”传说曾有仙人驾乘黄鹤停留在此楼，因而得名黄鹤楼，但如今仙人不在，只剩黄鹤楼孤零零地留在此处。“空”字多少带有一些对此地今非昔比的可惜之意。在诗文中重复出现“黄鹤”一词，本是大忌，但这两句中所表达的词义却有所不同。前一句是指仙人的坐骑，后一句则是楼名，突破了常规的写诗手法，颇具新意。

“黄鹤一去不复返，白云千载空悠悠。”“黄鹤”和“空”再次重复出现，与前文呼应，突出白云悠悠孤独守候，也侧面表达出了作者自己形单影只的孤独心情。

“晴川历历汉阳树，芳草萋萋鹦鹉洲。”这两句写实景，将黄鹤楼的景致描述出来。而这样做的目的就是与后文“日暮乡关何处是？烟波江上使人愁”呼应，由此景联系到家乡的景色。此时正是日暮之时，却归家不得，只能在这里抒发如烟波般浩渺的愁绪。

总体上可以看出，作者是寄情于景，将这强烈的思乡而不得归的心绪都借黄鹤楼及周边的景物来得以抒发。这首诗被公认为历代写黄鹤楼最好的一首。

学生感悟：古诗中作者多借景抒情，托物言志，无论是离愁别绪，还是思乡情切，抑或是壮志未酬，都会在所描写的景色中有其独特的体现。景物无疑是处于特定历史时代的诗人们最好的抒情工具。

27. 闻王昌龄左迁龙标遥有此寄

李 白

杨花落尽子规啼，
闻道龙标过五溪。
我寄愁心与明月，
随风直到夜郎西。

【作者及背景】

李白（701 年—762 年），字太白，号青莲居士。绵州昌隆县人。唐代著名的浪漫主义诗人，有“诗仙”的美誉，与杜甫并称“李杜”。作品有《李太白集》，存世诗文千余篇。

这首诗是李白为好友王昌龄遭贬官而作的抒发感愤、寄以慰藉的好诗。王昌龄因“不护细行”而遭贬谪，左迁至龙标，在听闻他的不幸遭遇后，作者为表达对他怀才不遇的同情和关切，写下此诗，同时也表达了深深的担忧之情。

【注释】

（1）子规：杜鹃鸟，又称布谷鸟。

（2）五溪：现在湖南西部五条溪流的总称。

（3）夜郎：古地名，在今湖南阮凌县。

【赏析】

这首诗是一首短短四句的抒情短章，但其中包含感情的分量却相当沉重。

首句就以两个标志性的事物描绘出南国早春的景色。其中杨花落尽，尽显悲凉；子规啼叫，凄切动人。这两种事物夹杂在一起，营造出一种浓重的哀伤气氛。次句中“龙标”即代指王昌龄，叙述作者听闻王昌龄被贬左迁龙标尉的消息。前两句既点出时间，又叙述了发生事件的主体，与题目相照应。

三、四两句作者抒发自身的感受，因为被贬至龙标，该地边远，生活环境恶劣，为他将来的生活状况所担忧，同时对好友怀才不遇却被贬谪一事无疑是充满了同情，也对现实社会的不公平充满了愤慨。好友远走他乡，不能与好友相见一面，只能借诗表达对他的思念之情，借明月将深切的情感寄托，愿它伴随好友一路平安。

学生感悟：诗人对友人充满了同情、担忧和思念，不能相见，只能借明月与诗文抒发自己的感受。在那样的社会统治下，怀才不遇的人士只能互相慰藉，深刻地体现了友情的可贵。

28. 独坐敬亭山

李　白

众鸟高飞尽，
孤云独去闲。
相看两不厌，
只有敬亭山。

【写作背景】

天宝十二年（753 年），李白南下宣城。行前，有诗《寄从弟宣州长史昭》，其中说道："尔佐宣城郡，守官清且闲。常夸云月好，邀我敬亭山。"李白自十年前出翰林长期在外漂泊，这样的生活，使他饱尝了人间的辛酸滋味，看透了世态炎凉，从而更进一步加深了对现实的不满，增添了自身孤独之感，但是他倔强的性格仍未曾改变。由于怀才不遇，他的内心一直抑郁不平，为此他写了大量的借游仙、饮酒的方式来排遣苦闷的诗，也写出了很多寄情于山水、倾诉内心感受的佳作，《独坐敬亭山》就是其中之一。

【注释】

（1）尽：没有了。

（2）独去：独自去。

（3）闲：形容云彩飘来飘去，悠闲自在的样子。

（4）厌：满足。

【赏析】

诗文前两句"众鸟高飞尽，孤云独去闲"中有动有静，二者交融，以动衬静。众多鸟儿高高飞翔，一片云彩在天空悠悠飘荡皆是动态，但是最后的"尽"和"闲"二字却恰恰扭转了这一状况。鸟儿飞尽，天空则空，仅剩一片云彩飘荡；而这仅存的一片白云也不愿多作停留，慢慢地越飘越远。前句描写仿佛仅遗留下作者一人。后句白云悠悠，衬托出作者闲适的心境。鸟尽、孤云衬出了他心里的孤独寂寞、万般惆怅、怀才不遇，却也为后文勾勒出作者立于山中，相看两不厌的形象埋下了伏笔。

三、四两句"相看两不厌，只有敬亭山"中将物拟人化，将敬亭山人格化，虽然前文作者已剩孤寂，但是由于这敬亭山的吸引力，作者并不舍得放弃这一净地所在，唯愿与它两两相望，仅只眼神交流也可将二者的感情联为一体。此中"相"和"两"表达的都是互相的意味，而突出了作者深挚的感情。对敬亭山的感情越深，也折射出对人的感情之浅，即对现实社会不公的愤懑不满以及自己孤凉生活未能与山景亲近的悲哀。

这首诗是景中有情，情中有景的佳作代表。

学生感悟： 作者在现实中的苦闷与孤寂不能真实地抒发，只能借助对景色的感情侧面烘托。这样的诗歌也恰恰是当时诗人郁郁不得志的最好佐证。

【学习启示】

离愁别恨与旷达人生

人的一生中总会充斥着众多的悲欢离合，有来自个人的悲喜，也有来自外物的感触。随着时间的推移，无论是升学还是工作，都会将我们的生活推向不同的方向。也许会与朋友分别，也许会离家千里，也许无奈中只能孤身奋斗，但这一切的一切都不是可以打击我们人生的理由。只有以更为积极向上的心态去面对，才是最明智的选择。

无论是亲人还是朋友，暂时的离别可能会带有痛楚，但今天的分别则是我们努力奋斗的起点，带着所有人的希望踏上征程，某一天再次相见，彼此都带着荣耀而归，未尝不是一种更美好的表现。奋斗路上，也许你会被复杂的知识难倒，也许你会被现实中的困难所阻碍。不要畏惧，勇敢向前，只要翻过那道墙，就是美好的明天。如果你觉得自己孤身一人陷在重重困扰之中，那么请放开胸怀，享受这份孤独，让那份略带宁静的折磨为你的前进之路刻下痕迹，只有经历的多了，才能以这份阅历面对更严峻的考验。

作为一名职校学生，除了学好知识和专业技能，将要面临的挑战还有很多。那么请做好准备，享受自我，享受孤独，怀揣着自己和亲人朋友的美好愿望，勇敢迈向前方的朝阳，为自己美好的未来而奋斗。也请坚信，荆棘之路终会迎来曙光，坚持到底终将收获成功！

寄　　语

谨慎听取他人意见。

让别人知道自己是不可替代的人。

第 五 篇

超脱自我

Chapter 5

名句品读

《蜀道难》 李白 “一夫当关，万夫莫开”

《行路难》 李白 “长风破浪会有时，直挂云帆济沧海。”

《月下独酌》 李白 “举杯邀明月，对影成三人。”

《宣州谢朓楼饯别校书叔云》 李白 “抽刀断水水更流，举杯消愁愁更愁。”

《将进酒》 李白 “人生得意须尽欢，莫使金樽空对月。天生我材必有用，千金散尽还复来。”

《望岳》 杜甫 “会当凌绝顶，一览众山小。”

《登岳阳楼》 杜甫 “吴楚东南坼，乾坤日夜浮。”

29. 蜀道难

李 白

噫吁嚱，危乎高哉！蜀道之难，难于上青天！蚕丛及鱼凫，开国何茫然！尔来四万八千岁，不与秦塞通人烟。西当太白有鸟道，可以横绝峨眉巅。地崩山摧壮士死，然后天梯石栈相钩连。上有六龙回日之高标，下有冲波逆折之回川。黄鹤之飞尚不得过，猿猱欲度愁攀援。青泥何盘盘，百步九折萦岩峦。扪参历井仰胁息，以手抚膺坐长叹。

问君西游何时还？畏途巉岩不可攀。但见悲鸟号古木，雄飞雌从绕林间。又闻子规啼夜月，愁空山。蜀道之难，难于上青天，使人听此凋朱颜！连峰去天不盈尺，枯松倒挂倚绝壁。飞湍瀑流争喧豗，砯崖转石万壑雷。其险也若此，嗟尔远道之人，胡为乎来哉！

剑阁峥嵘而崔嵬，一夫当关，万夫莫开。所守或匪亲，化为狼与豺。朝避猛虎，夕避长蛇，磨牙吮血，杀人如麻。锦城虽云乐，不如早还家。蜀道之难，难于上青天，侧身西望长咨嗟！

【作者及背景】

李白（701 年—762 年），字太白，号青莲居士，唐朝诗人，有“诗仙”之称，我国最伟大的浪漫主义诗人。汉族，自称祖籍陇西郡成纪县（今甘肃平凉市静宁县南），出生于西域碎叶城（今吉尔吉斯斯坦托克马克），5 岁随父迁至剑南道之绵州（巴西郡）昌隆县。存世诗文千余篇，代表作有《蜀道难》《行路难》《梦游天姥吟留别》《将进酒》等诗篇，有《李太白集》传世。762 年病逝于安徽当涂，享年 61 岁。其墓在安徽当涂，四川江油、湖北安陆有纪念馆。

《蜀道难》本是乐府旧题，传统内容多写蜀道的险阻，但唐以前的《蜀道难》作品大多比较简短，内容单薄。李白这首诗则是对乐府古题的创新与发展，运用了三言、四言、五言、七言，甚至十一言的句式，参差不齐，错落有致，极大地丰富了诗歌的内容。

据推断，《蜀道难》应该是在唐玄宗天宝初年，李白第一次被玄宗召入长安供奉翰林时，送别友人所作。

【注释】

（1）噫（yī）吁（xū）嚱（xī）：惊叹声，蜀方言。

（2）蚕丛、鱼凫（fú）：传说中古蜀国的两个国王。

（3）茫然：难以考证，多么渺茫遥远。

（4）四万八千岁：岁，年。四万八千年，极言时间久远。

（5）秦塞：秦地。古代蜀国本与中原不通，至秦惠王灭蜀，开始与中原相通。

（6）天梯：上陡峰的山路。

（7）六龙：相传太阳神坐由六条龙拉的车而行，被高标所阻而回车。

（8）冲波逆折：激浪逆流。

（9）萦岩峦：缭绕在山峰间。

（10）抚膺（yīng）：抚胸。

（11）巉（chán）岩：险峭的山岩。

（12）号（háo）：大声啼鸣。

（13）子规：杜鹃鸟。

（14）凋朱颜：容颜为之衰老。

（15）去天：离天。

（16）喧豗（huī）：轰响声。

（17）峥嵘、崔嵬：高峻的样子。

（18）锦城：锦官城，今四川成都。

（19）咨（zī）嗟（jiē）：叹息。

【赏析】

《蜀道难》是李白袭用乐府古题所作的一首乐府诗。诗人通过丰富的想象，形象生动地描绘了秦蜀道路上的险峻、奇丽的山川，字里行间也流露出作者对社会的某些忧虑与关切之情。

诗人以“噫吁嚱，危乎高哉！”这样的感叹句开篇，起势突兀，为全诗奠定了“危途难行”的雄放的感情基调。接着诗人又用“蜀道之难，难于上青天”这样夸张的语句，点明诗歌主题。而且，这句话在全诗一共重复了三次，语气一次比一次强烈，极大地触动了读者的心弦。

接着诗人通过“蚕丛”以下八句具体描绘了蜀道的艰难险阻。诗人运用了古老的传说来表现入蜀山势的险峻和开辟蜀道的艰难，形象生动，极具感染力。诗人不仅是要写险、写难，还要倾注自己对山川的感情。通过壮士开山的传说，讴歌了远古人类征服自然的伟大斗争。

“上有六龙回日之高标”四句紧承“天梯石栈”而来。诗人借“六龙回日”的神话故事来烘托山势的高危，想象神奇而瑰丽。这些丰富的想象和高度的夸张手法的运用，层层映衬出蜀道上的山高与水险，使诗歌充满了浪漫主义色彩。

从“问君西游何时还”至“嗟尔远道之人胡为乎来哉”段，诗人突然转换角度，以一个旅行者的所见所感来渲染由秦入蜀这段旅途的艰难险阻。尤其是“连峰”四句，运用七言句式，气势磅礴，写尽了山高、壁陡与水急，从而真正突出一个“险”字。

在对剑阁险要地势的描写中，诗人用豺、狼、猛虎、长蛇这些自然界中可怕的事物来作喻，大肆渲染剑阁蜀地形势的险要和环境的险恶。于是，诗篇很自然地归结到“锦城虽云乐，不如早还家”，这里从对剑阁地势的险要引出了对政治形势的描写，间接表达了对国事的忧虑与关切。最后，诗人以“蜀道之难，难于上青天，侧身西望长咨嗟”结尾，与开头呼应，点出主题。

总之，此诗通过清丽奔放的语句、丰富的想象和夸张的手法，形象生动地描绘了蜀地山川的险峻雄伟，表现了诗人广阔的胸襟、豪迈的气魄和对神奇险峻境界的追求。可以说，《蜀道难》不愧是最能体现李白积极浪漫主义精神的一篇杰作。

学生感悟： 总是听人说“蜀道难，难于上青天”，今天学习了这首诗，才知道李白笔下的蜀道的险峻。我想，以后要是有机会，一定要亲自去走一走蜀道，去感受一下“诗仙”的情怀。

30. 行路难

李　白

金樽清酒斗十千，玉盘珍羞直万钱。停杯投箸不能食，拔剑四顾心茫然。
欲渡黄河冰塞川，将登太行雪满山。闲来垂钓碧溪上，忽复乘舟梦日边。
行路难！行路难！多歧路，今安在？长风破浪会有时，直挂云帆济沧海。

【写作背景】

《行路难》是乐府旧题。很多诗人均用过此题，其中最著名的便是李白所创作的《行路难》三首。本诗是其中的第一首。这三首诗联系紧密，不可分割。

天宝元年（742 年），李白奉诏入京，担任翰林供奉。李白本身才华横溢，充满抱负，很想像管仲、张良、诸葛亮等杰出人物那样干一番大事业。玄宗召他入京，让李白对自己的政治生涯充满信心，然而，现实却给他一记重击，他并没有得到唐玄宗的重用，相反，还受到权臣的谗毁与排挤，两年后被玄宗“赐金放还”，变相撵出了长安。

从内容上看，《行路难》这三首应该是天宝三载（744 年）李白离开长安时所作，但也有人认为此诗“作年莫考”。

【注释】

（1）行路难：乐府歌辞之一。原诗有三首，这是第一首。

（2）金樽（zūn）：金酒杯。斗（dǒu）十千：一斗酒值十千钱。

（3）玉盘：玉制的盘子。珍羞：精美的食品。羞：同“馐”。直：同“值”。

（4）垂钓碧溪：据《史记·齐太公世家》载，吕尚（姜太公）曾在渭水边垂钓，后来遇到周文王，被重用。

（5）乘舟梦日边：传说伊尹在受成汤重用前，曾梦见自己乘船经过日月旁边。

（6）歧路：岔路。

（7）长风破浪：比喻远大抱负得以实现。

（8）云帆：像白云一样的船帆。济：渡过。沧海：大海。

【赏析】

从内容看，应该是写在天宝三年（774 年）李白被权贵排挤离开长安的时候。

诗的前四句写朋友对李白的深厚友情。出于对李白这样一位天才被弃置的惋惜，朋友们不惜金钱，设下盛宴为他饯行。面对这样的美酒佳肴，平时“嗜酒见天真”的李白却只能“停杯投箸”，“拔剑四顾”，愁思重重，心绪茫然。

接下来，开始正面写行路的艰难。诗人用“冰塞川”“雪满天”来象征人生路上的艰难险阻，具有比兴的意味。一个有着伟大政治抱负的人物，曾经得到唐玄宗的赏识，却因为小人的谗言而被“赐金放还”，变相被撵出京城，这不正像是冰塞黄河、雪拥太行吗？但是，李白并没有变得懦弱、消沉，而是想到吕尚、伊尹这两位历史人物的经历，以他们的经历来鼓励自己，对未来又充满了信心。

但是，当诗人的思绪又回到现实中来的时候，他又再一次感到了人生道路的艰难险阻，不由地吟出了“行路难！行路难！多歧路，今安在？”的长叹。不过，李白是倔强的、自信的、乐观的，他绝不会因为这点挫折而气馁，因此，积极入世的强烈愿望、毅力和决心使他再次摆脱了歧路彷徨的苦闷，终于唱出了千古流传的最强音——“长风破浪会有时，直挂云帆济沧海”！

这首诗虽然不长，只有短短82个字，在七言歌行中只能算作短篇。但诗的气势高昂，感情激荡起伏，具有长篇诗歌的气势格局，使它成为后人称颂的千古名篇。全诗以“行路难”比喻世道险阻，抒写了诗人在政治道路上遭遇困阻时产生的激愤之情；但诗中同时也表达了诗人那种对理想的执着追求、乐观的自信与信念，充分表现了诗人对人生前途乐观豪迈的气概，充满了积极的浪漫主义精神。

学生感悟：我特别喜欢“长风破浪会有时，直挂云帆济沧海”这两句，能感受到诗人李白那种豪迈洒脱的气概。

31. 月下独酌

李　白

花间一壶酒，独酌无相亲。
举杯邀明月，对影成三人。
月既不解饮，影徒随我身。
暂伴月将影，行乐须及春。
我歌月徘徊，我舞影零乱。

醒时同交欢，醉后各分散。

永结无情游，相期邈云汉。

【写作背景】

这首诗约作于天宝三年（744 年），当时李白虽然人在长安，但却受到权贵排挤，不能实现自己的政治理想，心情是孤寂苦闷的。但他面对黑暗的现实，并没有消沉，没有同流合污，而依然保持着对自由与光明的向往，所以他在自己的诗篇中大多歌颂太阳和月亮。本诗是李白创作的一组诗中的第一首，写的是自己在花间月下独酌的情景。

【注释】

（1）“举杯”两句：这两句说，我举起酒杯招引明月共饮，明月和我以及我的影子恰恰合成三人。也有人认为是月下人影、酒中人影和我为三人。

（2）既：且。

（3）及春：趁着春光明媚之时。

（4）月徘徊：明月随我来回移动。

（5）影零乱：因起舞而身影纷乱。

（6）无情游：忘却世情的交游。

（7）邈：远。

（8）汉：银河。

【赏析】

这首诗描写了诗人在月夜花下独酌、无人亲近的孤独冷清的场景。诗人下笔点题，突出一个“独”字。这样幽静的月夜，美好的月色，袭人的花香，但却没有人陪诗人共饮、共赏。优美的环境与寂寞孤独的人形成了鲜明的对比。

然而诗人展开奇特的想象，邀请天上的明月、月光下自己的影子和自己一起举杯共饮。冷清的气氛一下子变得热烈起来，诗人的情绪也开始乐观，从孤独变为不孤独，这形成了诗意的又一次转折。

然而，尽管诗人如此盛情，但明月毕竟不会饮酒，自己的影子也不能举杯对酌，还是只有自己而已。“既”“徒”二字，显露出诗人无比失望的心情。在此，诗人的情感又再一次从不孤独重新回归到孤独。

然而，诗人已经进入醉乡了，他酒兴大发，且歌且舞，劝解自己应享受美景，及时行乐。但这难掩诗人心灵的悲哀和凄凉。从诗篇开头的“独酌无相亲”可知，诗人正是因为饱尝了人生的困难与现实生活的沉重打击后，才有意逃离这黑暗浑浊的世界，来到如水的月色之下，独自排遣心灵的苦闷。在诗中，诗人对月、影抒情，倾诉着自己的向往，至此，诗意升华到一个更为深刻的境界。

总之，诗人运用丰富的想象，表现出一种由孤独到不孤独，再由不孤独到孤独的复杂感情，充分表达了李白深沉的孤独感与豪放旷达的胸襟。该诗以乐景写哀情，以旷达写凄凉，构思新颖，想象奇特，层层转折，波澜起伏，意蕴越转越深，可以说是李白抒情诗中别具神韵的佳作。

学生感悟： 当年的李白在月下独酌，感受到的是一种孤独；而现在，身处闹市的我们，如果能在皎洁的月光下，独自赏月、品月，应该也算是一种享受、一种幸福吧。

32. 宣州谢朓楼饯别校书叔云

李　白

弃我去者，昨日之日不可留；乱我心者，今日之日多烦忧。长风万里送秋雁，对此可以酣高楼。蓬莱文章建安骨，中间小谢又清发。俱怀逸兴壮思飞，欲上青天揽明月。抽刀断水水更流，举杯消愁愁更愁。人生在世不称意，明朝散发弄扁舟。

【写作背景】

谢朓楼，是南齐著名诗人谢朓任宣城太守时所创建，又称北楼、谢公楼。诗题一作《陪侍御叔华登楼歌》。

天宝元年（742 年），李白怀着远大的政治理想来到长安，在翰林院就职。然而，短短的两年后，李白就因受权贵排挤，遭到谗毁而离开朝廷。他的内心十分愤慨，只能重新开始漫游生活。天宝十二年（753 年）的秋天，李白来到了安徽宣州，遇到了他的一位族叔李云（当时官为校书郎），但李云将要离开宣州，此诗就是李白为饯别李云而写成的。诗中并不直言离别，而是重笔抒发自己怀才不遇的牢骚、愤懑。

【注释】

（1）长风：远风，大风。

（2）酣（hān）高楼：畅饮于高楼。

（3）蓬莱：此指东汉时藏书之东观。《后汉书》卷二三《窦融列传》附窦章传："是时学者称东观为老氏藏室，道家蓬莱山。"李贤注："言东观经籍多也。蓬莱，海中神山，为仙府，幽经秘籍并皆在也。"建安骨：汉末建安（汉献帝年号，196年—220年）年间，"三曹"和"七子"等作家所作之诗风骨遒劲，后人称之为"建安风骨"。

（4）小谢：指谢朓，字玄晖，南朝齐诗人。后人将他和谢灵运并举，称为大谢、小谢。这里用以自喻。清发（fā）：指清新秀发的诗风。发，秀发，诗文俊逸。

（5）逸兴（xìng）：飘逸豪放的兴致，多指山水游兴，超远的意兴。王勃《滕王阁序》："遥襟甫畅，逸兴遄飞。"李白《送贺宾客归越》："镜湖流水漾清波，狂客归舟逸兴多。"壮思飞：卢思道《卢记室诔》："丽词泉涌，壮思云飞。"壮思：雄心壮志，豪壮的意思。

（6）览：通"揽"，摘取。

（7）称（chèn）意：称心如意。

（8）明朝（zhāo）：明天。散发（fà）：不束冠，意谓不做官。这里是形容狂放不羁。古人束发戴冠，散发表示闲适自在。弄扁（piān）舟：乘小舟归隐江湖。扁舟，小船。春秋末年，范蠡辞别越王勾践，"乘扁舟浮于江湖"。

【赏析】

诗歌开篇既不写楼，也不叙别，而是直抒郁结之情。那一鼓作气、长达11字的句式，生动形象地描绘出诗人的郁结之深、忧愤之烈、心绪之乱，流露出诗人一触即发、发不可抑的情绪。可以说，这是对他长期以来政治遭遇和政治感受的一个艺术概括。他的忧愤之深广、强烈，正反映出李白个人遭遇的越趋困窘和天宝以来朝政的越趋腐败。

三、四两句却把前面的郁悒一扫而空，在读者面前展现出一幅壮阔明朗的万里秋空画卷，从极端苦闷忽然跳到豪壮开阔的意境，充分显示出诗人豪迈阔大的胸襟。面对此情此景，诗人精神为之一振，烦忧一扫而空，“酣饮高楼”的逸兴壮志也就油然而生了。

下两句承高楼饯别分写主客双方。上句赞美李云的文章风格刚健，下句则说自己的诗像谢朓的诗那样清新秀发。李白非常推崇谢朓，这样自比小谢，正流露出对自己才能的自信。这两句与题目中的谢朓楼和校书自然契合。

七、八两句就“酣高楼”进一步渲染双方的意兴，诗人的豪放与天真，在这里得到了和谐的统一。上天揽月，想来并无可能，但这样飞动健举的形象让读者能够感觉到诗人对高洁理想境界的向往与追求。这两句诗笔墨酣畅，淋漓尽致，把诗人激昂的情绪推向最高潮，仿佛现实中一切黑暗污秽、心头的一切烦忧都被一扫而光。

然而当诗人从幻想中回到现实，理想与现实的强烈冲突、内心的烦忧苦闷让诗人又跌入到情绪的低谷。“抽刀断水水更流，举杯消愁愁更愁”，诗人的情绪一落千丈，从九霄跌入到苦闷的深渊。但是，“抽刀断水”这个细节却生动地显示出诗人力图摆脱精神苦闷的要求，这和沉溺于苦闷而不能自拔者有鲜明的不同。

虽然诗句的结尾看上去有点消极，甚至有点逃避现实的意味。但囿于历史与社会阶层，诗人很难在当时找到更好的出路。

然而，李白毕竟有豪迈开阔的气概，尽管他承受着苦闷的重压，但并没有因此放弃对高远理想的追求。因此，整首诗给人的感觉并不阴郁低沉，而是在怀才不遇的忧愤苦闷中流露出豪放雄迈的气概。诗中蕴含的强烈的情感，如奔腾的江河瞬息万变，波澜迭起和艺术结构的腾挪跌宕、跳跃发展完美结合。

学生感悟：“昨日像那东流水，离我远去不可回……”现在才知道以前自己喜欢的那首歌的歌词原来出自这首诗。

33. 将进酒

李　白

君不见黄河之水天上来，奔流到海不复回。

君不见高堂明镜悲白发，朝如青丝暮成雪。

人生得意须尽欢，莫使金樽空对月。
天生我材必有用，千金散尽还复来。
烹羊宰牛且为乐，会须一饮三百杯。
岑夫子，丹丘生，将进酒，杯莫停。
与君歌一曲，请君为我侧耳听。
钟鼓馔玉不足贵，但愿长醉不复醒。
古来圣贤皆寂寞，唯有饮者留其名。
陈王昔时宴平乐，斗酒十千恣欢谑。
主人何为言少钱，径须沽取对君酌。
五花马，千金裘，呼儿将出换美酒，与尔同销万古愁。

【写作背景】

《将进酒》原是汉乐府短箫铙歌的曲调，即“劝酒歌”之意，“将”，请的意思。

此诗约作于天宝十一载（752 年），李白当时与友人岑勋在嵩山另一好友元丹丘的颍阳山居为客，三人一起登高饮宴。人生快事莫若与好友痛饮，且诗人又正值“抱用世之才而不遇合”（萧士赟）之际，于是便趁酒兴发诗情，借酒浇愁，淋漓尽致地抒发出自己的愤懑之情。

【注释】

（1）将进酒：属汉乐府旧题。将（qiāng），请。《将进酒》选自《李太白全集》。这首诗大约作于天宝十一年（752 年）。距诗人被唐玄宗“赐金放还”已达八年之久。当时，他跟岑勋曾多次应邀到嵩山（在今河南登封市境内）元丹丘家里做客。

（2）君不见：乐府中常用的一种夸语。

（3）天上来：黄河发源于青海，因那里地势极高，故称。

（4）高堂：在高堂上。

（5）会须：应当。会、须，皆有应当的意思。

（6）岑夫子：指岑（cén）勋。丹丘生：元丹丘。二人均为李白的好友。

（7）钟鼓：富贵人家宴会中奏乐使用的乐器。

（8）馔（zhuàn）玉：美好的食物。形容食物如玉一样精美。馔，吃喝。玉，像玉一般美好。

（9）陈王：指陈思王曹植。

（10）平乐：平乐观，宫殿名。在洛阳西门外，为汉代富豪显贵的娱乐场所。

（11）恣（zì）：放纵，无拘无束。

（12）谑（xuè）：玩笑 。

（13）径须：干脆，只管。

（14）沽（gū）：通“酤”，买或卖，这里指买。

（15）五花马：指名贵的马。一说毛色作五花纹，一说颈上长毛修剪成五瓣。

（16）圣贤：一般指圣人贤士，又另指古时的酒名。

【赏析】

酒是李白生命中最重要的内容之一，李白的许多诗都与酒有关，咏酒的诗篇都极能表现他的个性。

全诗可分为以下三段。

第一段：君不见黄河之水天上来——莫使金樽空对月，抒写对人生短暂的感慨，以及适逢知音的快乐。这四句用黄河之水又长又大来起兴，以黄河的永恒伟大，反衬生命的脆弱渺小，自然过渡到人生的翕忽易老：这一开端可谓悲感之极，是一种巨人式的感伤。

但从整段的情调来看，诗人的情感是积极乐观的。“人生得意须尽欢”“天生我材必有用，千金散尽还复来”，在时间的流逝与怀才不遇中，体现的还是诗人的豪迈气魄。

第一段之后，有四个短句作为过渡。这几个短句，具有口语化的特点，使诗歌节奏富于变化。

第二段，诗人开始抒写自己对人生的见解。诗句中对权贵蔑视，对圣贤既有蔑视也有同情，是借饮酒来抒发对现实的不满，希望自己能摆脱苦闷，也就是“长醉不复醒”。

第三段：“陈王昔时宴平乐”——结尾，引用陈王的故事来说明豪饮的原因。李白本来抱有强烈的从政热情，但诗中这样说，分明是诗人长期积郁的苦闷的迸发。因此，我们可以感受到在看似颓唐的语句中包裹着诗人的“热”与“愤”。“热”是由于为实现抱负始终不渝地追求，“愤”是由于始终壮志难酬，未能一展抱负。正因为如此，诗人的情绪在这里由狂放转为愤激。

经过愤激的浪峰，诗人的狂放也达到了巅峰。用裘马换酒的豪举把诗人的狂态刻画得淋漓尽致，这种狂放的程度恰恰表现了愁苦的深度，同时他那旷达乐观和狂放不羁的性格跃然纸上。

全诗最后以一个“愁”字结篇。这个“愁”字，既有对年华流逝的惊惧，对人生坎坷的慨叹，对壮志难酬的悲愤，更有对世俗、对丑恶社会现实的憎恶。这首诗本身就犹如黄河之水，气势磅礴，充分表现了诗人狂放不羁、追求个人自由生活的态度，给我们描绘出一个充满信心又超脱世俗的诗人形象。

学生感悟：在这首诗里，我仿佛读出了一个很“纠结”的李白：既有怀才不遇的苦闷，又有豁达乐观的洒脱。

34. 望岳

杜 甫

岱宗夫如何？齐鲁青未了。造化钟神秀，阴阳割昏晓。
荡胸生层云，决眦入归鸟。会当凌绝顶，一览众山小。

【作者及背景】

杜甫（712 年—770 年），字子美，自号少陵野老，巩县（今河南巩义）人。唐代伟大的现实主义诗人。他忧国忧民，人格高尚，诗艺精湛，在中国古典诗歌中的影响非常深远，被后世尊称为“诗圣”，他的诗也被称为“诗史”。杜甫与李白合称为“李杜”。

泰山，我国五岳之首，又称“东岳”。泰山是世界第一个自然文化双遗产，名气颇大，文化内涵很深，历代众多文人墨客曾经慕名到此游览，留下了许多精彩的诗赋题词。

唐开元二十四年（736 年），24 岁的诗人开始过一种四处漫游的生活。本诗即写于诗人北游齐、赵时，是现存杜甫诗歌中年代最早的一首诗。此诗不仅写出了泰山的雄伟，还抒发了青年杜甫的凌云壮志，洋溢着蓬勃向上的朝气。

【注释】

（1）岳：此指东岳泰山，泰山为五岳之首，其余四岳为西岳华山、北岳恒山、南岳衡山、中岳嵩山。

（2）岱宗：泰山亦名岱山或岱岳，在今山东省泰安市城北。古代以泰山为五岳之首，诸山所宗，故又称“岱宗”。历代帝王凡举行封禅大典，皆在此山，这里指对泰山的尊称。

（3）夫：读“fú”。发音词，无实在意义，强调疑问语气。夫如何：怎么样?

（4）齐、鲁：古代齐鲁两国以泰山为界，齐国在泰山北，鲁国在泰山南，即今山东地区。原是春秋战国时代的两个国名，故后世以齐鲁大地代称山东地区。

（5）青：指山色。

（6）造化：这里指大自然。

（7）钟：聚集。

（8）神秀：天地之灵气。

（9）阴阳：阴指山之北，阳指山之南。

（10）割分：夸张的说法。此句是说泰山很高，在同一时间，山南山北判若早晨和晚上。

（11）决眦（zì）：眼角（几乎）要裂开。这是由于极力张大眼睛远望归鸟入山所致。决，裂开。

（12）入：收入眼底，即看到。

【赏析】

《望岳》一诗通过描绘泰山雄伟磅礴的气象，热情赞美了泰山高大巍峨的气势和神奇秀丽的景色，流露出了诗人对祖国大好河山的热爱之情，表达了诗人不怕困难、勇

攀绝顶、俯视一切的雄心与气概。

诗歌的前六句实写泰山之景。

开头以“岱宗夫如何”这样的设问统领下文。二句的“齐鲁青未了”自问自答，生动形象地道出泰山的绵延与高大。“青”字是写青翠的山色，“未了”是表现山势绵延之广，青翠之色一望无际。这是写远望之景。

三、四句是近望之势。“造化钟神秀”中的一个“钟”字生动有力，把大自然写得有情有义。“阴阳割昏晓”中的“割”字，本来是个普通字眼，但在这里却“奇险”，形象描绘出泰山的高耸挺拔，给参天矗立的泰山赋予了生命力。

五、六两句由静转动，描绘近看之景。诗人用“层云”衬托出泰山的高大。一个“入”字用得微妙传神，突现出山腹之深远，同时也蕴藏着诗人对祖国大好河山的热爱。

最后两句是想象中的登山之情，是作者由望景而产生了登临的愿望。“会当凌绝顶，一览众山小”中的“凌”字，突出表现了作者登临顶峰的决心和豪迈的壮志。

这首诗的题目是“望岳”，但全诗没有一个“望”字。全诗句句是写向岳而望，写“望”到的景，在写景中处处烘托出一个“高”字，把泰山的瑰奇秀丽、高大巍峨描绘得淋漓尽致，令人有身临其境之感。故《望岳》一诗，被后人称为“绝唱”，与泰山同垂不朽。

学生感悟：我特别喜欢诗的结尾：“会当凌绝顶，一览众山小。”这将会激励我不断攀登高峰，不断超越自我。

35. 登岳阳楼

杜 甫

昔闻洞庭水，今上岳阳楼。吴楚东南坼，乾坤日月浮。
亲朋无一字，老病有孤舟。戎马关山北，凭轩涕泗流。

【写作背景】

晚年的杜甫，已经是“漂泊西南天地间”，没有一个定居之所，只好以舟为家。唐代宗大历三年（768 年），杜甫自公安（今属湖北）到达岳阳（今属湖南），登上岳阳楼远眺，触景生情，写了这首诗。这首诗意境开阔，被誉为古今“登楼第一诗”。

【注释】

（1）洞庭水：洞庭湖。在今湖南北部，长江南岸，是我国第二大淡水湖。

（2）岳阳楼：在今湖南省岳阳市，下临洞庭湖，为游览胜地。

（3）吴楚：春秋时二国名，其地略在今湖南、湖北、江西、安徽、江苏、浙江一带。下瞰洞庭，碧湖万顷，遥望君山，气象万千。唐张说建，宋滕子京修，以范仲淹千古名篇《岳阳楼记》驰名。

（4）坼（chè）：分裂，这里引申为划分。这句是说：辽阔的吴楚两地被洞庭湖一水分割。

（5）乾坤（qián kūn）日月（一作“夜”）浮：乾坤，天地。日月星辰和大地昼夜都飘浮在洞庭湖上。据《水经注》卷三十八：“湖水广圆五百余里，日月出没于其中。”

（6）无一字：音讯全无。字：这里指书信。

（7）戎（róng）马关山北：北方边关战事又起。当时吐蕃侵扰宁夏灵武、陕西邠（bīn）州一带，朝廷震动，匆忙调兵抗敌。戎马，军马，借指军事、战争、战乱。这年秋冬，吐蕃又侵扰陇右、关中一带。

（8）凭轩：倚着楼窗。涕泗流：眼泪禁不住地流淌。涕泗，眼泪和鼻涕，偏义复指，即眼泪。

【赏析】

唐代宗大历三年（768 年）冬，杜甫由湖北的江陵、公安漂泊到湖南的岳阳。这里有著名的洞庭湖和岳阳楼。一天，杜甫独自登上了这座楼，并写下这首千古名诗《登岳阳楼》。

一、二句是对句，雄厚有力。从字面上看，意境似乎很简单，诗人说他很早就听说洞庭湖的名胜，今天终于登楼见到这一片湖光山色的美景。如果仅仅把这两句理解为作者登临岳阳楼的喜悦，那就大大降低了杜诗的意境。其实，这两句诗是在平平淡淡的叙述中，寄寓着四处漂泊、怀才不遇、壮志未酬、沧海桑田……许许多多的感触。

三、四句写登楼所见，洞庭湖水把吴国和楚国的疆界划分开，日月星辰都好像是飘浮在湖水之中一般，这是在极力描写洞庭湖的浩瀚无边。

五、六句是写登临岳阳楼所引起的个人身世之感。当时的诗人自己一身病痛，亲朋音讯全无，只剩一条孤舟做伴，这种境遇，实在让人唏嘘。从意境来看，三、四句的宽阔广大与五、六句的狭窄形成了鲜明的对比。其实，空阔的境界往往更能激发人们的飘零之感。第七句“戎马关山北”又与三、四句的宏伟瑰丽的气象，上下衬托，十分契合。

最后，诗人以“凭轩涕泗流”作结，这与诗的开头“今”“昔”二字是照应的。从中我们也能体会到，因为诗人昔日远大的抱负全成了泡影，天下至今也是兵荒马乱，诗人只有老泪纵横了。

《登岳阳楼》的意境开阔宏伟，历来为人称道。这固然与诗人一纵一收的写作笔法有关，但更重要的还是诗人的思想感情。因为杜甫有爱国爱民的宽广胸襟，才能与浩瀚壮阔的洞庭景色相匹，二者水乳交融，构成如此雄伟开阔的意境。

在艺术风格上，本诗基本写实，意旨深厚，沉郁顿挫。虽题为“登岳阳楼”，却对所见之景不加细致描摹，而是明写个人之愁，寄托了诗人对天下、对国家命运的牵挂与担忧。

学生感悟： 杜甫真不愧是一位伟大的诗人，即使自己一生坎坷，也仍然牵挂国家的命运。他这种爱国情怀值得我们学习。

【学习启示】

超脱自我

每个人都希望自己的人生之旅能够一帆风顺、春暖花开，但实际上，人的一生，总会遇到各种各样的挫折。在挫折面前，有些人笑着面对，而有些人却哭着后退，最后的结局自然也是迥然不同。

对于诗仙李白而言，他才华横溢，抱负满怀，豪放洒脱，不寄托于高堂的庄严，不艳羡官场的利禄，站在大唐的江山上，站在诗人的位置上，任清风涤荡心胸，随月辉起舞弄影，他既有“天生我材必有用，千金散尽还复来”的豪情壮志，又有“俱怀逸兴壮思飞，欲上青天揽明月”的宏伟气魄。正因为如此，大唐江山的史册上多了几分厚重，多了几分灵动的神气!

然而，作为一个有着高度正义感和社会责任感的诗人而言，李白却是屡遭排挤，不受重用，他的官宦之旅可谓是起起伏伏，波折不断。对于一个普通人而言，这样的遭遇尚且觉得不堪忍受，而李白，这样一个才华横溢的诗人，却始终能够旷达乐观地面对，能够意气风发地继续出发，这难道不是李白的豁达和超脱吗?

让我们来看看他的风姿：“安能摧眉折腰事权贵，使我不得开心颜。”遭人诽谤的李白，虽有昭昭若明星之德、日月齐辉之才，却被玄宗赐金放还，他的政治理想如肥皂泡一样破灭了。但是，李白并不气馁，他仍意气风发，“举杯邀明月，对影成三人”，“长风破浪会有时，直挂云帆济沧海”，酒入愁肠，三分酿成月亮七分化为剑气，秀口一吐便是半个盛唐。即便被放还，他也依然能够快乐地梦游天姥、攀登蜀道，仍能举杯畅饮、对天揽月。这种豁达的胸襟、超脱的情怀，岂是当时世人所能理解?

“抽刀断水水更流，举杯消愁愁更愁。人生在世不称意，明朝散发弄扁舟。”虽然，李白也曾为前途渺茫嗟叹过，但积极入世才是他人生观的真正主导，因此他能很快从迷惘中清醒过来,用古人的高远志向来勉励自己。“长风破浪会有时,直挂云帆济沧海。”诗人是那么充满信心，永远站在社会、国家的立场来看待自己的遭遇，用乐观的微笑来拥抱明天，用超脱的胸怀来迎接自己的生命之舟。

所以，人的一生，永远是得意与失意交织，快乐与痛苦相间，坦途与沼泽同在。那么，李白的这种豁达与超脱难道不值得我们学习吗?

有人说，人生的圆满不是他不曾遇到过苦难，而是他经历过、体验过、面对过那苦难的滋味，超越那苦难的感觉。所以，亲爱的中职生朋友们，不要惧怕苦难和挫折，因为它会让你更快成长，更加成熟。我们有理由相信，当我们能够积极乐观地对待身边的一切时，当我们能够笑着面对挫折、超脱自我时，我们的人生就会变得越来越美好。

寄　语

抓住身边的每一次机会。

拥有自己独特的风格和性格。

第 六 篇

画面浸染的诗情

Chapter 6

名句品读

《登高》 杜甫 “万里悲秋常作客，百年多病独登台。”

《茅屋为秋风所破歌》 杜甫 “安得广厦千万间，大庇天下寒士俱欢颜，风雨不动安如山！”

《蜀相》 杜甫 “出师未捷身先死，长使英雄泪满襟。”

《别董大》 高适 “莫愁前路无知己，天下谁人不识君。”

《早春呈水部张十八员外》 韩愈 “天街小雨润如酥，草色遥看近却无。”

《白雪歌送武判官归京》 岑参 “忽如一夜春风来，千树万树梨花开。”

《游子吟》 孟郊 “谁言寸草心，报得三春晖”。

36. 登高

杜 甫

风急天高猿啸哀，渚清沙白鸟飞回。
无边落木萧萧下，不尽长江滚滚来。
万里悲秋常作客，百年多病独登台。
艰难苦恨繁霜鬓，潦倒新停浊酒杯。

【作者及背景】

杜甫（712 年—770 年），字子美，自号少陵野老，汉族，巩县（今河南巩义）人。杜甫曾祖父（杜审言父亲）起由襄阳（今属湖北）迁居巩县（今河南巩义）。盛唐时期伟大的现实主义诗人。他忧国忧民，人格高尚，他有约 1500 首诗歌被保留了下来，诗艺精湛，他在中国古典诗歌中的影响非常深远，被后世尊称为“诗圣”，他的诗也被称为“诗史”。杜甫与李白合称“李杜”，为了与另两位诗人李商隐与杜牧即“小李杜”区别，杜甫与李白又合称“大李杜”。

这首诗是大历二年（767 年）杜甫在夔州时所作。萧瑟的秋天，在诗人的笔下被写得有声有色，而引发出来的感慨更是动人心弦。这不仅由于写了自然的秋，更由于诗人对人生之秋所描绘的强烈的感情色彩。颔联状景逼真，是后人传诵的名句。颈联两句，十四个字包含了多层含意，备述了人生的苦况，更令人寄予强烈的同情。

【注释】

（1）渚：水中的小洲。

（2）回：回旋。

（3）百年：犹言一生。

（4）潦倒：犹言困顿，衰颓。

（5）新停：这时杜甫正因病戒酒。

【赏析】

诗歌的前四句描写登高闻见之景。首联连续借风、天、猿、渚、沙、鸟六种景物，并以急、高、哀、清、白、飞等词修饰，指明了节序和环境，渲染了浓郁的秋意，风物具有鲜明的地区特征。这两句不仅是工对的联语，而且句中自对，如“天高”对“风急”，“沙白”对“渚清”。句法严谨，语言锤炼，素来被视为佳句。这两句诗，无论是描摹形态，还是形容气势，都极为生动传神。从萧瑟的景物和深远的意境中，可以感受到诗人壮志难酬的感慨之情和悲凉心境。诗篇后四句抒发登高触发的感慨。颈联上句写羁旅之愁。“常作客”，表明诗人多年漂泊不定的处境；“万里”，说明夔州距离家乡非常遥远，是从距离上渲染愁苦之深；“悲秋”，又是从时令上烘托悲哀之重，“秋”字是在前两联写足秋意后，顺势带出，并应合着“登高”的节候。下句写孤病之态。“百年多病”，迟暮之年百病缠身，痛苦之情可想而知；“独”字，写出举目无亲的孤独感；“登台”二字是明点题面，情才因景而生。这两句词意精炼，含义极为丰富，叙述自己远离故乡，长期漂泊，而暮年多病，举目无亲，秋季独自登高，不禁满怀愁绪。尾联写国势艰危，仕途坎坷，年迈和忧愁引得须发全白；而因疾病缠身，新来戒酒，所以虽有万般愁绪，也无法排遣。这一联分承五、六句：“艰难”备尝是因“常作客”所致，“潦倒”日甚又是“多病”的结果。诗前半写景，后半抒情，在写法上各有错综之妙。首联着重刻画眼前具体景物，好比画家的工笔，形、声、色、态，一一得到表现。次联着重渲染整个秋天气氛，好比画家的写意，只宜传神会意，让读者用想象补充。颈联表现感情，从纵横两方面着笔，由异乡漂泊写到多病残生。尾联又从白发日多，护病断饮，归结到时世艰难是潦倒不堪的根源。这样，杜甫忧国伤时的情操，便跃然纸上。

学生感悟：读了这首诗，我觉得诗人是一个多愁善感的人。

37. 茅屋为秋风所破歌

杜 甫

八月秋高风怒号，卷我屋上三重茅。
茅飞渡江洒江郊，高者挂罥长林梢，下者飘转沉塘坳。
南村群童欺我老无力，忍能对面为盗贼。
公然抱茅入竹去，唇焦口燥呼不得，归来倚仗自叹息。
俄顷风定云墨色，秋天漠漠向昏黑。
布衾多年冷似铁，娇儿恶卧踏里裂。
床头屋漏无干处，雨脚如麻未断绝。
自经丧乱少睡眠，长夜沾湿何由彻！
安得广厦千万间，大庇天下寒士俱欢颜，风雨不动安如山！
呜呼！何时眼前突兀见此屋，吾庐独破受冻死亦足！

【写作背景】

唐肃宗乾元二年（759 年），当时安史之乱还未平定。关中地区闹革命，民不聊生。这年秋天，杜甫弃官到秦州（现在甘肃天水），又辗转经同谷（现在甘肃成县）到了巴陵。公元 760 年，经亲友的帮助，在成都浣花溪建起了一座草堂，过上了暂时安定的生活，他感到快乐和自足，于是歌唱春雨，寻花跳塔，遣兴江边，以诗酒自娱。但是，这种表面上的安逸，掩饰不住他的贫穷，更不能冲淡他那一贯的忧国忧民情怀。上元二年（761 年）秋天，一场暴风雨袭击了他的茅屋，再一次把他从浪漫的隐居生活中敲醒，让他面对现实，让他忧思，于是写下了这首诗。

【注释】

（1）歌行体本是古代歌曲的一种形式，后成为古体诗歌的一种体裁。其音节、格律一般比较自由，形式采用五言、七言、杂言，富于变化。它的特点是不讲究格律，任由诗人创作兴致所至。抒发感情，句数多少不限，可以说是句式整齐的“自由体”诗。但极富韵律，朗朗上口，略求押韵而不无顿句，是古代诗文中极有特色的一类。诗中的茅屋指草堂。

（2）秋高：秋深。号（háo）：号叫。

（3）三重（chóng）茅：几层茅草。三，不定词，表示多。

（4）挂罥（juàn）：挂着，挂住，缠绕。罥，挂。

（5）沉塘坳（ào）：沉到池塘水中。塘坳，低洼积水的地方（即池塘）。坳，水边低地。

（6）忍能对面为盗贼：竟忍心这样当面做“贼”。忍能，忍心如此。对面，当面。为，做。

（7）秋天漠漠向昏黑（hēi）（也有版本作“hè”）：指秋季的天空浓云密布，一下子就昏暗下来了。漠漠，阴沉迷蒙的样子。向，渐近。

（8）布衾（qīn）：棉被。

（9）娇儿恶卧踏里裂：指儿子睡觉时双脚乱蹬，把被里都蹬坏了。恶卧，睡相不好。

（10）床头屋漏无干处：意思是，整个房子都没有干的地方了。屋漏，指房子西北角，古人在此开天窗，阳光便从此处照射进来。床头屋漏，泛指整间屋子。

（11）雨脚如麻：形容雨点不间断，像下垂的麻线一样密集。雨脚，雨点。

（12）丧（sāng）乱：战乱，指安史之乱。

（13）何由彻：意思是，如何才能熬到天亮呢？彻，通，这里指结束，完结的意思。

（14）大庇（bì）：全部遮盖、掩护起来。庇，遮蔽、掩蔽。

（15）寒士：“士”原指士人，即文化人，但此处泛指贫寒的士人们。

（16）见（xiàn）：通“现”，出现。

【赏析】

“八月秋高风怒号，卷我屋上三重茅。”一个“怒”字，把秋风拟人化——诗人好不容易盖了这座茅屋，刚刚定居下来，秋风却怒吼而来，卷起层层茅草，使诗人万分焦急。

“茅飞渡江洒江郊”的“飞”字紧承上句的“卷”字，“卷”起的茅草没有落在屋旁，却随风“飞”走，“飞”过江去，然后雨点似的“洒”在“江郊”：“高者挂罥长林梢”，很难弄下来；“下者飘转沉塘坳”，也很难收回来。“卷”“飞”“渡”“洒”“挂罥”“飘转”，一个接一个的动态不仅组成一幅幅鲜明的图画，而且紧紧地牵动诗人的视线，拨动诗人的心弦。

第二段中共有五句，前节写“洒江郊”的茅草无法收回，落在平地上可以收回的茅草，却被“南村群童”抱跑了。“欺我老无力”如果诗人不是“老无力”，而是年当壮健有气力，自然不会受这样的欺侮。“忍能对面为盗贼”，意思是，群童竟然忍心在他的眼前做盗贼。其实，这不过是表现了诗人因“老无力”而受欺侮的愤懑心情而已，绝不是真的给“群童”加上“盗贼”的罪名，所以，“唇焦口燥呼不得”，也就无可奈何了。“归来倚杖自叹息”总收前两节。诗人大约是一听到北风狂叫，就担心盖得不够结实的茅屋发生危险，因而就拄杖出门，直到风吹屋破，茅草无法收回，这才无可奈何地走回家中。“自叹息”中的“自”字，下得很沉痛，诗人如此不幸的遭遇只有他自己在叹息，未引起别人的同情和帮助，可见世风的淡薄。因而他也就不仅仅是为自己老无力“叹息”了。当他自己风吹屋破，无处安身，得不到别人的同情和帮助的时候，分明联想到类似处境的无数穷人。

“俄顷风定云墨色，秋天漠漠向昏黑”两句，饱蘸浓墨地渲染出暗淡愁惨的氛围，进而烘托出诗人暗淡愁惨的心境，而密集的雨点即将从漠漠的秋空洒向地面，已在预料之中。

“布衾多年冷似铁，娇儿恶卧踏里裂”两句值得注意的是，这不仅是写布被又旧又破，而且是为下文写屋破漏雨蓄势。成都的八月，天气并不“冷”，正由于“床头屋漏无干处，雨脚如麻未断绝”，所以才感到冷。

“自经丧乱少睡眠，长夜沾湿何由彻”两句，一纵一收。从眼前的处境扩展到安史之乱以来的种种痛苦经历，从风雨飘摇中的茅屋扩展到战乱频繁、残破不堪的国家；一收，又回到“长夜沾湿”的现实。忧国忧民，加上“长夜沾湿”，诗人自然不能入睡。“长夜”是作者由于自己屋漏因而更觉夜长，还因自己和国家都在风雨飘摇中挣扎而觉得夜长。“何由彻”和前面的“未断绝”照应，表现了诗人既盼雨停，又盼天亮的迫切心情。于是诗人由个人的艰苦处境联想到其他人的类似处境，水到渠成，自然而然地过渡到全诗的结尾。

“安得广厦千万间，大庇天下寒士俱欢颜，风雨不动安如山”，句句蝉联而下，而表现阔大境界和愉快情感的词如“广厦”“千万间”“大庇”“天下”“欢颜”“安如山”等，又声音洪亮，从而构成了铿锵有力的节奏和奔腾前进的气势，恰当地表现了诗人从“床头屋漏无干处”“长夜沾湿何由彻”的痛苦生活体验中迸发出来的激情和火热的希望。诗人发出了由衷的感叹：“呜呼！何时眼前突兀见此屋，吾庐独破受冻死亦足！”抒发作者忧国忧民的情感，表现了作者推己及人、舍己为人的高尚品格，诗人的博大胸襟和崇高理想，至此表现得淋漓尽致。

学生感悟： 我觉得杜甫虽然居住在茅屋草堂，就像《陋室铭》中写到的“斯是陋室，唯吾德馨”，他仍然心怀天下，时刻惦记着天下寒士，是需要多么宽广的心胸啊！

38. 蜀相

杜 甫

蜀相祠堂何处寻？锦官城外柏森森。映阶碧草自春色，隔叶黄鹂空好音。

三顾频烦天下计，两朝开济老臣心。出师未捷身先死，长使英雄泪满襟。

【写作背景】

唐肃宗乾元二年（759 年）十二月，杜甫结束了为时四年的寓居秦州、同谷（今甘肃省成县）的颠沛流离的生活，到了成都，在朋友的资助下，定居在浣花溪畔。第二年（唐肃宗上元元年，760 年）的春天，他探访了诸葛武侯祠，写下了这首感人肺腑的千古绝唱。杜甫虽然怀有“致君尧舜”的政治理想，但他仕途坎坷，抱负无法施展。他写《蜀相》这首诗时，安史之乱还没有平息。目睹国势艰危，生灵涂炭，而自身又请缨无路，报国无门，因此对开创基业、挽救时局的诸葛亮，无限仰慕，倍加敬重。

【注释】

（1）蜀相：三国蜀汉丞相，指诸葛亮（孔明)。

（2）丞相祠堂：指诸葛武侯祠，在现在成都，晋李雄初建。

（3）锦官城：现四川省成都市。成都的别名。

（4）森森：树木茂盛繁密的样子。

（5）三顾：指刘备三顾茅庐。顾：拜访，探望。

（6）两朝开济：指诸葛亮辅助刘备开创帝业，后又辅佐刘禅。

（7）两朝：刘备、刘禅父子两朝。

（8）开济：开，开创。济，扶助。

【赏析】

开头一句，问句引起。祠堂何处？锦官城外，数里之遥，远远望去，早见翠柏成林，一片葱葱郁郁，气象不凡——那就是诸葛武侯祠所在了。开门见山，洒洒落落。而两句又一问一答，自开自合。

接下去，杜甫便写到映阶草碧，隔叶禽鸣。

有人说，那首联是起，颔联是承，章法井然，不错。又有人说，从城外森森，到阶前碧色，迤迤逦逦，自远望而及近观，由寻途遂至入庙，笔路最清。也不错。不过，倘若仅仅如此，谁个不能？老杜又在何处呢？有人说，既然说诗人意在人而不在祠，那他为何八句中为碧草黄鹂，映阶隔叶就费去了两句？此岂不是正写祠堂之景？可知意不在祠的说法不确。又有人说，杜意在人在祠，无须多论，只是律诗幅短，最要精整，他在此题下，竟然设此二句，既无必要，也不精彩；至少是写“走”了，岂不是老杜的一处败笔？

且说杜甫风尘三项洞，流落西南，在锦城定居之后，大概头一件事就是走谒武侯祠庙。“丞相祠堂何处寻？”从写法上说，是开门见山，更不迂曲；从心情说，祠堂何处，向往久矣！当日这位老诗人，怀着一腔崇仰钦慕之情，问路寻途，奔到了祠堂之地，他既到之后，一不观赏殿宇巍巍，二不瞻仰塑像凛凛，他“首先”注意的却是阶前的碧草，叶外的黄鹂！这是什么情理？

要知道，杜甫此行，不是旅游，入祠以后，殿宇之巍巍，塑像之凛凛，他和普通人一样，自然也是看过了的。不过到他写诗之时，他感情上要写的绝不是这些形迹的外观。他要写的是内心的感受。写景云云，已是活句死参；更何况他本来真写祠堂之景。换言之，他正是看完了殿宇之巍巍，塑像之凛凛，使得他百感中来，万端交集，然后才越发觉察到满院萋萋碧草，寂寞之心难言；才越发感受到数声呖呖黄鹂，荒凉之境无限。在这里，你才看到一位老诗人，独自一个，满怀心事，徘徊瞻眺于武侯祠庙之间。没有这一联两句，诗人何往？诗心安在？只因有了这一联两句，才读得出下面的颈联所说的三顾频烦，两朝开济，一方面是知人善任，终始不渝；一方面是鞠躬尽瘁，死而后已；一方面付托之重，一方面图报之诚。这一切，老杜不知想过了几千几百回，只是到面对着古庙荒庭，这才写出了诸葛亮的心境，字字千钧之重。莫说古人只讲一个“士为知己者死”，难道诗人所理解的天下之计，果真是指刘氏子孙万世皇基不成？老臣之心，岂不也怀着华夏河山，苍生水火？一生志业，六出祁山，五丈原头，秋风瑟瑟，大星遽陨，百姓失声——想到此间，那阶前林下徘徊的诗人老杜，不禁汍澜被面，老泪纵横了。

学生感悟：读了这首诗，我觉得诗人心中总有一种报国无门，壮志未酬的惆怅难以消除。

39. 别董大

高　适

千里黄云白日曛，
北风吹雁雪纷纷。
莫愁前路无知己，
天下谁人不识君。

【作者及背景】

高适（700 年—765 年），唐代边塞诗人。字达夫，一字仲武，渤海蓝（今河北省沧县）人，居住在宋中（今河南商丘一带）。少孤贫，爱交游，有游侠之风，并以建功立业自期。早年曾游历长安，后到过蓟门、卢龙一带，寻求进身之路，都没有成功。后客居梁、宋等地，曾与李白、杜甫结交。安史之乱爆发后，任侍御史、谏议大夫。肃宗时，历任淮南节度使，蜀、彭二州刺史，西川节度使，大多督府长史等职。代宗时官居散骑常侍，封渤海县侯。高适为著名的边塞诗人，与岑参并称“高岑”。其诗直抒胸臆，不尚雕饰，以七言歌行最富特色，大多写边塞生活。笔力雄健，气势奔放，洋溢着盛唐时期所特有的奋发进取、蓬勃向上的时代精神。有《高常侍集》。高适是盛唐时期“边塞诗派”的领军人物，“雄浑悲壮”是他的边塞诗的突出特点。

【注释】

（1）董大：唐玄宗时著名的琴客董庭兰，在兄弟中排行第一，故称“董大”。

（2）曛：昏暗。

（3）君：指董大。

【赏析】

这首送别诗前两句用白描手法写眼前的景色——北风呼啸，黄沙千里，遮天蔽日，大雪纷纷扬扬，群雁排队南飞，诗人在这荒寒壮阔的环境中，送别这位身怀绝技却又无人赏识的音乐家。后两句“莫愁前路无知己，天下谁人不识君”，是对朋友的劝慰，于慰藉中充满着信心和力量，激励朋友抖擞精神去奋斗，去拼搏。

这首诗胸襟开阔，雄壮豪迈，堪与王勃“海内存知己，天涯若比邻”的情境相媲美。

学生感悟： 人生难免会遇到不如意的事情，但只要我们心中有信念，达观地面对一切，前行的路上就会充满阳光。

40. 早春呈水部张十八员外

韩　愈

天街小雨润如酥，草色遥看近却无。
最是一年春好处，绝胜烟柳满皇都。

【作者及背景】

韩愈（768 年—824 年），字退之，唐代文学家、哲学家。河南河阳（今河南省孟县）人。郡望昌黎，世称韩昌黎。晚年任吏部侍郎，又称韩吏部。谥号“文公”，又称韩文公。“唐宋八大家”之首。贞元进士，历任节度推官、监察御史、刑部侍郎、国子祭酒等职。卒于长安。韩愈在政治上力主加强统一，反对藩镇割据。思想上尊儒排佛，以孔孟道统的继承者自居。他大力提倡古文，和柳宗元共同领导了中唐古文运动。他与柳宗元并称“韩柳”，有“文章巨公”和“百代文宗”之名，著有《韩昌黎集》四十卷，《外集》十卷，《师说》等。其文雄奇奔放，汪洋恣肆，深于立意，巧于构思，语言精练，富有创造性。其诗亦别开生面，勇于创新，工于长篇古风，采用散文辞赋的章法笔调，气势雄浑，才力充沛，想象奇特，形成奇崛宏伟的独特风格。有门人李汉所编《昌黎先生集》传世。

此诗作于长庆三年（823 年）早春。当时韩愈已经 56 岁，任吏部侍郎。这是他一生中所做过的最大的官。虽然时间不长（他 57 岁就病逝了），但此时心情很好。此前不久，镇州（今河北正定）藩镇叛乱，韩愈奉命前往宣抚，说服叛军，平息了一场叛乱。穆宗皇帝非常高兴，把他从兵部侍郎任上调为吏部侍郎。在文学方面，他早已声名大振。同时在复兴儒学的事业中，他也卓有建树。因此，虽然年近花甲，却不因岁月如流而悲伤，而是兴味盎然地迎接春天。

此诗是写给当时任水部员外郎的诗人张籍的。张籍在兄弟辈中排行十八，故称“张十八”。大概是韩愈约张籍游春，张籍因以事忙年老推辞，韩愈于是作这首诗寄赠，极言早春景色之美，希望触发张籍的游兴。

【注释】

（1）呈：恭敬地送给。

（2）天街：东都洛阳城“定鼎门大街”，隋唐洛阳城中轴线“七天”之一，道路十分宽阔，路边杨柳扶疏，间植桃、李、石榴，中间为三条道，居中为“御道”，两侧有水渠和平民道。“天街”对应天上的“天街”星座。

（3）酥（sū）：酥油、奶油、乳汁，这里形容春雨的滋润。

（4）绝胜：远远超过。

（5）皇都：洛阳城（唐朝东都），神都。

【赏析】

这首诗是写给水部员外郎张籍的一首描写和赞美早春美景的七言绝句。首句点出初春小雨，以“润如酥”来形容它的细滑润泽，准确地捕捉到了它的特点。此句与杜甫的“好雨知时节，当春乃发生。随风潜入夜，润物细无声”有异曲同工之妙。

第二句紧承首句，写草沾雨后的景色。以远看似有，近看却无，描画出了初春小草沾雨后的朦胧景象，写出了春草刚刚发芽时矮小、稀疏、若有若无的特点。

三、四句赞美初春景色："最是一年春好处，绝胜烟柳满皇都。"这两句意思是说：早春的小雨和草色是一年春光中最美的东西，远远超过了烟柳满城的衰落的晚春景色。这首诗取早春咏叹，认为早春比晚春景色犹胜，别出新意。前两句体察景物之精细已经令人称赞，后两句如骑兵骤至，更在人意料之外。

诗人运用简朴的文字，就常见的"小雨"和"草色"，描绘出了早春的独特景色。刻画细腻，造句优美，构思新颖，给人一种早春时节湿润、舒适和清新之美感，表达了作者对春天的热爱和赞美之情。

学生感悟： 我读这首诗有一种轻快、活泼的感觉，仿佛初春走在乡间的小路上，让人油然而生喜悦。

41. 白雪歌送武判官归京

岑 参

北风卷地白草折，胡天八月即飞雪。忽如一夜春风来，千树万树梨花开。
散入珠帘湿罗幕，狐裘不暖锦衾薄。将军角弓不得控，都护铁衣冷难着。
瀚海阑干百丈冰，愁云惨淡万里凝。中军置酒饮归客，胡琴琵琶与羌笛。
纷纷暮雪下辕门，风掣红旗冻不翻。轮台东门送君去，去时雪满天山路。
山回路转不见君，雪上空留马行处。

【作者及背景】

岑参（约 715 年—770 年），唐代诗人，原籍南阳（今属河南省新野），迁居江陵（今属湖北省）。汉族，荆州江陵（湖北省江陵）人。去世之时 56 岁，是唐代著名的边塞诗人。其诗歌富有浪漫主义的特色，气势雄伟，想象丰富，色彩瑰丽，热情奔放，尤其擅长七言歌行。与同代的高适齐名并称“高岑”。他父亲两任州刺史，但却早死，家道衰落。他自幼从兄受书，遍读经史。二十岁至长安，献书求仕。求仕不成，奔走京洛，漫游河朔。天宝三载（744 年）也就是三十岁时中进士，授兵曹参军。天宝八载（749 年），充安西四镇节度使高仙芝幕府书记，赴安西，751 年回长安。754 年又作安西北庭节度使封常清的判官，再度出塞。安史之乱后，至德二载（757 年）才回朝。前后两次在边塞共六年。他的诗说：“万里奉王事，一身无所求。也知边塞苦，岂为妻子谋。”（《初过陇山途中呈宇文判官》）又说：“侧身佐戎幕，敛任事边陲。自随定远侯，亦着短后衣。近来能走马，不弱幽并儿。”（《北庭西郊候封大夫受降回军献上》）可以看出他两次出塞都是颇有雄心壮志的。他回朝后，由杜甫等推荐任右补阙，以后转起居舍人等官职，大历元年（766 年）官至嘉州刺史，世称岑嘉州。以后罢官，客死成都旅舍。

当时西北边疆一带，战事频繁，岑参怀着到塞外建功立业的志向，两度出塞，久佐戎幕，前后在边疆军队中生活了六年，因而对鞍马风尘的征战生活与冰天雪地的塞外风光有长期的观察与体会。岑参的诗想象丰富，意境新奇，气势磅礴，风格奇峭，词采瑰丽，具有浪漫主义特色。诗人陆游曾称赞说：“以为太白、子美之后一人而已”。

岑参的这首《白雪歌送武判官归京》以摇曳生姿的笔触描绘了壮丽瑰奇的塞外雪景，表达了诚挚浑厚的送别之情，读来感人至深。

【注释】

（1）白草：西域一种草名，秋天干枯后颜色变白。

（2）胡天：指塞北一带的天空。胡，我国古代对北方各民族的通称。

（3）珠帘：用珍珠缀成的帘子。与下文“罗幕”一样，是美化的说法。

（4）锦衾薄：丝绸的被子（因为寒冷）都显得单薄了。

（5）角弓：一种以兽角作装饰的硬弓。

（6）阑干：纵横交错的样子。

（7）饮归客：宴饮回去的人，指武判官。

（8）掣（chè）：拉、扯。

（9）辕门：军营的大门，古时行军扎寨，以车环卫，在出入处用两车的车辕相向竖立，作为营门，故称辕门。

【赏析】

全诗以一天雪景的变化为线索，记叙送别归京使臣的过程，共分三个部分。前八句为第一部分，描写早晨起来看到的奇丽雪景和感受到的突如其来的寒冷。

友人即将登上归京之途，诗人和将士们自然对天气格外关心。昨夜北风呼啸，天气突然变冷了，早晨起来一看，发现仲秋季节就下起雪来了。不过，大雪初积，还不厚，被风吹折的干草还没有被雪覆盖。虽然下雪会给归客带来麻烦，但在这些久经大风大雪考验的将士眼中，这点风雪算得了什么呢。充满他们心头的，只有为友人归家的喜悦之情。因此，那挂在枝头的积雪，在诗人的眼中变成一夜盛开的梨花，就像美丽的春天突然来到。前面四句主要写景色的奇丽。

接着四句写雪后严寒。诗人的视线从帐外逐渐转入帐内。风停了，雪不大，因此飞雪仿佛在悠闲地飘散着，进入珠帘，打湿了军帐。那些起床后着甲引弓的将士也似乎在喊：“好冷啊！”读到这里，读者也似乎觉得寒气袭人，仿佛身临其境。虽然天气寒冷，但将士却毫无怨言。而且“不得控”，无论天气多么冷，他们也没有忘记训练，还在拉弓练兵；“冷难着”，说明尽管铁甲冷得刺骨，他们还是全副武装，时刻准备战斗。这里表面写寒冷，实际是用冷来反衬将士内心的热，更加深刻地表现出将士们乐观的战斗情绪。

中间四句为第二部分，描绘白天雪景的雄伟壮阔和饯别宴会的盛况。

“瀚海阑干百丈冰，愁云惨淡万里凝”，诗人用浪漫夸张的手法，极力描绘雪中天地的整体形象，浩大苍茫，威严雄伟，借以反衬下文的欢乐场面，写出人们的乐观精神。

“中军置酒饮归客，胡琴琵琶与羌笛”，表现了送别的热烈隆重。在主帅的中军摆开筵席，倾其所有地搬来各种乐器，且歌且舞，开怀畅饮，这宴会一直持续到暮色来临。

最后六句为第三部分，写傍晚送别友人踏上归途。

“纷纷暮雪下辕门，风掣红旗冻不翻”，归客在暮色中迎着纷飞的大雪步出帐幕，那水晶一般冻结在空中的鲜艳旗帜，在白雪中显得十分绚丽。这旗帜在寒风中毫不动摇、威武不屈的形象，正是将士的象征。这两句一动一静，一白一红，相互映衬，画面生动，色彩鲜明。

“轮台东门送君去，去时雪满天山路”，虽然雪越下越大，送行的人千叮万嘱，不肯回去。“山回路转不见君，雪上空留马行处”，用平淡质朴的语言表现了将士们对战友的真挚感情，字字传神，含蓄隽永。

全文三个部分构成一个有机整体，就像一首边塞壮歌，时促时缓，抑扬顿挫，刚柔相济，正是盛唐时代精神的反映。

学生感悟：我觉得这首诗描绘的边塞景色非常的壮观，似乎还有些悲壮。结尾“山回路转不见君，雪上空留马行处”又给人留下了无限的感慨。

42. 游子吟

孟　郊

慈母手中线，游子身上衣。
临行密密缝，意恐迟迟归。
谁言寸草心，报得三春晖。

【作者及背景】

孟郊早年漂泊无依，一生贫困潦倒，直到五十岁时才得到了一个溧阳县尉的卑微之职，结束了长年的漂泊流离生活，便将母亲接来住。这首诗就写于此时。诗人自然不把这样的小官放在心上，仍然放情于山水吟咏，公务则有所废弛，县令就只给他半俸。此篇题下作者自注“迎母溧上作”，当是他居官溧阳时的作品。诗中亲切而真淳地吟诵了一种普通而伟大的人性美——母爱，因而引起了无数读者的共鸣，千百年来一直脍炙人口。

诗人仕途失意，饱尝了世态炎凉，此时愈觉亲情之可贵，于是写出这首发于肺腑，感人至深的颂母之诗。慈母的一片深情，是在琐琐碎碎点点滴滴的生活中表现出来的。担心儿子迟迟难归，所以针针线线，细细密密，将爱心与牵挂一针一线缝在游子的衣衫之上。

【注释】

（1）游子：离家远游的人。

（2）意恐：担心。

（3）寸草：小草。寸草心：此指游子的心。

（4）三春晖：春天的阳光。这里比喻母爱。三春，初春、仲春、暮春，泛指整个春天。晖，阳光。

【赏析】

前两句通过“线”和“衣”，把母亲对儿子难以割舍的爱紧密联系在一起了。无论儿子远行千万里，母亲缝制的衣服总会穿在身上。三、四句写母亲缝衣服时的情景：慈祥的母亲手拿衣服，针针线线，细密缝补。唯恐儿子迟迟难归。但做母亲的内心里，又何尝不盼望儿子早日平安回家呢？诗人就是通过母亲所做与所想的矛盾，非常细致地表现了慈母的一片深爱之情。最后两句写出了诗人的心声：以春天的阳光哺育小草，生动地比喻母亲对儿子的温暖，述说儿子报答不尽慈母哺育之恩。

学生感悟：读了此诗，不禁想起了我的妈妈。妈妈每日为我操劳，可是，我却还经常因为一点小事和她争吵，嫌她唠叨，不禁有些惭愧。我想，我以后应该多一些对妈妈的理解，多一些对妈妈的关心。

【学习启示】

画面浸染的诗情

——杜诗情感演绎的途径

杜甫，唐代伟大的现实主义诗人，他的诗歌集中体现了“忧国忧民”思想。在安史之乱这个忧患深重的时代，杜甫的诗歌在希望中蕴含着悲观情绪，失望中又常隐含着希望。

杜甫最要表现的不仅是安史之乱，而且是国家的命运和人民的苦难，是诗人身处悲剧性时代的悲感情绪。

但是，杜甫在诗歌中不直抒胸臆，而宁愿将情感“弥散”于特定的事物或自然的画面意象之中来凸显内心。浓郁的感伤构成环境和色彩，濡染着想象中的浮雕画面与现实中的自然物象，并互相渗透、融汇，幻化并创造出凄恻动人的美的意境。杜甫《春望》中的“感时花溅泪，恨别鸟惊心”，两句以物拟人，将花鸟人格化，有感于国家的分裂、国事的艰难，长安的花鸟都为之落泪惊心。通过花和鸟两种事物来写春天，睹物伤情，用拟人手法，表达出亡国之悲、离别之悲。诗人由登高远望到焦点式的透视，由远及近，感情由弱到强，就在这感情和景色的交叉转换中含蓄地传达出诗人的感叹忧愤。

这种悲剧美通过画面、细节等给人以强烈的艺术感染力，能让读者在回肠荡气中共鸣净化，顿悟升华。

回顾杜诗，我们会发现，他的很多诗歌都是通过画面浸染来表达他沉郁的诗风的。如《登高》“万里悲秋常作客，百年多病独登台”等。

寄　语

没有责任等于失职。

相信自己，明天会比今天更强大。

第 七 篇

调整心态，换个角度看问题

Chapter 7

名句品读

《春夜洛城闻笛》 李白 “谁家玉笛暗飞声，散入春风满洛城”。

《登科后》 孟郊 “春风得意马蹄疾，一日看尽长安花”。

《游园不值》 叶绍翁 “春色满园关不住，一枝红杏出墙来”。

《酬乐天扬州初逢席上见赠》 刘禹锡 “沉舟侧畔千帆过，病树前头万木春”。

《秋词》 刘禹锡 “自古逢秋悲寂寥，我言秋日胜春朝”。

《逢雪宿芙蓉山主人》 刘长卿 “柴门闻犬吠，风雪夜归人”。

《乌衣巷》 刘禹锡 “旧时王谢堂前燕，飞入寻常百姓家”。

43. 春夜洛城闻笛

【唐】 李白

谁家玉笛暗飞声，
散入春风满洛城。
此夜曲中闻折柳，
何人不起故园情。

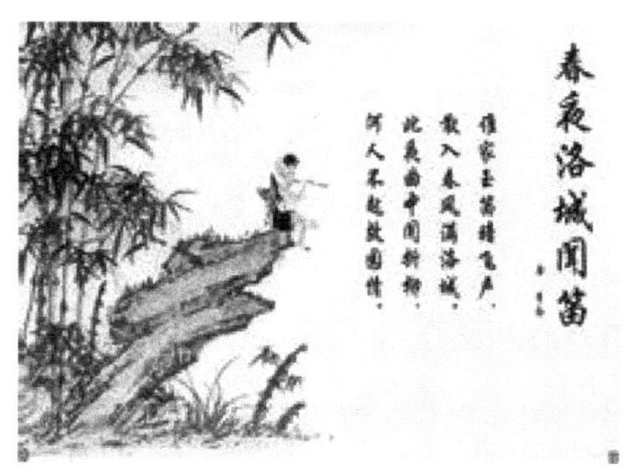

【写作背景】

这是一首七言绝句，是开元二十三年（735 年）李白游洛阳时所作（当时李白客居洛城，即今天的河南洛阳。在唐代，洛阳是一个很繁华的都市，称东都）。一个春风沉醉的夜晚，繁华喧闹了一天的洛阳城已经平静下来。李白大概正在客栈里，因听到笛声而触发思乡之情而作此诗。

【注释】

（1）洛城：今河南洛阳。

（2）玉笛：美玉制作的笛子。

（3）暗飞声：声音不知从何处传来。

（4）春风：另一版本作“东风”。

（5）闻：听；听见。

（6）折柳：即《折杨柳》笛曲，乐府“鼓角横吹曲”调名，内容多写离情别绪。

（7）故园：指故乡，家乡。

【诗词赏析】

题目《春夜洛城闻笛》，说明诗因闻笛声而感发。“洛城”表明是客居，“春夜”点出季节及具体时间。起句即从笛声落笔。已经是深夜，诗人难以成寐，忽而传来几缕时断时续的笛声。这笛声立刻触动了诗人的羁旅情怀。

“谁家玉笛暗飞声”，谁家的玉笛，在静夜里悄悄地响起？诗人或许正在读书、闲坐，或者在做着其他的事情，一曲笛声响起，夜深人静，笛声清远而动听。作者被深深吸引，循声望去，却辨不清笛声来自哪里。

“散入春风满洛城”，春风缓缓，笛声飘散在风中，风又吹去笛声，飘满了洛阳城，让人想到“此曲只应天上有”。这一句虽带有艺术的夸张，却衬出笛声的动人与夜的安静。只因如此，才会在诗人的听觉与想象中飘满洛城，似乎其他的声音都不存在了，好像全城人都在凝神静听。

"此夜曲中闻折柳"，今夜，缥缈的笛乐中，我听到了思乡怀亲的《折杨柳》。笛乐飘飘，如此动人，究竟吹的是什么曲子呢？听到这笛声，谁不会产生思乡之情呢？联系第一句看，这种游子怀念故园的感情，最初可能是隐藏的、莫名的，因偶然听到的笛声突然明朗、强烈起来了。笛声来自何处，何人在吹，是和自己一样的游子？是乐工？还是……这些都留给诗人和读者去猜测。而这些又都无需一一去确认，因为思乡之情对游子而言都是共有的。它连绵不绝，弥漫在夜空中，缠绕在游子心头。何人能不被引发思念故乡家园的情感呢！水到渠成并戛然而止，余韵袅袅，久久回荡在读者心间，令人回味无穷。

学生感悟：这首诗深深地表达诗人对故乡的思念之情。是呀，无论走到哪里，故乡的山水、气息、生活，都会深深地印在我们每个人的心中。

44. 登科后

孟　郊

昔日龌龊不足夸，
今朝放荡思无涯。
春风得意马蹄疾，
一日看尽长安花。

【写作背景】

孟郊46岁那年进士及第，他自以为从此可以龙腾虎跃一番。满心按捺不住得意欣喜之情，便化成了这首独具特色的小诗。

【注释】

（1）龌龊：指处境不如意和思想上的拘谨局促。

（2）放荡：自由自在，无所拘束。

【赏析】

孟郊两次落第，46岁那年考中进士，他抑制不住自己得意喜悦的心情，提笔写下了这首别具一格的小诗。诗人年近半百，才金榜题名，心中的狂喜可想而知。原来的苦闷、烦恼此时统统被抛之脑后，自己已然达到了快乐的顶峰。诗开头说：以往那种生活上的困顿和思想上的不安再也不值得一提了，今天终于扬眉吐气，自由自在，无所拘束，真是有说不尽的畅快。“春风得意马蹄疾，一日看尽长安花”：人逢喜事精神爽。此时的诗人神采飞扬，迎着春风策马奔驰于宽阔平坦，处处开满鲜花的长安大道。天空是如此高远，春风是如此多情，就连自己的骏马也四蹄生风。偌大一座长安城，春花无数，却被诗人一日看尽，个人得意之情被展现得淋漓尽致。这两句由于酣畅淋漓地抒发了个人的得意之情，而且读起来朗朗上口，成为人们喜爱的千古名句，并派生出“春风得意”“走马观花”两个成语。

学生感悟： 我们每个人的旅途不可能一帆风顺，经历过无数困难和挫折后，取得的成功更弥足珍贵，心情也会更加欢快无比。

45. 游园不值

南宋　叶绍翁

应怜屐齿印苍苔，

小扣柴扉久不开。
春色满园关不住，
一枝红杏出墙来。

【作者及背景】

叶绍翁，南宋诗人，字嗣宗，号靖逸，祖籍建安（今福建），本姓李，后于龙泉（今属）叶氏。他长期隐居钱塘西湖之滨，与葛天民互相酬唱。叶绍翁是江湖派诗人，他的诗多写江湖田园风光，七言绝句尤其新颖、优美，富有生活情趣。

诗人想去朋友的花园中观赏春色，但是敲了很长时间门，也没有人来开。主人大概不在家，又可能是爱惜青苔，担心被游人踩坏，从而不开门。但是一扇柴门，虽然关住了游人，却关不住满园春色，一枝红色的杏花，早已探出墙来。表达了作者对春天的喜爱、赞美之情。

【注释】

（1）游园不值：想游园却没有人在。值，遇到；不值，没有遇见。

（2）应怜：应该爱惜。应，应该；怜，爱惜。

（3）屐齿：屐是木鞋，鞋底前后都有高跟儿，叫屐齿。

（4）小扣：轻轻敲门。

（5）柴扉：用木柴、树枝编成的门。

（6）由“一枝红杏”联想到“春色满园”，展现了春天的生机勃勃

【赏析】

头两句“应怜屐齿印苍苔，小扣柴扉久不开”，交代作者前去访友，友人不在，园门紧闭，无法观赏园内的春花。但写得很幽默风趣，说大概是园主人爱惜园内的青苔，怕我的屐齿在上面留下践踏的痕迹，所以“柴扉”久扣不开。将主人不在家，故意说

成主人有意拒绝访客，这就为下面的诗句作了铺垫。由于有了“应怜屐齿印苍苔”的设想，才引出后两句更为新奇的想象：虽然主人紧闭园门，好像要把春色关在园内独自欣赏，但“春色满园关不住，一枝红杏出墙来”。这后两句诗形象鲜明，构思奇特，“春色”和“红杏”都被拟人化了，不仅景中含情，而且景中寓理，能引起读者许多联想，得到一定的启示：“春色”是关锁不住的，“红杏”必然要“出墙来”宣告春天的来临。同样，一切新生的美好的事物也是封锁不住、禁锢不了的，它必将冲破任何束缚，蓬勃发展。

学生感悟： 在诵读过程中仿佛看到了春意盎然的春天，感受到了春天的勃勃生机，心情也会随之舒朗起来。

46. 酬乐天扬州初逢席上见赠

刘禹锡

巴山楚水凄凉地，二十三年弃置身。
怀旧空吟闻笛赋，到乡翻似烂柯人。
沉舟侧畔千帆过，病树前头万木春。
今日听君歌一曲，暂凭杯酒长精神。

【作者及背景】

刘禹锡（772 年—842 年），字梦得，汉族，唐朝彭城人。祖籍洛阳，唐朝文学家、哲学家。自称是汉中山靖王后裔，曾任监察御史，是王叔文政治改革集团的一员。唐代中晚期著名诗人，有“诗豪”之称。他的家庭是一个世代以儒学相传的书香门第。政治上主张革新，是王叔文派政治革新活动的中心人物之一。后来永贞革新失败被贬为朗州司马（今湖南常德）。据湖南常德历史学家、收藏家周新国先生考证，刘禹锡被贬为朗州司马期间写了著名的《汉寿城春望》。

写作背景：这首诗是刘禹锡在唐敬宗宝历二年（826年）岁暮，从和州返回洛阳，途经扬州与白居易相会时所作。酬：酬答。乐天：指白居易，字乐天。

【注释】

（1）巴山楚水：指四川和两湖一带。刘禹锡先后被贬到朗州、连州、夔州、和州等地，夔州古属巴国，其他地方大多属楚国。

（2）二十三年：永贞革新失败后，刘禹锡被贬官，前后共二十三年。

（3）弃置：抛弃。

（4）闻笛赋：指向秀的《思旧赋》。序文中说：自己经过嵇康，因写此赋追念他。刘禹锡借用这个典故怀念已死去的王叔文、柳宗元等人。

（5）烂柯人：传说晋人王质进山砍柴，看见两个童子下棋。片刻，童子问王质为何不去，王质才惊悟过来，见斧柄已经腐烂。回到家乡，已历百年，无人相识（见《述异记》）。刘禹锡借这个故事表达世事沧桑，人事全非，暮年返乡恍如隔世的心情。

（6）歌一曲：指白居易所作的《醉赠刘二十八使君》一诗。

【赏析】

本诗是针对白居易《醉赠刘二十八使君》所作的回赠诗，诗人因为受到政敌的打击，长期被贬于异地，心中充满愤慨与不平。“沉舟侧畔千帆过，病树前头万木春”一联，是最为著名并含有深刻寓意的经典名句，意指虽然我一人被贬远迁，但后继者仍大有人在。如果说诗的前两联感情是沉郁的，那么，从这联开始感情开始转为豪放，表达了对友人关怀的感谢，也是和友人积极共勉、励志向上的情感抒发。作者虽困苦失意，却不意志消沉，他那乐观豁达的心胸和情怀值得每个人学习。全诗具有极强的感染力，蕴含了丰富的人生哲理。

学生感悟： 人生失意时，能够积极乐观地看待一切，不被伤感、失落所牵绊，那还有什么过不去的关卡呢？

47. 秋词

（唐）刘禹锡

自古逢秋悲寂寥，我言秋日胜春朝。

晴空一鹤排云上，便引诗情到碧霄。

写作背景：这首诗是诗人被贬朗州司马时所作。永贞元年（805 年），顺宗即位，任用王叔文改革朝政，刘禹锡也参加了这场革新运动。但革新遭到宦官、藩镇、官僚势力的强烈反对，以失败而告终。顺宗被迫退位，王叔文赐死，刘禹锡被贬。可贵的是，诗人在遭受严重打击后，并没有消沉下去。《秋词》就是被贬朗州时写的，从诗中可以看到，刘禹锡并没有悲观失望，而是一反常态，赞美秋天，给人一种昂扬向上的信心。这与他多次被贬，多次抗争的性格是一致的。

【注释】

（1）自古：从古以来，泛指从前。逢：遇到。寂寥：空旷无声，萧条空寂，这里指景象凄凉。

（2）春朝：初春。这里可译作春天。

（3）排：推开。

（4）碧霄：青天。

【赏析】

诗人开篇，以议论起笔，表现出一种激越向上的诗情。不同于他人，诗人敢于说出自己的观点：我认为现在的秋景无限美好。“晴空一鹤排云上，便引诗情到碧霄”，这两句别具一格，耐人寻味。秋天“一鹤凌云”，展现出的是秋高气爽，万里晴空，白云漂浮的开阔景象。那凌云的鹤，也载着诗人的诗情，一同遨游到了云霄。这只“鹤”，或许是诗人自喻，也可能把它当成一种不屈的化身。这也正是本诗所蕴含的深刻寓意和它的魅力所在。诗中展现了秋天的生机和素色，但更多的还是一种高尚的情操。

学生感悟：人要敢于表达自己的观点，可能不会被他人所认同，但一定要有勇气和胆量说出来。人云亦云有什么意思呢？

48. 逢雪宿芙蓉山主人

刘长卿

日暮苍山远，天寒白屋贫。
柴门闻犬吠，风雪夜归人。

【作者及背景】

刘长卿（约 726 年—约 786 年），字文房。汉族，宣城（今属安徽）人，郡望河间

（今属河北）。唐代著名诗人，擅五律，工五言。官至监察御史。与诗仙李白交厚，有《唐刘随州诗集》传世，其诗五卷入《全唐诗》。

写作背景：刘长卿生平坎坷，不被皇帝重用，两次被皇帝发放到又贫穷又偏远的地方，还曾经被人诬陷而进了监狱。他所写的诗往往和他自己不被重用的失意心情融合在一起。因一生不得志，有一部分感伤身世之作。《逢雪宿芙蓉山主人》就是其中的代表作。这首诗就是他当时心境的写照。

【注释】

（1）白屋：茅草屋。

【赏析】

这首诗描绘的是一幅风雪夜归图。前两句写诗人投宿山村时的所见所感。傍晚，青山遥远迷蒙，天冷，诗人着急投宿于一间简陋的茅舍。“寒”“白”“贫”三字渲染出贫寒、穷困的气氛。“柴门闻犬吠”，诗人已安顿好，准备休息，忽然听到吠声不止。“风雪夜归人”，这应该是芙蓉山主人刚刚从外面披风戴雪归来吧。

学生感悟： 诗只有短短20字，却展现了一幅丰富、生动的风雪夜归画面。用字简练、形象，值得学习。

49. 乌衣巷

刘禹锡

朱雀桥边野草花，乌衣巷口夕阳斜。
旧时王谢堂前燕，飞入寻常百姓家。

【背景介绍】

刘禹锡的感慨源自这条古巷曾居住的王、谢两个显赫的宰相家族。王谢两户大家族，在这里居住了三百年，出现了一批对晋朝的历史产生了深远影响的人物，历朝历代都有两大家族的人物参与重要政治事件，对历史产生了相当大的影响。

【注释】

（1）乌衣巷：在今江苏南京市秦淮河南岸。六朝时为贵族聚居的地方。

（2）朱雀桥：在南京城秦淮河上。

（3）花：作动词用，即开花的意思。

（4）斜：为了押韵，这里可以按古音读作 xiá。

（5）王谢：东晋时声望、权势最显赫的王导、谢安两大贵族世家。

（6）寻常：普通。

【赏析】

此诗是刘禹锡著名的怀古名篇之一。本来鼎盛时代的乌衣巷口，应该是车水马龙、热闹非凡的，而今却笼罩在寂寥、惨淡的氛围之中。诗人没有直接写出现今乌衣巷的景象与氛围，而是出人意料地写到在乌衣巷上空的飞燕，它飞入了普通百姓家。这也就是告诉人们：如今的乌衣巷里住的不再是达官显贵，而是普通的百姓人家。今昔对比，我们可以清晰地听到作者以这一变化发出的沧海桑田的无限感慨。

学生感悟： 沧海桑田，世事无常，我们感慨历史变迁的同时，一定记着到任何时候都要放平心态，走好每一步。

【学习启示】

调整心态，换个角度看问题

人生之路起起伏伏，很少平坦无碍。得意时，我们纵然可以表现如孟郊《登科后》的欣喜与狂傲，更应如范仲淹《岳阳楼记》中“不以物喜，不以己悲”的淡薄情怀；

失意时，可以乐观如刘禹锡在《秋词》中所云“自古逢秋悲寂寥，我言秋日胜春朝”，亦可如韩愈年近花甲之年提笔写到的“最是一年春好处，绝胜烟柳满皇都”充满激情，昂扬向上的诗句。无奈时，遇挫时，我们可以从刘禹锡在《酬乐天扬州初逢席上见赠》中“沉舟侧畔千帆过，病树前头万木春”所体现的乐观开阔心境得到启发……

时光如流，蓦然回首，已过百年，斯人已去，唯留佳句与人共享。作为中职生，我们可能难以想象“日暮苍山远，天寒白屋贫”中下层贫苦百姓生活艰辛穷困却依然能够尽己所能给人希望的画面，无法深刻理解“旧时王谢堂前燕，飞入寻常百姓家”中所蕴含的富贵荣华、功名利禄皆为空的深意……那么，在现实生活中，让我们每个人及时调整心态，换个角度看问题，也许人生会出现另外一种景象。

苏轼在《题西林壁》中写道。

横看成岭侧成峰，远近高低各不同。

不识庐山真面目，只缘身在此山中。

以一颗平常的心看待人生，以一颗感恩的心对待人生，以一颗勇敢的心面对人生，认认真真走好每一步路，你的人生必定会精彩无比。

寄　语

没有时间可供挥霍。

勤奋比天才更可靠。

第 八 篇

崇高的情感——情趣、谐趣、智趣

Chapter 8

名句品读

《枫桥夜泊》 张继 “月落乌啼霜满天，江枫渔火对愁眠。”

《钱塘湖春行》 白居易 “几处早莺争暖树，谁家新燕啄春泥。”

《赋得古原草送别》 白居易 “野火烧不尽，春风吹又生。”

《离思（其四）》 元稹 “曾经沧海难为水，除却巫山不是云。”

《雁门太守行》 李贺 “黑云压城城欲摧，甲光向日金鳞开。”

《赤壁》 杜牧 “东风不与周郎便，铜雀春深锁二乔。”

《秋夕》 杜牧 “天阶夜色凉如水，坐看牵牛织女星。”

50. 枫桥夜泊

张 继

月落乌啼霜满天，
江枫渔火对愁眠。
姑苏城外寒山寺，
夜半钟声到客船。

【作者及背景】

张继，字懿孙，襄州人。生卒年均不详，约唐肃宗至德初前后在世。博览有识，好谈论，知治体。与皇甫冉交，情逾昆弟。天宝十二年（753 年），登进士。尝佐镇戎军幕府，又为盐铁判官。大历末，入内为检校祠部员外郎。又分掌财赋于洪州，后来夫妇俱殁于其地。张继诗以《枫桥夜泊》一首最著名，有诗集一卷，《新唐书艺文志》传于世。

【注释】

（1）枫桥：在今苏州市阊门外。此诗题也作“夜泊枫桥”。

（2）江枫：寒山寺旁边的两座桥“江村桥”和“枫桥”的名称。

（3）姑苏：苏州的别称，因城西南有姑苏山而得名。寒山寺：在枫桥附近，始建于南朝梁代。相传因唐僧人寒山、拾得住此而得名。

【赏析】

《枫桥夜泊》描写了一个秋天的夜晚，诗人泊船苏州城外的枫桥。江南水乡秋夜幽美的景色，吸引着这位怀着旅愁的游子，使他领略到一种情味隽永的诗意美，写下了这首意境深远的小诗，表达了诗人旅途中孤寂忧愁的思想感情。

为什么诗人一夜未眠呢？首句写了“月落、乌啼、霜满天”这三种有密切关联的景象。上弦月升起得早，到“月落”时大约天将晓，树上的栖鸟也在黎明时分发出啼鸣，秋天夜晚的“霜”透着浸肌砭骨的寒意，从四面八方围向诗人夜泊的小船，使他感到身外茫茫夜空中正弥漫着满天霜华。第二句写诗人一夜伴着“江枫”和“渔火”未眠的情景。

前两句写了六种景象，“月落”“乌啼”“霜满天”“江枫”“渔火”及泊船上的一夜未眠的客人。后两句只写了姑苏城外寒山寺，夜半的钟声传到船上的情景。前两句是诗人看到的，后两句是诗人听到的，在静夜中忽然听到远处传来悠扬的钟声，一夜未眠的诗人有何感受呢？游子面对霜夜江枫渔火，萦绕起缕缕轻愁。这“夜半钟声”不但衬托出了夜的静谧，而且揭示了夜的深沉，而诗人卧听钟声时的种种难以言传的感受，也就尽在不言中了。

这首诗采用倒叙的写法，先写拂晓时景物，然后追忆昨夜的景色及夜半钟声，全诗有声有色，有情有景，情景交融。

学生感悟： 张继的《枫桥夜泊》是一首流传千古、影响深远的唐代诗歌。诗人通过夜晚停船在枫桥岸边的所见所闻，生动地描绘了枫桥一带的夜景。整首诗融入形象、色彩、声响，当我诵读它时，脑海中就绘成一幅——苏州城外寒山古寺的幽静图画。

51. 钱塘湖春行

白居易

孤山寺北贾亭西，水面初平云脚低。
几处早莺争暖树，谁家新燕啄春泥。
乱花渐欲迷人眼，浅草才能没马蹄。
最爱湖东行不足，绿杨阴里白沙堤。

【作者及背景】

白居易（772 年—846 年），汉族人，字乐天，晚年又号香山居士，中国唐代伟大的现实主义诗人。是中国文学史上负有盛名且影响深远的唐代诗人和文学家。他的诗歌题材广泛，形式多样，语言平易通俗。有“诗魔”“诗王”之称。是唐代诗人中创作最多的诗人。钱塘湖是杭州西湖的别名,《钱塘湖春行》是白居易长庆三年春写的一首七言律诗。唐代开始，西湖一直是游览胜地，白居易少年时就神往西湖。唐穆宗长庆二年七月白居易由忠州刺史改任杭州刺史，年底抵达杭州上任。第二年春天刚刚来临，大地稍露些许春的气息，早就慕杭州美景的白居易迫不及待地来到了西湖边游赏，终于实现少年时的心愿。

【注释】

（1）孤山寺：南北朝时期陈文帝（560 年—566 年）初年建，名承福，宋时改名广化。孤山：在西湖的里、外湖之间，因与其他山不相接连，所以称孤山。上有孤山亭，可俯瞰西湖全景。

（2）贾亭：又叫贾公亭。西湖名胜之一，唐朝贾全所筑。唐贞元（785 年—804 年）中，贾全出任杭州刺史，于钱塘潮建亭。人称“贾亭”或“贾公亭”，该亭至唐代末年被废。

（3）水面初平：春天湖水初涨，水面刚刚平了湖岸。初：在古汉语里用作副词，常用来表示时间，指刚刚。

（4）云脚低：指云层低垂，看上去同湖面连成一片。点明春游起点和途径之处，着力描绘湖面景色。云脚接近地面的云气，多见于将雨或雨初停时。“脚”的本义指人和动物行走的器官这里指低垂的云。

（5）早莺：初春时早来的黄鹂。莺：黄鹂，鸣声宛转动听。

（6）争暖树：争着飞到向阳的树枝上去。暖树：向阳的树。

（7）啄：衔取。燕子衔泥筑巢。春行仰观所见，莺歌燕舞，生机动人。侧重禽鸟。

（8）乱花：纷繁的花。渐：副词，渐渐地。欲：副词，将要，就要。迷人眼：使人眼花缭乱。

（9）浅草：刚刚长出地面，还不太高的春草。才能：刚够上。没：遮没，盖没。春行俯察所见，花繁草嫩，春意盎然。侧重花草。

（10）湖东：以孤山为参照物。行不足：百游不厌。

（11）阴：同“荫”，指树荫。

（12）白沙堤：今白堤，又称沙堤、断桥堤，在西湖东畔，唐朝以前已有。白居易在任杭州刺史时所筑白堤在钱塘门外，是另一条。诗人由北而西而南而东，环湖一周，诗则以湖东绿杨白堤结束，以“最爱”直抒深情。

【赏析】

白居易是在长庆二年的七月被任命为杭州刺史的，而在宝历元年三月又出任了苏州刺史，所以这首《钱塘湖春行》应当写于长庆三四年间的春天。钱塘湖是西湖的别名。

中国历史上，在杭州当刺史的可以说不乏名人，不过，最有名的要算是唐朝和宋朝的两位大文豪白居易和苏东坡了。他们不但在杭州任上留下了叫后人缅怀的政绩，而且也流传下来许多描写杭州及其西湖美景的诗词文章与传闻轶事，所以人们称他们为“风流太守”。白居易的七律《钱塘湖春行》就是为人们所熟知的一篇，这首诗不但描绘了西湖旖旎骀荡的春光，以及世间万物在春色沐浴下的勃勃生机，而且将诗人本身陶醉在这良辰美景中的心态和盘托出，使人在欣赏了西湖的醉人风光的同时，也在不知不觉中深深地被作者那对春天、对生命的满腔热情所感染和打动了。

“孤山寺北贾亭西，水面初平云脚低。”诗歌的第一句是地点，第二句是远景。孤山坐落在西湖的后湖与外湖之间，峰峦叠翠，上有孤山寺，登山观景，美不胜收。贾亭，又叫贾公亭，据《唐语林》卷六载，贞元中，贾全任杭州刺史时，曾在西湖造亭，杭人称其为贾公亭，未五六十年后废。贞元是唐德宗的年号，从公元 780 年到 805 年。

白居易写此诗时，其亭尚在，也算是西湖的一处名胜。白居易一开始来到了孤山寺的北面，贾公亭的西畔，放眼望去，只见春水荡漾，云幕低垂，湖光山色，尽收眼底。“初平”所表达的是白居易对春日里西湖的一种特有的感受。由于连绵不断的春雨，使得如今的湖面看上去比起冬日来上升了不少，似乎眼看着就要与视线持平了，这种水面与视线持平的感觉只有人面对广大的水域时才可能有，也是一个对西湖有着深刻了解和喜爱的人才能写出的感受。此刻，脚下平静的水面与天上低垂的云幕构成了一幅宁静的水墨西湖图，而正当诗人默默地观赏西湖那静如处子的神韵时，耳边却传来了阵阵清脆的鸟鸣声，打破了他的沉思，于是他把视线从水云交界处收了回来，从而发现自己实际上早已置身于一个春意盎然的美好世界中了。

学生感悟： 这首诗中几处极富情感色彩与生命活力的景物描写，充分显示了白居易对描写对象的细致观察以及准确把握其特征的能力。

52. 赋得古原草送别

白居易

离离原上草，一岁一枯荣。
野火烧不尽，春风吹又生。
远芳侵古道，晴翠接荒城。
又送王孙去，萋萋满别情。

【写作背景】

这首诗是他在唐德宗贞元三年（787 年）在安徽荇离所写，此年他 16 岁。白居易少年时期家境贫寒，过着颠沛流离的生活。唐德宗建中三年，11 岁的白居易随父白季庚住荇离。他从小刻苦学习，十几岁就能写出很好的诗，《赋得古原草送别》是他 16 岁时所写，其中的名句后来名扬四海。白居易 18 岁入长安，以《赋得古原草送别》一诗谒见大诗人顾况，顾始见其名便笑曰: “长安百物贵，居大不易。”待读到“野火烧不尽，春风吹又生”时大声赞美，由于得到当时大诗人顾况的好评，从此进入仕途。

【注释】

（1）赋得：凡是指定、限定的诗题要在题目上加“赋得”一词。

（2）离离：青草茂盛的样子。

（3）侵：侵占，覆盖。

（4）晴翠：阳光下翠绿的野草。

（5）萋萋：青草长得茂盛的样子。

【赏析】

传说白居易16岁时由江南到长安（即今天的西安）考举人，拿着自己的诗作去拜谒当时的大名士顾况。顾看到他的姓名，开玩笑说：“长安米价正贵，在这里居住可不太容易啊!”及至批阅白居易的诗，读到“野火烧不尽，春风吹又生”时，不由得赞叹道：“能写出这样的诗句来，走到哪儿住下都方便得很!”白居易从此名声大振。

唐人的咏物诗，往往仅在最后一句才能见到作者的本意。白居易一向提倡作诗要通俗易懂，但也不反对用隐喻的写法。这首诗题目标有“送别”二字，很显然是一首送别友人的诗篇。而通篇几乎都在写草，实是借草取喻，以草木之茂盛显示友人之间依依惜别时的绵绵情谊。情深意切，所喻尤为巧妙，不愧为白居易的成名作。

艺术起句实赋草字，在一望无际的古老郊原上，草木繁盛，一岁岁，一年年，枯荣交替，不知经历了多少春夏秋冬。这两句平平淡淡地如实写来，看似无奇，实则揭示了那片古老草原上草木繁荣与枯败的自然规律。而作者以“离离”二字冠于句首，则给我们造成一种春草繁茂的印象。“离离”是用来描写一种果实累累、枝繁叶茂的状态。所以，“离离原上草，一岁一枯荣”两句的重点在“荣”，而不在“枯”。这就为下面的两句“野火烧不尽，春风吹又生”作了铺垫。据说此二句尤为顾况所赏识，原因在于它不仅展示了草木的顽强生命力，而且揭示了大自然生生不息的客观规律，同时也象征人在逆境中顽强拼搏、奋发向上的精神。

“远芳侵古道，晴翠接荒城”极言春草的茂盛、原野的阔远及春日的和煦。“古道”“荒城”紧扣题中“古原”，用人事的代谢与自然界的光景常新作对照，以“侵”“接”二字刻画春草蔓延、绿野广阔的景象，传神写照，可谓善于体物。末句野草关合人事，远送王孙。王孙借指作者的朋友。用春草之繁茂借喻别离之情的传统，由来已久。

学生感悟： 在诗人的笔下，小草有情味，有顽强的生命力，是生存竞争之强者。我以为这些还不够，在某种意境中，对小草的欣赏，能够洞开另一扇窗户，让你不仅感悟生命，还被一种崇高的精神所激励。

53. 离思（其四）

元　稹

曾经沧海难为水，除却巫山不是云。
取次花丛懒回顾，半缘修道半缘君。

【作者及背景】

元稹（779 年—831 年），字微之，河南洛阳人。他 8 岁丧父，15 岁以明两经擢第。21 岁初仕河中府，25 岁登书判出类拔萃，授秘书省校书郎。28 岁列才识兼茂明于体用科第一名，授左拾遗。母郑贤而文，亲授书传。举明经书判入等，补校书郎。元和初，应制策第一。元和四年为监察御史。因触犯宦官权贵，次年贬江陵府士曹参军。后历通州（今四川达州市）司马、虢州长史。元和十四年任膳部员外郎。次年靠宦官崔潭峻援引，擢祠部郎中、知制诰。长庆元年迁中书舍人，充翰林院承旨。次年，居相位三月，出为同州刺史、浙东观察使。大和三年为尚书左丞，五年，逝于武昌军节度使任上。年五十三卒，赠尚书右仆射。稹自少与白居易倡和，当时言诗者称“元白”，号为“元和体”。其诗词浅意哀，仿佛孤凤悲吟，极为扣人心扉，动人肺腑。元稹的创作，以诗成就最大。其乐府诗创作，多受张籍、王建的影响，而其“新题乐府”则直接缘于李绅。与白居易齐名，并称“元白”，同为新乐府运动倡导者。著有《元氏长庆集》60 卷，补遗 6 卷，存诗 830 多余首。

【注释】

（1）曾经：曾经历过。曾，副词。经，经历。

（2）沧海：大海。因海水呈苍青色，故称沧海。

（3）取次：循序而进。

（4）半缘：一半因为。

（5）修道：作者既信佛也信道，但此处指的是品德学问的修养。

【赏析】

这首《离思》诗，尤其写得一往情深，炽热动人，具有独到的艺术特色。在描写爱情题材的古典诗词中，亦堪称名篇佳作。这首诗最突出的特色，就是采用巧比曲喻的手法，淋漓尽致地表达了主人公对已经失去的心上人的深深恋情。它接连用水、用云、用花比人，写得曲折委婉，含而不露，意境深远，耐人寻味。

此为悼念亡妻韦丛之作。韦丛出身高门，美丽贤惠，27 岁早逝后，诗人曾表示誓不再娶。诗人运用“索物以托情”的比兴手法，以精警的词句，赞美了夫妻之间的恩爱，表达了对韦丛的忠贞与怀念之情。

元稹这首绝句，不但取譬极高，抒情强烈，而且用笔极妙。前两句以极致的比喻写怀旧悼亡之情，“沧海……巫山”，词意豪壮，有悲歌传响、江河奔腾之势。后面，“懒回顾……半缘君”，顿使语势舒缓下来，转为曲婉深沉的抒情。张弛自如，变化有致，形成一种跌宕起伏的旋律。而就全诗情调而言，它言情而不庸俗，瑰丽而不浮艳，悲壮而不低沉，创造了唐人悼亡绝句中的绝胜境界。“曾经沧海难为水，除却巫山不是云”二句，历来为人们所传诵，不只是元稹诗作中的颠峰佳句，纵观唐诗宋词，咏情之作可望其项背者也少之又少。

学生感悟：感受到诗人的郁郁心情与其忧思之情是一致的。

54. 雁门太守行

李 贺

黑云压城城欲摧，甲光向日金鳞开。
角声满天秋色里，塞上燕脂凝夜紫。
半卷红旗临易水，霜重鼓寒声不起。
报君黄金台上意，提携玉龙为君死。

【作者及背景】

李贺（790 年—816 年），唐代著名诗人，汉族，河南福昌人。字长吉，世称李长吉、鬼才、诗鬼等，与李白、李商隐三人并称唐代“三李”。祖籍陇西，生于福昌县昌谷。一生愁苦多病，仅做过 3 年九品微官奉礼郎，因病 27 岁卒。李贺是中唐浪漫主义诗人的代表，又是中唐到晚唐诗风转变期的重要人物。此诗咏唱的是一个古老的生命主题——报效君王，为国赴难，士为知己者死。《中晚唐诗叩弹集》引杜诏曰：“此诗言城危势亟，擐甲不休，至于哀角横秋，夕阳塞紫，满目悲凉，犹卷旆前征，有进无退。虽士气已竭，鼓声不扬，而一剑尚存，死不负国。皆极写忠诚慷慨。”唐王朝自安史之乱后，边境战争时有发生，诗中所写的战争或非实指某地某次。“甲光向日”句又有“向月”一说，则这场战事发生的时间即有白天、夜间两说。不管怎样，肯定是极惨烈、极悲壮的。这有点像屈原的《国殇》，写的不是胜利而是失败，在惨烈的失败中讴歌将士们浴血奋战、视死如归的英雄主义精神。同时，也表达了诗人自己渴望为君为国建功立业的愿望。

【注释】

（1）雁门太守行：古乐府曲调名。

（2）黑云：厚厚的乌云。这里指攻城敌军的气势。

（3）摧：毁坏。这句形容敌军兵临城下的紧张气氛和危急形势。

（4）甲光：铠甲迎着太阳闪出的光。甲，指铠甲，战衣。

（5）金鳞：形容铠甲闪光如金色鱼鳞。金，像金子一样的颜色和光泽。

（6）角：古代军中一种吹奏乐器，多用兽角制成，也是古代军中的号角。

（7）塞上燕脂凝夜紫：晚霞中塞上泥土有如胭脂一样凝成，夜色中浓艳得近似紫色。

（8）燕脂：胭脂，一种红色化妆品。这里形容战场上战士的鲜血。

（9）易水：河名，大清河上源支流，源出今河北省易县，向东南流入大清河。“塞上”一作“塞土”。

（10）霜重鼓寒：天寒霜降，战鼓声沉闷而不响亮。

（11）声不起：形容鼓声低沉；不高扬。

（12）黄金台：故址在今河北省易县东南，相传战国燕昭王所筑，置千金于台上，以招聘人才、招揽隐士。

（13）玉龙：指一种珍贵的宝剑，这里代指剑。

【赏析】

《雁门太守行》是乐府旧题，唐人的这类拟古诗，是相对唐代“近体诗”而言的。它有较宽押韵，押 i 韵，不受太多格律束缚，可以说是古人的一种半自由诗。后称“乐府诗”，多介绍战争场景。

诗人的语言极力避免平淡而追求峭奇。为了追求奇，他在事物的色彩和情态上着力刻画，用浓辞丽藻大红大绿去表现紧张悲壮的战斗场面，构思新奇，形象丰富。

一般来说，写悲壮惨烈的战斗场面不宜使用表现浓艳色彩的词语，而李贺这首诗几乎句句都有鲜明的色彩，其中如金色、胭脂色和紫红色，非但鲜明，而且浓艳，它们和黑色、秋色、玉白色等交织在一起，构成色彩斑斓的画面。诗人就像一个高明的画家，特别善于着色，以色示物，以色感人，不只勾勒轮廓而已。他写诗，绝少运用白描手法，总是借助想象给事物涂上各种各样新奇浓重的色彩，有效地显示了它们的多层次性。

全诗写了三个画面：一个白天，表现官军戒备森严；一个在黄昏前，表现刻苦练兵；一个在中夜，写官军出其不意地袭击敌人。首联写景又写事，渲染兵临城下的紧张气氛和危急形势。后一句写守城将士严阵以待，借日光显示守军威武雄壮。颔联从听觉和视觉两方面渲染战场的悲壮气氛和战斗的残酷。颈联写部队夜袭和浴血奋战的场面。尾联引用典故写出将士誓死报效国家的决心。

学生感悟：我们应该爱我们伟大的祖国——妈妈，要知道祖国妈妈今天的兴旺和我们现在的幸福是多少人用鲜血换来的，只是我们的爱不需要去牺牲自己的生命。

55. 赤壁

杜 牧

折戟沉沙铁未销，自将磨洗认前朝。
东风不与周郎便，铜雀春深锁二乔。

【作者及背景】

杜牧（803 年—约 852 年），字牧之，号樊川居士，汉族，京兆万年人，唐代诗人。杜牧人称“小杜”，以别于杜甫。与李商隐并称“小李杜”。因晚年居长安南樊川别墅，故后世称“杜樊川”，着有《樊川文集》。这首诗是作者经过赤壁这个著名的古战场，有感于三国时代的英雄成败而写下的。诗以地名为题，实则是怀古咏史之作。

【注释】

（1）赤壁：今湖北浦圻县西北赤壁山，在长江南岸，即三国时赤壁大战之地。

（2）不与：若不与。

（3）铜雀：建安十五年（210 年）曹操于邺城建造铜雀台，因楼顶铸有大铜雀而得名。

【赏析】

这首咏史吊古诗，似是讥讽周瑜成功的侥幸。诗的开头两句，借物起兴，慨叹前朝人物事迹。后两句议论：赤壁大战，周瑜火攻，倘无东风，东吴早灭，二乔将被虏去，历史就要改观。诗的构思极为精巧，点染用功。

诗篇开头借一件古物来兴起对前朝人物和事迹的慨叹。在那次大战中遗留下来的一支折断了的铁戟，沉没在水底沙中，经过了六百多年，还没有被时光销蚀掉，现在被人发现了。经过自己一番磨洗，鉴定了它的确是赤壁战役的遗物，不禁引起了“怀古之幽情”。由这件小小的东西，诗人想到了汉末那个分裂动乱的时代，想到那次重大意义的战役，想到那一次生死搏斗中的主要人物。前两句是写其兴感之由。

后两句是议论。在赤壁战役中，周瑜主要是用火攻战胜了数量上远远超过己方的敌人，而其能用火攻则是因为在决战的时刻，恰好刮起了强劲的东风，所以诗人评论这次战争成败的原因，只选择当时的胜利者——周郎和他借以致胜的因素——东风来写，而且因为这次胜利的关键，最后不能不归到东风，所以又将东风放在更主要的位置上。但他并不从正面来描摹东风如何帮助周郎取得了胜利，却从反面落笔：假使这次东风不给周郎以方便，那么，胜败双方就要易位，历史形势将完全改观。因此，接着就写出假想中曹军胜利，孙、刘失败之后的局面。但又不直接铺叙政治军事情势的变迁，而只间接地描绘两个东吴著名美女将要承受的命运。如果曹操成了胜利者，那么，大乔和小乔就必然要被抢去，关在铜雀台上，以供他享受了。

学生感悟： 任何英雄人物都不能凭空地创造历史，都是要受着时代的制约。人和事业的成功是离不开条件，离不开机遇的。

56. 秋夕

杜 牧

银烛秋光冷画屏，轻罗小扇扑流萤。

天阶夜色凉如水，坐看牵牛织女星。

【作者简介】

杜牧唐代诗人。杜从郁之子，唐文宗太和进士，授宏文馆校书郎。后赴江西观察使幕，转淮南节度使幕，又入观察使幕。史馆修撰，膳部、比部、司勋员外郎，黄州、池州、睦州刺史等职，最终官至中书舍人。以七言绝句著称。擅长文赋，其《阿房宫赋》为后世传诵。

【注释】

（1）秋夕：秋天的夜晚。

（2）银烛：银色而精美的蜡烛。

（3）轻罗小扇：轻巧的丝质团扇。

（4）天阶：天庭上宫殿的台阶。“天阶”另一版本为“天街”。

（5）坐看：坐着朝天看，“坐看”另一版本为“卧看”。

【赏析】

此诗写失意宫女孤独的生活和凄凉的心境。

前两句已经描绘出一幅深宫生活的图景。在一个秋天的晚上，白色的蜡烛发出微弱的光，给屏风上的图画添了几分暗淡而幽冷的色调。这时，一个孤单的宫女正用小扇扑打着飞来飞去的萤火虫。“轻罗小扇扑流萤”，这一句十分含蓄，其中含有三层意思：第一，古人说腐草化萤，虽然是不科学的，但萤总是生在草丛冢间那些荒凉的地方。如今，在宫女居住的庭院里竟然有流萤飞动，宫女生活的凄凉也就可想而知了。

第二，从宫女扑萤的动作可以想见她的寂寞与无聊。她无事可做，只好以扑萤来消遣她那孤独的岁月。她用小扇扑打着流萤，一下一下地，似乎想驱赶包围着她的孤冷与索寞，但这又有什么用呢？第三，宫女手中拿的轻罗小扇具有象征意义，扇子本是夏天用来挥风取凉的，秋天就没用了，所以古诗里常以秋扇比喻弃妇。相传汉成帝妃班婕妤为赵飞燕所谮，失宠后住在长信宫，写了一首《怨歌行》："新裂齐纨素，皎洁如霜雪。裁作合欢扇，团团似明月。出入君怀袖，动摇微风发。常恐秋节至，凉飙夺炎热。弃捐箧笥中，恩情中道绝。"此说未必可信，但后来诗词中出现团扇、秋扇，便常常和失宠的女子联系在一起了。如王昌龄的《长信秋词》"奉帚平明金殿开，且将团扇共徘徊"，王建的《宫中调笑》"团扇，团扇，美人病来遮面"，都是如此。杜牧这首诗中的"轻罗小扇"，也象征着持扇宫女被遗弃的命运。

第三句，"天阶夜色凉如水"，"天阶"指皇宫中的石阶，"夜色凉如水"暗示夜已深沉，寒意袭人，该进屋去睡了。可是宫女依旧坐在石阶上，仰视着天河两旁的牵牛星和织女星。民间传说，织女是天帝的孙女，嫁与牵牛，每年七夕渡河与他相会一次，有鹊为桥。汉代《古诗十九首》中的"迢迢牵牛星"，就是写他们的故事。宫女久久地眺望着牵牛织女，夜深了还不想睡，这是因为牵牛织女的故事触动了她的心，使她想起自己不幸的身世，也使她产生了对于真挚爱情的向往。可以说，满怀心事都在这举首仰望之中了。

学生感悟：这首诗侧面反映了封建时代妇女的悲惨命运。

【学习启示】

崇高的情感——情趣、谐趣、智趣

朱光潜先生说："诗的境界是理想境界，是从时间和空间中执着一微点而加以永恒化与普遍化。它可以在无数心灵中复现，虽复现而不落于陈腐，因为它在每个欣赏者的当时当境的特殊性格与情趣中吸取新鲜生命。"具有积极向上精神和高雅趣味的古典诗词能充实青少年学生的情感世界，让古典诗词的美育穿越课堂，走进其心灵世界。这样不仅能发展他们良好的语文能力、审美能力，而且能提升他们的积极情感，培养向上、向善的人文精神，其意义重大。

职业高中学生的年龄阶段处于人格形成的关键时期，职业教育应重视中学这一特殊关键时期。诗歌的情趣、谐趣、智趣的教育与人格教育有着天然的血亲关系，在促进人格的形成上有天然的优势，这就要求在诗歌教学活动中充分利用古典诗词加强他们人格情感的培养。古典诗词是中国历代文人的成长史、发展史、心灵史。整个古典诗词反映整个中华民族的心理发展史，呈现出古代文人墨客独特的人格，高尚的情操，丰富的情感。中国古典诗词中的人文情感因素影响着一代代人。

一、情趣——具有积极向上的人生观，豪迈开阔的胸襟

唐代是我国历史上少有的相对稳定、统一的时期，唐代诗歌大多数积极向上，激进健康，关注现实，对中学生的人生观、价值观能产生深远的影响。《赤壁》是诗人经过赤壁这个著名的古战场，有感于三国时代的英雄成败而写下的。诗人观赏了古战场的遗物，对赤壁之战发表了独特的看法，体现了积极的人生观，同时也抒发了诗人对国家兴亡的慨叹。这首《赤壁》绝句，应该说是流传久远，家喻户晓，妇孺皆知。

二、谐趣——热爱大自然，追求人性坦率豁达，自然纯真

古代的智者、仁者从自然山水的形象中看到了和自己道德品质相通的特点，通过歌咏自然景物来体现自己人性的坦率豁达，自然纯真。张继《枫桥夜泊》描写了一个秋天的夜晚，诗人泊船苏州城外的枫桥。江南水乡秋夜幽美的景色，吸引着这位怀着旅愁的游子，使他领略到一种情味隽永的诗意美，写下了这首意境深远的小诗，表达了诗人旅途中孤寂忧愁的思想感情。自然意象承载着的是他那颗刚正不阿、淡泊名利的心，而主宰着自然意象的无疑是诗人熠熠生辉的人格意境。

三、智趣——激发爱国热情，注重亲情、友情，正确看待爱情

古代诗歌是古代诗人心灵世界的凝聚，我们用心体会就会被其无限魅力所吸引，情感受到无限感染和激发，心灵受到涤荡和震撼。李贺的《雁门太守行》，引用典故写出将士誓死报效国家的决心。诗中洋溢的爱国热情必会感染到学生，使学生在潜移默化中受到爱国主义的熏陶。

寄　语

告别自满，追求切实可行的人生价值。
总结过去比展望未来更重要。
学会自制，才能不断进取。

第九篇

世间万物皆有情

Chapter 9

名句品读

《春夜喜雨》 杜甫 “好雨知时节，当春乃发生。随风潜入夜，润物细无声。”

《泊秦淮》 杜牧 “商女不知亡国恨，隔江犹唱后庭花。”

《夜雨寄北》 李商隐 “君问归期未有期，巴山夜雨涨秋池。”

《无题（其三）》 李商隐 “春蚕到死丝方尽，蜡炬成灰泪始干。”

《锦瑟》 李商隐 “沧海月明珠有泪，蓝田日暖玉生烟。”

《无题（其一）》 李商隐 “身无彩凤双飞翼，心有灵犀一点通。”

《相见欢》 李煜 “剪不断，理还乱，是离愁。别是一般滋味在心头。”

57. 春夜喜雨

杜 甫

好雨知时节，当春乃发生。
随风潜入夜，润物细无声。
野径云俱黑，江船火独明。
晓看红湿处，花重锦官城。

【作者及背景】

杜甫（712 年—770 年），字子美，自号少陵野老，汉族，巩县人。盛唐大诗人，号称“诗圣”，现实主义诗人。原籍湖北襄阳，生于河南巩县。唐肃宗时，官左拾遗。后入蜀，友人严武推荐他做剑南节度府参谋，加检校工部员外郎。故后世又称他杜拾遗、杜工部。杜甫和李白齐名，世称“李杜”。他的思想核心是儒家思想。他有“致君尧舜上，再使风俗淳”的宏伟抱负。他热爱生活，热爱人民，热爱祖国的大好河山。他疾恶如仇，对朝廷的腐败、社会生活中的黑暗现象都给予批评和揭露。

这首诗写于 761 年春，此时诗人因陕西旱灾来到四川成都定居已两年。他亲自耕作，种菜养花，与农民交往，因而对春雨之情很深，写下了这首诗，描写春夜降雨、润泽万物的美景，抒发了诗人的喜悦之情。

【注释】

（1）好雨：指春雨，及时的雨。

（2）乃：就。

（3）发生：催发植物生长，萌发生长。

（4）潜：暗暗地，静悄悄地。

（5）润物：使植物受到雨水的滋养。

（6）野径：田野间的小路。

（7）俱：全，都。

（8）独：独自，只有。

（9）红湿处：指带有雨水的红花的地方。

（10）晓：清晨。

（11）花重（zhòng）：花沾上雨水变得沉重。

（12）锦官城：故址在今成都市南，亦称锦城。三国蜀汉管理织锦之官驻此，故名。后人又用作成都的别称。

【赏析】

这是一首描绘春夜雨景，表现作者喜悦心情的名作。一开头就用一个“好”字赞美“雨”。在生活里，“好”经常会被用来赞美做好事的人。诗人用“好”赞美雨，会唤起人们关于做好事的联想。接下去，把雨拟人化，说它“知时节”，懂得满足客观需要。春天是万物复苏的季节，正需要下一场雨，雨就下来了。第二联，进一步表现这雨的“好”。雨之所以“好”，就好在适时，好在“润物”。“随风潜入夜，润物细无声。”这仍然用的是拟人手法。“潜入夜”和“细无声”相配合，不仅表明那雨是伴随和风而来的细雨，而且表明那雨有意“润物”，无意讨“好”。唯其有意“润物”，无意讨“好”，它才选择了一个不妨碍人们工作和劳动的时间悄悄地来，在人们酣睡的夜晚无声地、细细地下。雨这样“好”，就希望它下多下够，下个通宵。诗人抓住这一点，写了第三联。在不太阴沉的夜间，小路比田野容易看得见，江面也比岸上容易辨得清。如今呢？放眼四望，“野径云俱黑，江船火独明”，只有船上的灯火是明的。好呀！看起来，准会下到天亮。 尾联写的是想象中的情景。如此“好雨”下上一夜，万物就都得到润泽，发荣滋长起来了。万物之一的花，最能代表春色的花，也就带雨开放，红艳欲滴。等到明天清早去看吧，整个锦官城杂花生树，一片“红湿”，一朵朵娇滴滴、鲜艳艳的花，汇成花的海洋。那么，田里的禾苗呢？山上的树林呢？一切的一切呢？浦起龙说：“写雨切夜易，切春难。”这首《春夜喜雨》诗，不仅切夜、切春，而且写出了典型春雨、“好雨”的高尚品格，表现了诗人的一切“好人”的高尚人格。

学生感悟：这首诗让我们有身临其境的感受，朗读时我们仿佛感受到了那暮春时节随风潜入夜的好雨。

58. 泊秦淮

杜 牧

烟笼寒水月笼沙，夜泊秦淮近酒家。

商女不知亡国恨，隔江犹唱后庭花。

【作者及背景】

杜牧（803 年—约 852 年），唐代著名诗人，汉族，字牧之，号樊川居士，京兆万年（今陕西西安）人，宰相杜佑之孙。唐文宗大和二年进士，授弘文馆校书郎。后赴江西观察使幕，转淮南节度使幕，又入观察使幕。历任史馆修撰，膳部、比部、司勋员外郎，黄州、池州、睦州刺史等职，最终官至中书舍人。晚唐杰出诗人，尤以七言绝句著称。擅长文赋，其《阿房宫赋》为后世传诵。注重军事，写下了不少军事论文，还曾注释《孙子》。有《樊川文集》二十卷传世，为其外甥裴延翰所编，其中诗四卷。又有宋人补编的《樊川外集》和《樊川别集》各一卷。晚年居住在长安城南的樊川别墅，后人称他“樊川先生”“杜樊川”。《全唐诗》收杜牧诗八卷。他的《清明》十分有名。

因才华横溢，后人称他为“小杜”，以继杜甫；和李商隐并称为“小李杜”。

本诗是唐朝著名诗人杜牧游秦淮时，在船上听见歌女唱《玉树后庭花》，绮艳轻荡，男女之间互相唱和，歌声哀伤，是亡国之音。当年陈后主长期沉迷于这种委靡的生活，视国政为儿戏，终于丢了江山。陈朝虽亡，这种靡靡的音乐却留传下来，还在秦淮歌女中传唱，这使杜牧非常感慨。他的诗说：这些无知歌女连亡国恨都不懂，还唱这种亡国之音！其实这是借题发挥，他讥讽的实际是晚唐政治：群臣们沉湎于酒色，快步陈后主的后尘了。秦淮一隅，寄托如此深沉的兴亡感，足见金陵在当时全国政治中心已经移向长安的情况下，影响仍然很大。

杜牧前期颇为关心政治，对当时百孔千疮的唐王朝表示忧虑，他看到统治集团的腐朽昏庸，看到藩镇的拥兵自固，看到边患的频繁，深感社会危机四伏，唐王朝前景可悲。这种忧时伤世的思想，促使他写了好些具有现实意义的诗篇。《泊秦淮》也就是在这种思想基础上产生的。

【注释】

（1）商女：茶楼酒馆里伺候客人的歌女。

（2）后庭花：《玉树后庭花》的简称。南朝陈后主所作，后世多称为“亡国之音”。

【赏析】

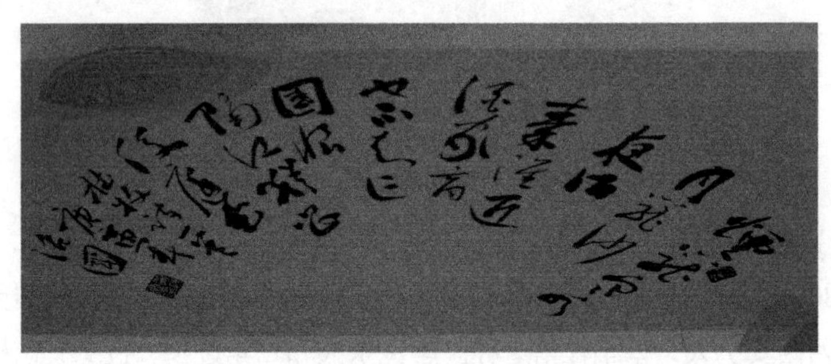

秦淮也就是秦淮河，发源于江苏溧水东北，横贯金陵（今江苏南京）入长江。六朝至唐，金陵秦淮河一带一直以来都是权贵富豪游宴取乐的地方。这首诗是诗人夜泊秦淮时触景感怀之作，于六代兴亡之地的感叹中，寓含忧国忧民之情怀。

这首诗是即景感怀的，金陵曾是六朝都城，无比繁华。目睹现在的唐朝国势衰落，当权者昏庸无道，不免要重蹈六朝覆辙，所以无限感伤。首句写景，先极力渲染水边夜景的清淡素雅；第二句叙事，点明夜泊之地；三、四句感怀，由“近酒家”写到商女之歌，自然洒脱；由靡靡之音，引出“不知亡国恨”，抨击权贵富豪沉溺于声色，含蓄深沉；再推出《后庭花》的曲调，借陈后主的诗，控诉权贵的荒淫，深刻犀利。这两句表达了比较清醒的封建知识分子忧国的心境，又反映了权贵们正以腐败迷醉的生活来掩饰他们腐朽空虚的灵魂，而这正是走向没落的晚唐现实中两个不同侧面的写照。这首诗写诗人所见所闻所感，语言清新自然，构思精巧缜密。全诗景、事、情、意融于一体，景为情设，情随景至。借陈后主的荒淫亡国讽喻晚唐统治者，含蓄地表达了诗人对历史的深刻思考，对现实的深切忧思。感情深沉，意蕴深邃，被誉为唐人绝句中的精品。

学生感悟：我觉得这首诗抒发了诗人对世道的忧患意识，委婉含蓄地抨击沉溺声色的权贵。

59. 夜雨寄北

李商隐

君问归期未有期，巴山夜雨涨秋池。
何当共剪西窗烛，却话巴山夜雨时。

【作者及背景】

李商隐（约813年—约858年），汉族，字义山，号玉溪生，又号樊南生、樊南子，晚唐著名诗人。幼年丧父，跟随堂叔学习经书和文章，16岁就以古文知名。开成二年中进士，曾先后担任过秘书省校书郎，宏农县尉，做过短期的盐铁推官。他祖籍怀州河内（今河南沁阳市），祖辈迁至荥阳（今河南郑州）。擅长骈文写作，诗作文学价值也很高，他和杜牧合称“小李杜”，与温庭筠合称为“温李”，因诗文与同时期的段成式、温庭筠风格相近，且三人都在家族里排行第十六，故并称为“三十六体”。其诗构思新奇，风格浓丽，尤其是一些爱情诗写得缠绵悱恻，为人传诵。但过于隐晦迷离，难于索解，有“诗家总爱西昆好，独恨无人作郑笺”之说。因处于牛李党争的夹缝之中，一生很不得志。死后葬于家乡沁阳（今沁阳与博爱县交界之处）。据《新唐书》有《樊南甲集》二十卷，《樊南乙集》二十卷，《玉溪生诗》三卷，《赋》一卷，《文》一卷，部分作品已佚。李商隐在艺术上有杰出的成就，他的诗以七律成就为最高，其他五言、绝句、七古、五古等也多有名篇、多出警句。 他的诗重意境，幽微含蓄，深情绵邈，隐晦曲折，寄托极深，浓艳绮丽，金玉其外，精粹其中；善于利用历史典故和神话传说，通过想象、联想和象征，构成丰富多彩的艺术形象；他的“比兴”取法《诗经》，“美人香草”效仿《离骚》，深厚沉浑得杜甫诗精髓，绮丽的想象、用语则直接得益于李贺。如果说李贺的诗偏于想象，则李商隐的诗重于象征。

【注释】

（1）巴山：泛指巴蜀之地。

（2）却：再。

【赏析】

《夜雨寄北》选自《李义山诗集》，这是诗人写给远方妻子的脍炙人口的短篇情诗。当时诗人被秋雨所阻隔，滞留在荆巴一带，而妻子从家里寄书信来，询问作者的归期。但秋雨绵绵，不知何时能停止，也不知交通何时能够恢复，故回答说："君问归期未有期。"这一句有问亦有答，流露出诗人留滞异乡、归期未卜的羁旅之愁。诗人与夫人王氏感情深厚，所以每时每刻都在盼望马上回到家，与妻子共剪西窗烛。但现在，一切都无法预知，只能苦苦想念。本诗只有四句，却情景交融，虚实相生，既包含了空间中的对照，又体现了时间上的跳跃。"何当"是表示设想的词语，设想以后会发生的事情，在那时，现在的景象就成为设想中回忆的话题，于是"却话巴山夜雨时"自然而生。

这首小诗语言简洁，明白晓畅，没有过多的修饰，没有过多华丽的辞藻，直接描写当时的情景和感受，寓情于景，情景交融，把无限深情融于朴实无华的语言中，让人回味无穷。

学生感悟：读这首诗时，我感受到了作者对妻子的一片深情，从眼前情景出发，设想以后相聚的感受，让人很感动。

60. 无题（其三）

李商隐

相见时难别亦难，东风无力百花残。春蚕到死丝方尽，蜡炬成灰泪始干。

晓镜但愁云鬓改，夜吟应觉月光寒。蓬山此去无多路，青鸟殷勤为探看。

【写作背景】

在唐时，人们崇尚道教，信奉道术。李商隐在十五六岁的时候，即被家人送往玉阳山学道。其间与玉阳山灵都观女氏宋华阳相识相恋，但两人的感情却不能为外人明知，而作者的心内又奔涌着无法抑制的爱情狂澜，因此他只能以诗寄情，并隐其题，从而使诗显得既朦胧婉曲又深情无限。据考，李商隐所写的以“无题”为题的诗篇，共计二十首，大多是抒写他们两人之间的恋情诗。这首《无题》诗也是如此，并且是其中最为著名的一篇。

【注释】

（1）无题：唐代以来，有的诗人不愿意标出能够表示主题的题目时，常用“无题”作诗的标题。

（2）丝方尽：丝，与“思”是谐音字，“丝方尽”意思是除非死了，思念才会结束。

（3）泪始干：泪，指燃烧时的蜡烛油，这里取双关义，指相思的眼泪。

（4）晓镜：早晨梳妆照镜子。云鬓：女子多而美的头发，这里比喻青春年华。

（5）蓬山：蓬莱山，传说中的海上仙山，比喻被怀念者住的地方。

（6）青鸟：神话中为西王母传递音讯的信使。

（7）殷勤：情谊恳切深厚。

（8）探看：探望。

【赏析】

这是诗人以“无题”为题的多首诗歌中最著名的一首寄情诗。整首诗的内容围绕着“相见时难别亦难”展开，尤其是最后三字。“东风”一句点明了时节，但更是对人的相思的比喻。因爱情的悱恻，人就像春末凋谢的花朵那样没有了生气。前两句，写到了一对有情人因某种原因受到阻隔，难以相会，分离的痛苦使其无法忍受。颔联两句是相互忠贞不渝、海誓山盟的写照。“丝”是“思”的谐音，把自己比作吐丝的春蚕写思念之深，比作蜡烛表明思念不止。颈联则分别描述了两人因不能见面而惆怅幽怨，备感清冷的情状。上句写自己“云鬓改”，次句想象对方同样夜不能寐。唯一可以盼望的是尾联两句中的设想：但愿青鸟能够频频传递相思之情，替自己去看望心中思念的人。

这首诗，从头至尾都熔铸着痛苦、失望而又缠绵、执着的感情，诗中每一联都是这种感情状态的反映，但每联的具体意境又各有不同。它们从不同的方面反复表现着融贯全诗的复杂感情，同时又以相互之间的密切衔接而纵向地反映以这种复杂感情为内容的心理过程。这样的抒情，连绵往复，细微精深，精确地表现了心底的款款深情。

学生感悟：这首诗的前四句，我们每一个学生都非常熟悉。从这首诗中我们读到了李商隐的感慨，在悲伤、痛苦之中又有着渴望和执着。可能对于他当时的心境我们现在是无法理解的，但是我能够感受到他写这首诗时的无奈与苦痛。

61. 锦瑟

李商隐

锦瑟无端五十弦，一弦一柱思华年。庄生晓梦迷蝴蝶，望帝春心托杜鹃。

沧海月明珠有泪，蓝田日暖玉生烟。此情可待成追忆，只是当时已惘然。

【写作背景】

这首《锦瑟》，是李商隐的代表作，堪称最享盛名。诗题“锦瑟”，但并非咏物，不过是按古诗的惯例以篇首二字为题，实是借瑟以隐题的一首无题诗。

【注释】

（1）古瑟有弦五十条。

（2）柱：调整弦的音调高低的支柱。

（3）思：读去声，因律诗不得一连出现三个平声。

（4）蓝田：在今陕西省蓝田县东南，古代著名的美玉产地。

【赏析】

诗题就是第一句的头两个字。本诗首联，“无端”可以理解为“没有来由地”“平白无故地”。锦瑟这种乐器本来就是那么多条弦，这并不是过错，诗人却硬要责怪它：锦瑟呀，你为什么要有这么多条弦？

颔联上句用了一则典故，说的是庄子梦见自己化身为蝶，翩翩飞舞，浑然忘记自己是“庄周”这个人了；梦醒后，自己却仍是庄周。诗人用这个典故来写：美人一曲锦瑟，惊醒了梦中的诗人，不复成寐。晓梦蝴蝶，在这里象征着美好的情境，但只是虚无缥缈的梦境。本联下句中用了望帝化为杜鹃啼血的典故。正因锦瑟曲调哀怨，引起诗人无限的伤感，如闻杜鹃之凄音。一个“托”字，不但写出了望帝托春心于杜鹃，也写出了佳人托春心于锦瑟，诗人妙笔奇情，在这里已经达到一个高潮。

颈联两句所表现的，是阴阳冷暖、美玉明珠，境界虽有不同，但怅恨却相同。诗人对于这高洁的感情，是爱慕的、执着的，然而又是不敢亵渎、哀思叹婉的。

尾联收束全篇，明白提出“此情”二字，与开端的“华年”相为呼应。

学生感悟： 这首《锦瑟》有些难懂，看过注释以及赏析后方可明白一点。其中使用了两个典故，以此来表达作者的感情，可以看出这就是李商隐诗歌的特点。

62. 无题（其一）

李商隐

昨夜星辰昨夜风，画楼西畔桂堂东。身无彩凤双飞翼，心有灵犀一点通。

隔座送钩春酒暖，分曹射覆蜡灯红。嗟余听鼓应官去，走马兰台类转蓬。

【作者简介】

李商隐，著名诗人。擅长诗歌写作，骈文文学价值也很高，他是晚唐最出色的诗人之一，和杜牧合称“小李杜”，与温庭筠合称为“温李”，因诗文与同时期的段成式、温庭筠风格相近，且三人都在家族里排行第十六，故并称为“三十六体”。其诗构思新奇，风格浓丽，尤其是一些爱情诗和无题诗写得缠绵悱恻，优美动人，广为人传诵。但部分诗歌过于隐晦迷离，难于索解，至有“诗家总爱西昆好，独恨无人作郑笺”之说。因处于牛李党争的夹缝之中，一生很不得志。死后葬于家乡沁阳（今沁阳与博爱县交界之处）。作品收录为《李义山诗集》。

【注释】

（1）画楼、桂堂：都是比喻富贵人家的屋舍。

（2）灵犀：旧说犀牛有神异，角中有白纹如线，直通两头。

（3）送钩：也称藏钩。古代腊日的一种游戏，分二曹以较胜负。把钩互相传送后，藏于一人手中，令人猜。

（4）分曹：分组。

（5）射覆：在覆器下放着东西令人猜。分曹、射覆未必是实指，只是借喻宴会时的热闹。

（6）鼓：指更鼓。

（7）应官：犹上班。

（8）兰台：指秘书省，掌管图书秘籍。李商隐曾任秘书省正字。这句从字面看，是参加宴会后，随即骑马到兰台，类似蓬草之飞转，实则也隐含自伤飘零意。

【赏析】

首联以曲折之笔写昨夜的欢聚。第一句写时间：夜色星光，有凉风吹过，有一种宁静而浪漫的气息。两个“昨夜”自对，回环往复，语气舒缓。第二句写地点：精美画楼的西面，桂木厅堂的东畔。在这样美好的时刻、柔和的环境中会有什么故事，诗人只是在心中独自回味，我们则情不自禁地被诗中所展示的风情打动了。

颔联写今日之思。诗人已与意中人分两处，“身无彩凤双飞翼”写怀想当切、相思之苦：恨自己身上不能长出五彩凤凰一样的翅膀，可以飞到意中人身边。“心有灵犀一点通”写相知之深：彼此的心意却息息相通。“身无”与“心有”，写出了外、内、悲、喜，痛苦中有甜蜜，寂寞中有期待，相思之苦恼与心有灵犀之欣慰融合在一起，将相爱却无法厮守的恋人间复杂又微妙的心态表现得淋漓尽致。因此这两句也成为了千古名句。

颈联写宴会上的热闹情景，这应该是诗人与深爱之人共同参加过的一次聚会。宴席上，人们玩着游戏，觥筹交错，灯红酒暖，气氛非常融洽。

尾联写出了作者“人在江湖身不由己”的无奈：可叹我参加宴会后，就要骑马到兰台，好像蓬草一样随风飘舞。这句话应是解释离开意中人的原因，同时流露出身世飘零的感慨。

全诗以心理活动为出发点，诗人的感受细腻而真切，将一段可意会而不可言传的情感描绘得扑朔迷离而又入木三分。

学生感悟：“身无彩凤双飞翼，心有灵犀一点通。”一联，把恋人之间那种心灵相通的感觉表现得非常细致。

63. 相见欢

李　煜

无言独上西楼，月如钩，寂寞梧桐深院锁清秋。

剪不断，理还乱，是离愁。别是一般滋味在心头。

【作者及背景】

李煜（937 年—978 年），五代时期南唐后主。字重光，号钟隐。继位的时候，宋太祖赵匡胤已经称帝三年，宋朝已先后灭掉后蜀、南汉，南唐形势岌岌可危。继位十年后，自贬国号为江南，改称国主，派遣使臣朝宋。李煜好声色，迷信佛教，只希望通过每年向宋朝进贡来苟延求存。宋太祖开宝七年（974 年），宋朝派遣曹彬率师南伐，次年攻占金陵，将李煜俘获到汴京。宋太宗太平兴国三年（978 年）被毒死。李煜长于写词，词作内容大部分都是描写宫廷的腐化生活，风格浮靡。进入汴京以后，他的词作多寓身世感慨，情致凄婉。后人将他的词作与其父李璟（南唐中主）的词作合刻为《南唐二主词》，《宋史》《五代史》有传。其代表作品还有《虞美人》。

【注释】

（1）锁清秋：深深被秋色所笼罩。

（2）离愁：指去国之愁。

（3）别是一般：也作“别是一番”，另有一种意味。

【赏析】

首句“无言独上西楼”将人物引入画面。“无言”二字深刻地描绘出词人的愁苦神态，“独上”二字勾勒出作者独自一人登楼的身影，孤独的词人默默无语，独自登上西楼。神态与动作的描写，揭示了词人内心深处隐寓的很多不能倾诉的孤寂与凄婉。

“……月如钩，寂寞梧桐深院锁清秋”，寥寥12个字，形象地描绘出词人登楼之所见。仰视天空，残月如钩。“如钩”不仅写出月形，表明时令且意味深长：那如钩的残月经历了无数次的阴晴圆缺，见证了人世间无数的悲欢离合，如今又勾起了词人的离愁别恨。俯视庭院，茂密的梧桐叶已被无情的秋风扫荡而空，只剩下光秃秃的树干和几片残叶在秋风中抖动，词人不禁“寂寞”生情。然而，“寂寞”的不只是梧桐，即使是凄惨秋色，也要被“锁”于这高墙深院之中。而“锁”住的也不只是这满院秋色，落魄的人、孤寂的心、思乡的情、亡国的恨，都被这高墙深院禁锢起来，此景此情，用一个愁字是说不完的。

“剪不断，理还乱，是离愁。”用丝喻愁，新颖而别致。前人以“丝”谐“思”，用来比喻思念，如李商隐“春蚕到死丝方尽”（《无题（其三）》）就是大家熟悉的名句。李煜用“丝”来比喻“离愁”，别有一番新意。然而丝长是可以剪断的，丝乱是可以整理的，而那千丝万缕的“离愁”却是“剪不断，理还乱”。这位曾经的南唐后主心中所涌动的离愁别绪，是追忆昔日的荣华富贵，是思恋曾经的故国家园，是悔失自己的帝王江山。可如今，李煜已成亡国奴、阶下囚，荣华富贵已成过眼云烟，故国家园也已不堪回首，帝王江山已入他人之手。作者尝透了愁的滋味，而这滋味，是难以言喻、难以诉尽的。

末句“别是一般滋味在心头”，紧承上句写出了李煜对愁的体验与感受。用滋味来写愁，而又不是酸甜苦辣，它在人的内心深处，是一种独特真切的感受。“别是”二字用得特别好，曾经唯我独尊的后主，如今却成了阶下之囚，备受屈辱，历尽愁苦，心头堆积的是思，是苦，是悔，还是恨，词人自己也说不清，他人更是无法体会。若是常人，倒可以哭泣倾诉，而李煜不能。他是亡国之君，即使有满腹愁苦，也只能“无言独上西楼”，眼望残月梧桐，感受清秋，将心头的哀愁、悲伤、痛苦、悔恨强压于心底。这种无言的哀伤更胜过痛哭流涕之悲痛。

【学生感悟】

真是“别是一般滋味在心头”，堂堂的后主丢失的不仅是江山，更是尊严；不仅是家国，更是自由；还伤害了美人，葬送了幸福。所以，其中的滋味，谁能说得清楚呢？

【学习启示】

世间万物皆有情

世间万物皆有情，这句话一点也没有错。

“好雨知时节，当春乃发生。”杜甫在《春夜喜雨》里向我们介绍了“知时节”的“好雨”，它看到了此时大地上的万物正好需要这一场甘露的浇灌，才能得以繁荣生长，于是它在夜里悄悄地下起来，既滋润了万物，又没有打扰人们，这样的“好雨”怎能说是无情呢？

“锦瑟无端五十弦，一弦一柱思华年。”锦瑟本来只是一种普通的乐器，诗人却由它而生发出许多的无奈，你为什么就那么多的弦呢？其中还引用了“庄生晓梦迷蝴蝶，望帝春心托杜鹃”这两个典故，让我们看到一曲锦瑟让作者情感的抒发达到高潮。那么锦瑟既然能引起作者这样的感慨，怎能说一点情也没有呢？

连自然界的景物和生活中的事物都是这样丰富多情，那么“人”又会有什么样的感情呢？“相见时难别亦难，东风无力百花残。春蚕到死丝方尽，蜡炬成灰泪始干。”这首《无题》一直被人们竞相传诵，这首诗从头至尾都熔铸着痛苦、失望而又缠绵、执着的感情，这样的抒情，连绵往复，细微精深，精确地表现了作者心底的款款深情。“身无彩凤双飞翼，心有灵犀一点通”，这是李商隐的另一首《无题》中的名句，诗中所描述的痛苦而又甜蜜的感情被很多人憧憬、向往。“何当共剪西窗烛，却话巴山夜雨时。”《夜雨寄北》中一句设想，充分表现了作者对妻子的深情厚爱，在不能归家之时却时时想着归家之事。

前面说到了个人的情感，那么与此相比，“别是一般滋味在心头”这样的感情就更重一些了。堂堂的后主丢失的不仅是江山，更是尊严；不仅是家国，更是自由；还伤害了美人，葬送了幸福。所以，其中的滋味，谁能说得清楚呢？唐代的杜牧也忧国忧民，“商女不知亡国恨，隔江犹唱后庭花”就是他对这种忧患意识的最好诠释。

无论是自然界还是人类社会，都是有情的，所以，我们要有一双善于发现的眼睛，再用我们的语言把这些丰富的感情表达出来。

寄　语

责任重于泰山，敢于说出“这是我的责任”的人能力一定不一般。

人生是自己的，向哪个方向走由自己决定。

第十篇

诗词中的言志与修辞

Chapter 10

名句品读

《虞美人》 李煜 “问君能有几多愁？恰似一江春水向东流。”

《谒金门》 冯延巳 “风乍起，吹皱一池春水。”

《渔家傲·秋思》 范仲淹 “千嶂里，长烟落日孤城闭。”

《雨霖铃》 柳永 “多情自古伤离别，更那堪冷落清秋节。今宵酒醒何处？杨柳岸、晓风残月。”

《蝶恋花》 柳永 “衣带渐宽终不悔，为伊消得人憔悴。”

《浣溪沙》 晏殊 “无可奈何花落去，似曾相识燕归来。”

《晓出净慈寺送林子方》 杨万里 “接天莲叶无穷碧，映日荷花别样红。”

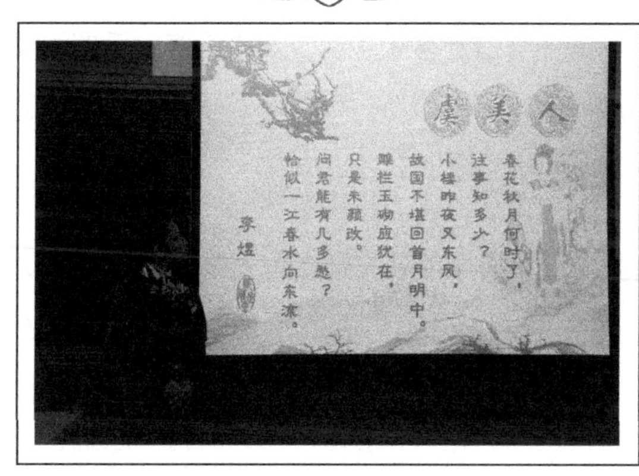

64. 虞美人·春花秋月

李 煜

春花秋月何时了？往事知多少。
小楼昨夜又东风，
故国不堪回首月明中。
雕栏玉砌应犹在，只是朱颜改。
问君能有几多愁？
恰似一江春水向东流。

【作者及背景】

李煜（937年—978年），初名从嘉，字重光，号钟隐。李璟第六子，901年嗣位，史称南唐后主。即位后对宋称臣纳贡，以求偏安一方。生活上则穷奢极欲。975年，宋军破金陵，他肉袒出降，虽封作违命侯，实已沦为阶下囚。太平兴国三年七月卒。据宋人王至《默记》，盖为宋太宗赐牵机药所毒毙。他精于书画，谙于音律，工于诗文，词尤为五代之冠。前期词多写宫廷享乐生活，风格柔靡；后期词反映亡国之痛，题材扩大，意境深远，感情真挚，语言清新，极富艺术感染力。后人将他与李璟的作品合辑为《南唐二主词》。

【注释】

（1）此调原为唐教坊曲，初咏项羽宠姬虞美人，因以为名。又名《一江春水》《玉壶水》《巫山十二峰》等。双调，五十六字，上下片各四句，皆为两仄韵转两平韵。

（2）了：了结，完结。

（3）砌：台阶。雕栏玉砌：指远在金陵的南唐故宫。应犹：一作“依然”。

（4）朱颜改：指所怀念的人已衰老。

（5）君：作者自称。能：或作“都”“那”“还”“却”。

【赏析】

此词大约写于李煜归宋后的第三年。词中流露了浓浓的故国之思，据记载此词是

促使宋太宗下令毒死李煜的重要原因之一。因此，它可以说是李煜的绝命词。全词以问起，以答结。由问天、问人到自问，通过凄楚中略带激昂的音调与曲折回旋、流走自如的艺术结构，让作者沛然莫御的愁思贯穿诗词的始终，形成沁人心脾的美感效应。诚然，李煜的故国之思也许并不值得别人怜悯和同情，他所怀念的往事离不了“雕栏玉砌”的帝王生活与朝暮私情的宫闱秘事。但这首脍炙人口的名作，在艺术创作上确有独到之处：人们多认为“春花秋月”美好，而作者却企盼它早日“了”却；小楼“东风”带来了春天的信息，却引起作者“不堪回首”的慨叹，因为这勾起了作者物是人非的惆怅和囚居异邦的愁绪，把作者由珠围翠绕、烹金馔玉的江南一国之主突然变为长歌当哭的阶下囚时的复杂心境描绘了出来，是真切而又深刻的。结尾的“一江春水向东流”，是以水喻愁的千古传诵的名句，含蓄地表现出愁思的长流不断，无穷无尽。与此相比，刘禹锡的《竹枝词》“水流无限似侬愁”，略显直率，而秦观《江城子》“便作春江都是泪，流不尽，许多愁”，却又说得过尽，反而削弱了它感人的力量。所以说，李煜此词之所以能引起广泛的共鸣，在很大程度上，就有赖于结句以富有感染力和象征性的比喻，将愁思表现得既形象化又抽象化。作者并没有明确写出其愁思的真实内涵——怀念昔日的纸醉金迷的帝王生活，仅仅展示了它的外部形态——“恰似一江春水向东流”，并借用它来抒发自己的真实情感，取得某种心灵上的呼应。尽管人们的愁思虽然内涵各异，其实都可以表现为“恰似一江春水向东流”那样的外部形态。因为“形象往往大于思想”，李煜此词也就能在广泛范围内引起共鸣并得以千古传诵了。

学生感悟： 人应该趁着年轻努力奋斗，只有这样，当我们到了暮年的时候才会无憾。

65. 谒金门·风乍起

冯延巳

风乍起，
吹皱一池春水。
闲引鸳鸯香径里，
手挼红杏蕊。
斗鸭阑干独倚，

碧玉搔头斜坠。
终日望君君不至，
举头闻鹊喜。

【作者及背景】

冯延巳（904 年—960 年），字正中，南唐广陵（今扬州）人。事元宗李璟，官至中书侍郎左仆射平章事，是当时词坛的大家。有《阳春集》。多才艺，工诗词。仕南唐，李璟时为宰相。他的词虽也写妇女、相思之类的题材，但不像花间派那样雕章琢句。他能用清新的语言，着力刻画人物内心的活动和哀愁，他运用“托儿女之辞，写君臣之事”的传统手法，隐约流露出对南唐王朝国势的关心与忧伤，对温庭筠以来的婉约词风有所发展。冯延巳擅长以景托情，因物起兴的手法，蕴藏个人的哀怨，写得清丽、细密、委婉、含蓄。这首脍炙人口的怀春小词，在当时就很为人称道。尤其“风乍起，吹皱一池春水”，是传诵古今的名句。

【注释】

（1）乍：忽然。

（2）闲引：无聊地逗引着玩。

（3）挼：揉搓。

（4）斗鸭：以鸭相斗为欢乐。斗鸭阑和斗鸡台，都是官僚显贵取乐的场所。

（5）碧玉搔头：指碧玉簪。

【赏析】

【诗词赏析】

这首词写贵族女子在春天里愁苦无法排遣和希望心上人到来的情景。

一开头写景：风忽然吹起，把满池塘的春水都吹皱了。这景物本身就含有象征意味：春风荡漾，吹皱了池水，也吹动了女子的心。它用一个“皱”字，把这种心情确切而又生动地表达出来。因为是春风，不是狂风，所以才把池水吹皱，而不至于吹翻。女主人公的心情也像池水一样，引起了波动不安的感觉。面对明媚的春光，她的心上人不在身边，那她该怎样消磨这良辰美景呢？她只好在芳香的花间小路上，手挼着红杏花蕊，逗着鸳鸯消遣时光。可是成双成对的鸳鸯，难免要触起女主人公更深的相思和愁苦，甚至挑起她微微的嫉妒之情，觉得自己的命运比禽鸟还不如。她漫不经心地摘下含苞欲放的红杏花，放在掌心里轻轻地把它撵碎。通过这样一个细节，恰到好处地表现了女主人公内心无比复杂的感情。它意味着尽管她也像红杏花一般美丽、芬芳，却被另一双无情的手把心揉碎了。这写得多么细致，蕴藏着多么深沉的感情！

下篇写她怀着这样愁苦的心情，一切景物都引不起她的兴趣。哪怕她把斗鸭栏杆处处都倚"遍"，仍然是无精打采。这个"遍"字，把她这种难以按捺的心情精细地刻画出来。她心事重重地垂着头。由于头垂得太久，以至头上的碧玉搔头也斜斜地下倾了。这说明她已捱过一段很长的时间。她整天思念心上人，却一直不见他来。忽然，她听到喜鹊的叫声。"喜鹊叫，喜事到。"莫非心上人真地要来了吗？她猛然抬起头，愁苦的脸上初次出现了喜悦的表情。作者写到这里，便结束了全词。在一种淡淡的欢乐中收尾，想给女主人公留下一线新的希望。但读者可以设想：喜鹊报喜究竟有多大的可靠性呢？恐怕接下来的将是女主人公更大的失望和悲哀。尽管作者收尾了，但读者透过这些还可以想象出无穷无尽的后景。

学生感悟： 非常喜欢诗中"风乍起，吹皱一池春水。"这两句，这两句感觉表面写景，实际写情，本来水波不兴，忽然刮来风吹皱了池塘的水，象征着词中女主人公的心动荡不安，起伏不平静。

66. 渔家傲·秋思

范仲淹

塞下秋来风景异，衡阳雁去无留意。四面边声连角起，千嶂里，长烟落日孤城闭。浊酒一杯家万里，燕然未勒归无计。羌管悠悠霜满地，人不寐，将军白发征夫泪。

【作者及背景】

范仲淹，字希文，汉族，苏州吴县（今属江苏）人，世称“范文正公”。唐宰相范履冰之后。北宋著名的政治家、思想家、军事家和文学家，祖籍邠州（今陕西省彬县），后迁居苏州吴县（今江苏省吴县）。他为政清廉，体恤民情，刚直不阿，力主改革，屡遭奸佞诬谤，数度被贬。皇祐四年（1052 年）五月二十日病逝于徐州，终年 64 岁。是年十二月葬于河南洛阳东南万安山，谥文正，封楚国公、魏国公。有《范文正公集》传世，通行有《四部丛刊》影明本，附《年谱》及《言行拾遗事录》等。少年时，家境贫寒，却胸怀大志，发奋苦读。走上仕途后，常以“先天下之忧而忧，后天下之乐而乐”勉励自己，以天下为己任，发愤图强，励精图治，成为一代历史名臣。

北宋中期，西北地区的党项族在吞并周围各部落后，于公元 1038 年乘势南下，攻城夺寨，势如破竹，威胁北宋王朝，使得北宋举国上下，一片恐慌。在此国家民族危机存亡之秋，范仲淹以龙图阁直学士的身份，毅然挺身而出，主动请缨，担负起了戍边守疆的重任。他深谋远虑，审时度势，爱兵如子，上下一心，经过四年的努力，终于使西北防务化险为夷，转危为安。《渔家傲 · 秋思》就为此时所作。背景：宋康定元年（1040 年）至庆历三年（1043 年）间，范仲淹任陕西经略副使兼延州知州。据史载，在他镇守西北边疆期间，既号令严明又爱抚士兵，并招徕诸羌推心接纳，深为西夏所惮服，称他“腹中有数万甲兵”。这首题为“秋思”的《渔家傲》就是他身处军中的感怀之作。

【注释】

（1）塞：边界要塞之地，这里指西北边疆。

（2）衡阳雁去：传说秋天北雁南飞，至湖南衡阳回雁峰而止，不再南飞。

（3）边声：边塞特有的声音，如大风、号角、羌笛、马啸的声音。

（4）角：古代军中的一种乐器。

（5）千嶂：绵延而峻峭的山峰；崇山峻岭。

（6）长烟：荒漠上的烟。

（7）燕然未勒：意思是没有建立破敌的大功。据《后汉书》记载，汉和帝永元元年（89年），窦宪大破北匈奴，穷追北单于，登燕然山，刻石记功而返。勒：刻石记功。

（8）羌管：羌笛，出自古代西部羌族的一种乐器。

（9）悠悠：形容声音飘忽不定。

（10）寐：睡。“不寐”就是睡不着。

【赏析】

宋名臣范仲淹的这首词，作于他率师西北边陲，平定西夏叛乱之时。这是一首评价上有争论的作品，欧阳修曾称为穷塞主之词，大意是说，作为主帅不抒发慷慨之情，而写塞外凄凉穷愁的景象与思归之心，是不宜的。瞿佑在《归田诗话》中一方面以自己的生活经历证明这首词确实写了塞外景色，另一方面又说：“以总帅出此语，宜乎士气不振而无成功。”这是从政治角度着眼的评价。另一些评家却称道其写得“沉雄”，“有排荡之势”，“至今读之犹凛凛有生气”。夏承焘先生曾盛赞这首词“情感浑厚，气概阔大”。从文学的角度来说，任何一首诗词的审美价值，都是由多种艺术功能构成的。这首《渔家傲》并非以军事征战为题材，而是写边塞将士对家乡的思念，因此不能生硬地用政治的尺度来衡量和评判，而应该用艺术的尺度来进行衡量。它的艺术功能和艺术力量，在于写景抒情，即使从政治角度来看，此词的意义也并非消极。“燕然未勒归无计”一句，正是此词最本质的思想亮点。燕然山，即今之杭爱山。后汉时，将军窦宪追击匈奴，曾经登上燕然山刻碑（勒石）记功。词中满头白发的老将军，已擦干思乡之泪，在思乡与报国的矛盾中，他是以戍守边疆为重。他尽忠职守，建功勋于边陲，虽有时思乡心切，并没打算归乡。如此耿耿丹心，怎么能视而不见？词的上阕侧重写景。秋来风景异，雁去无留意，是借雁去衡阳回雁峰的典故，来表现人在塞外的思归之情。为何思归？是厌弃边塞生活，不顾国家安危吗？不是。而是边防凄厉的号角声以及周遭的狼嗥风啸声，让人心寒。何况日落千嶂，长烟锁山，孤城紧闭，此情此景如何能不让人怀念家乡的温馨？人非草木，孰能无情？一个长期戍边的老将，惦念亲人和家乡也是自然的。“千嶂里，长烟落日孤城闭”，这是写得最成功的一句，仅仅 10 个字便勾勒出一派壮阔苍茫的边塞黄昏景致。写景的目的在于抒情。因此下阕一开头就是“浊酒一杯家万里，燕然未勒归无计”。浊酒，本是乳白色的米酒，这里暗喻心情重浊。为什么心情重浊？因为思归不能归。靖乱之，功未成，又有何颜面以上觐朝廷，下见百姓？“归无计”，是说没有两全其美的可能性。在这矛盾的心绪下，远方羌笛悠悠，扰得征夫们难以入眠，难免不苦思万里之遥的家乡，而家乡的亲人可能也在盼望自己归来。“人不寐，将军白发征夫泪”，这 10 个字扣人心弦，抒发了深沉忧国爱国的复杂感情。

这首《渔家傲》绝不是令人消沉斗志之词，它真实地表现了戍边将士思念故乡，矢志保卫国家的真情。范仲淹年轻时曾在《岳阳楼记》中，倡导“先天下之忧而忧，后天下之乐而乐”的崇高精神。词中的白发老将军，不正是这种崇高精神的生动写照吗？因此欧阳修对这首词的负面评价，有失公平。黄蓼园说它“读之凛凛有生气”，倒是深得其旨趣。

学生感悟： 作为一名中学生，我们一定要有强烈的爱国心，一定要继承老一辈的优良传统，要有忧国忧民的远大志向。

67. 雨霖铃·寒蝉凄切

柳　永

寒蝉凄切，对长亭晚，骤雨初歇。都门帐饮无绪，留恋处，兰舟催发。执手相看泪眼，竟无语凝噎。念去去，千里烟波，暮霭沉沉楚天阔。

多情自古伤离别，更那堪冷落清秋节。今宵酒醒何处？杨柳岸、晓风残月。此去经年，应是良辰好景虚设。便纵有千种风情，更与何人说！

【作者及背景】

柳永，字耆卿，初名三变，福建崇安人。他一生仕途坎坷，到晚年才中进士。在北宋著名词人中，他的官位最低，但在词史上却占有重要地位。他是北宋第一个专力写词的作者，也是第一个大量写作慢词的词人。他能自制新曲，音律谐婉。他的词，铺叙展衍，不事雕饰，在宋词的发展中，有开疆拓土之功。他的词通俗浅近，旖旎近情，深受人们的喜爱。

本篇《雨霖铃》是柳永的十大代表作之一。柳永生卒年不详，字耆卿，初名三变，排行第七，故称柳七，福建崇安人。因他的一首《鹤冲天》中有"才子词人，自是白衣卿相"，以及"忍把浮名，换了浅斟低唱"等词句，仁宗知道后认为柳永过于狂妄，不准录取，而招致他屡试不第。一生穷困潦倒，仕途坎坷，以致颓废放纵。晚年才考取进士，做过屯田员外郎一类的小官，世称柳屯田。柳永是北宋时代大量制作慢词的第一人。他通晓音律，熟悉旧调，并善于吸收民间语言，明白晓畅，流传甚广。"凡有井水饮处，即能歌柳词"（叶梦得《避暑录话》卷三）。作品概括为三类：一是写都市生活的繁华，二是男女情爱的苦痛，三是羁旅行役的悲伤。其作品往往把写景、叙事、抒情融为一体，使慢词发展成为与小令双峰并峙的成熟的文学样式。作品集有《乐章集》。

此调原为唐教坊曲。相传唐玄宗避安禄山之乱入蜀，时霖雨连日，栈道中听到铃声。为悼念杨贵妃，便采作此曲，后柳永用为词调。又名《雨霖铃慢》。上下阕，103个字，仄韵。这首词选自《全宋词》，"雨霖铃"又作"雨淋铃"。这首词是他离开都城汴京（现在河南开封）时写的，抒发了跟情人难分难舍的感情。

【注释】

（1）对长亭晚：面对长亭，正是傍晚时分。

（2）骤雨：阵雨。

（3）都门帐饮：在京都郊外搭起帐幕设宴饯行。无绪：没有情绪，无精打采。

（4）兰舟：据《述异记》载，鲁班曾刻木兰树为舟。后用作船的美称。

（5）凝噎：悲痛气塞，说不出话来。即是“凝咽”。

（6）去去：往前走了一程又一程（分手后越来越远）。

（7）暮霭：傍晚的云气。

（8）沉沉：深厚的样子。

（9）楚天：战国时期湖南、湖北、江苏、浙江一带属于楚国，这里以“楚天”泛指南方的天空。

（10）清秋节：萧瑟冷落的秋季。

（11）经年：经过一年或多年，此指年复一年。

（12）风情：情意（男女恋情）。

【赏析】

柳永是婉约派词人的代表，多作慢词，长于铺叙。此词表现了作者离京南下，长亭送别的情景。上片记别，从日暮雨歇，送别都门，设帐饯行，到兰舟摧发，泪眼相对，执手告别，层层表现了离别的场面和双方惜别的情态，犹如一首带有故事性的剧目，展示了令人伤心的一幕。北宋时柳词不但都下传唱，甚至远及西夏，“凡有井水饮处，即能歌柳词”（《避暑录话》）。柳词在市井巷陌盛行，同他这种明白晓畅、情事俱显的词风有着一定的关系。下片述怀，承“念”字而写，设想别后的情景。刘熙载《艺概》卷四：“词有点有染。柳耆卿《雨霖铃》云‘多情自古伤离别，更那堪冷落清秋节。今宵酒醒何处？杨柳岸、晓风残月’。上二句点出离别冷落，‘今宵’二句，乃就上二句意染之。”诚然，“今宵”二句之所以为名句，不仅在于虚中有实，虚景实写，更在于以景“染”情、融情入景。“今宵酒醒何处”，接上片“帐饮”，足见虽然“无绪”却仍借酒浇愁以致沉醉；“杨柳岸、晓风残月”，集中了一系列极易触动离愁的意象，营造出一个凄清冷落的怀人境界。“此去”以下，以情会景，放笔直写，由“今宵”思“经年”，由“千里烟波”思“千种风情”，由“无语凝噎”思“更与何人说”，回环往复又一气贯注地抒写了“相见时难别亦难”的无限愁思。

宋人论词往往有雅俗之辨，柳词一向被视为“俗曲”。此词上片中的“执手相看泪眼”等语，确实浅似俚语，近于秦楼楚馆之曲。但下片虚实结合，情景相生，足以与其它著名的“雅词”相媲美，因此堪称俗不伤雅，雅不避俗。

学生感悟： 我体会到了作品中人物的依依惜别和悲伤的情绪，应该珍惜现实拥有的一切，但我想“两情若是久长时，又岂在朝朝暮暮”。

68. 蝶恋花·伫倚危楼

柳　永

伫倚危楼风细细，望极春愁，黯黯生天际。草色烟光残照里，无言谁会凭阑意？
拟把疏狂图一醉，对酒当歌，强乐还无味。衣带渐宽终不悔，为伊消得人憔悴。

【作者及背景】

柳永，北宋一大词家，在词史上有重要地位。他扩大了词境，佳作极多，许多篇章用凄切的曲调唱出了盛世中部分落魄文人的痛苦，真实感人。他还描绘了都市的繁华景象及四时节物风光，另有游仙、咏史、咏物等题材。

【注释】

此词原为唐教坊曲，调名取义简文帝“翻阶蛱蝶恋花情”句。又名《鹊踏枝》《凤栖梧》等。双调，60 字，仄韵。

（1）危楼：高楼。

（2）黯黯：迷蒙不明。

（3）拟把：打算。疏狂：粗疏狂放，不合时宜。

（4）对酒当歌：语出曹操《短歌行》。

（5）当：与“对”意同。

（6）强：勉强。强乐：强颜欢笑。

（7）衣带渐宽：指人逐渐消瘦。语出《古诗十九首》：“相去日已远，衣带日已缓。”

【赏析】

这是一首怀人词作。词人把漂泊异乡的落魄感受和怀念意中人的缠绵情思紧密结合，采用“曲径通幽”的表现方式，写景抒情，感情真挚。上片写登楼伫望情景。以细风、草色、烟光、残阳几个表现相思离愁的意象，共同组成一幅黄昏春望图。上片以“春愁”为核心多层次地描摹了春愁之景，春愁之态，笔意婉约。下片抒情，直抒胸臆，表现了词人情深志坚。“拟把”“对酒当歌”“强乐”三句辞意顿挫，写词人想借疏狂之歌呼，陶然之酣醉，谋求醉而忘忧，歌而暂欢，来摆脱春愁的压抑和纠缠，却落得个“还无味”的无聊和空虚，可见其春愁之浓深、刻骨，无法排遣。最后表现词人对待“春愁”的果决态度——“终不悔”。“为伊”，画龙点睛地道破春愁难遣，为春愁憔悴无悔的心情。为了她——那“盈盈仙子”(《曲玉管》)的坚贞爱情，我亦值得憔悴、消瘦，以生命相托！语直情切，市民式的激情荡气回肠。全词成功地刻画出一个真诚男子的形象，心理描写充分细腻，尤其是词的最后两句“衣带渐宽终不悔，为伊消得人憔悴”，直抒胸臆，画龙点睛地揭示出主人公的精神境界，被王国维称为“专作情语而绝妙者”。

学生感悟： 我体会到了作品中传递的对爱情的坚贞态度，我们应该做一个真诚的人。

69. 浣溪沙·一曲新词

晏　殊

一曲新词酒一杯，去年天气旧亭台。

夕阳西下几时回？

无可奈何花落去，似曾相识燕归来。

小园香径独徘徊。

【作者及背景】

晏殊（991 年—1055 年），字同叔。北宋临川（今江西抚州）人，北宋前期着名词人。七岁能文，被誉为神童，十四岁进京参试，与千余进士一起参考。《宋史》载：“殊神气不慑，援笔立成。”赐同进士出身，命为秘书省正字。真宗、仁宗两朝间历任光禄寺丞、尚书户部员外郎、翰林学士、礼部侍郎，拜枢密使、参知政事等职。为人好贤，范仲淹、韩琦、孔道辅、欧阳修等，皆出其门。他的一生创作丰富，并以词著于文坛，尤擅小令，有《珠玉词》130 余首，风格含蓄婉丽。有诗文集 240 卷，编选梁陈以后的诗文 100 卷，但都佚散。其代表作有《浣溪沙》《蝶恋花》《踏莎行》等多首，其中《浣溪沙》中的“无可奈何花落去，似曾相识燕归来”为千古名句。他的作品以典雅华丽，抒发悠闲逸致见长。王灼赞曰：“晏元献公长短句风流蕴藉，一时莫及，而润秀洁，亦无其比。”可见他为宋朝的长短句创作所作的贡献是多么大的。他的诗为“西昆体”，词作多用小令，多表现诗酒生活和悠闲逸致，语言婉丽，颇受南唐冯延巳的影响。现仅存《珠玉词》130 余首及清所辑《晏元献遗文》。

【注释】

（1）一曲新词酒一杯：此句化用白居易《长安道》诗意：“花枝缺入青楼开，艳歌一曲酒一杯。”

（2）去年天气旧亭台：此句化用五代郑谷《和知己秋日伤感》诗：“流水歌声共不回，去年天气旧池台。”晏词“亭台”一本作“池台”。

（3）无可奈何：不得已，没有办法。

（4）小园香径：花草芳香的小径，或指落花散香的小径。

【赏析】

此词是晏殊词作中最为脍炙人口的篇章。这首词虽含伤春惜时之意，却实为感慨抒怀之情。词的上片绾合今昔，叠印时空，重在思昔；下片巧借眼前景物，重在伤今。全词语言通俗晓畅，清丽自然，意蕴深沉，耐人寻味。词中对宇宙人生的深思，给人以哲理性的启迪与美的艺术享受。

起句“一曲新词酒一杯，去年天气旧亭台”写对酒听歌的现境。从复叠错综的句式、轻快流利的语调中可以体味出，词人面对现境时，开始是怀着轻松喜悦的感情，带着潇洒安闲的意态，似乎主人公醉心于宴饮涵咏之乐。的确，作为安享尊荣而又崇文尚雅的“太平宰相”，以歌侑酒，是作者娱情遣兴的方式之一。但边听边饮，这现境不时触发了对“去年”所历类似境界的追忆。然而，似乎一切依旧的表象下又感觉到有的东西已经起了难以逆转的变化，这便是流逝的岁月和与此相关的一系列人事。此句中正蕴含着一种物是人非的怀旧之感。在这种怀旧中又糅合着深婉的伤今之情。这样，作者纵然襟怀冲澹，又怎能不无伤感呢？于是词人不由得从心底涌出慨叹：“夕阳西下几时回？”夕阳西下，是眼前景。但词人由此触发的，却是对美好事物的流连，对时光流逝的怅惘和对美好事物重现的微茫的希望。这是即景兴感，但所感者已不限于眼前的情事，而是扩展到人生，其中不仅包含感性活动，而且包含着哲理性的沉思。夕阳西下，是无法改变的，只能寄希望于它的再次东升，而时光的流逝、人事的变更，却再也无法重复。细味“几时回”三字，所折射出的似乎是一种企盼其返、却又情知难返的心态。

下片以融情于景的笔法申发前意。“无可奈何花落去，似曾相识燕归来。”一联流利而含蓄、工巧而浑成，声韵和谐，寓意深婉。花的凋落，时光的流逝，都是不可抗拒的自然规律，虽然惋惜流连但无济于事，所以说“无可奈何”，这一句承上“夕阳西下”；然而这暮春天气中，所感受到的并非只是无可奈何的凋衰消逝，还有令人欣慰的重现，那翩翩归来的燕子像是去年曾在此处安巢的旧时相识。这一句应上“几时回”。花落、燕归虽也是眼前景，但与“无可奈何”“似曾相识”联系起来，它们的内涵就变得广泛，意境随之深刻，带有美好事物的象征意味。惋惜与欣慰的交错中，蕴含着生活哲理，即一切必然要消逝的美好事物都无法阻拦，但消逝的同时还会有美好事物的再现，生活不会因消逝而变得一片虚无。只不过这种重现不等于美好事物原封不动地重现，它只是“似曾相识”而已。渗透在句中的是一种混杂着眷恋和怅惘，既似冲澹又似深婉的人生感悟。“小园香径独徘徊”，即是说他独自一人在花间踱来踱去，心情无法平静。这里伤春的感情胜于惜春，传递着淡淡的哀愁，情调是低沉的。

此词之所以广为传诵，其根本原因在于情中有思。词中似乎于无意间描写司空见惯的现象，却富有哲理性，启迪人们从更高层次思索宇宙人生问题。词中涉及时间永恒而人生有限这样深广的意味，却表现得十分含蓄。

学生感悟： 每个人都希望拥有美好的事物，但即使得不到也应该对美好的事物充满向往，对前途充满信心。

70. 晓出净慈寺送林子方

杨万里

毕竟西湖六月中，风光不与四时同。

接天莲叶无穷碧，映日荷花别样红。

【作者及背景】

杨万里（1127 年—1206 年），吉州吉水（今江西省吉水）人，字廷秀，号诚斋。绍兴二十四年进士。孝宗时官至太子侍读。光宗召为秘书监。工诗，为“南宋四大家”

之一。初学“江西诗派”，后学王安石及晚唐诗，终自成一家。一生作诗二万余首。亦能文。有《诚斋集》。

【注释】

（1）净慈寺：浙江省杭州西湖边的一座佛寺。林子方：作者的朋友。

（2）毕竟：终究，到底。

（3）四时：本来指春、夏、秋、冬，这里指六月以外的时节。

（4）碧：青绿色。

（5）别样红：红得特别出色，不同一般。

【赏析】

杭州西湖是我国久负盛名的风景地。自古以来描绘西湖美景的诗文颇多，而这是一首独具特色的诗文。诗人写六月的西湖，不写山，不写水，却把着眼点放在夏日西湖的荷花上，既符合时令特色，又符合地理特点。写荷，诗人一方面写荷叶，突出其范围广和颜色绿；另一方面写荷花，荷花自水中而出，本来就很娇艳，更因朝阳的映照，越发红得光彩照人。这些景物，以“天”“日”来衬托，背景广阔，气势宏大。全诗色彩鲜明，清新秀丽，诗中有画，画中有诗，于写景中流露出诗人醉心于大自然风景的美好情趣。

学生感悟： 自古以来有很多文人写荷花，但是千古传诵荷花的诗作却各不相同，也就是从不同的角度写荷花，所以，在今后做事时我们应该善于从不同的角度看问题，提升自己的创新思维。

【学习启示】

诗词中的言志与修辞

在古诗词的传播和接受过程中，名句的作用不可小视。从一定意义上说，诗词的旺盛生命力主要通过名篇和名句表现和释放出来。我们说大多数名句是“辞情相称”，将深刻的人生意蕴和精美的语言融合在一起，所以我们说名句的形成主要依赖于诗人的情感体验和卓越创造，而这种创造恰恰体现了诗人的思维方式和方法的不同。

李煜的“问君能有几多愁？恰似一江春水向东流”之所以能引起广泛的共鸣，在很大程度上，正有赖于以富有感染力和象征性的比喻，把愁思比作“一江春水”就使抽象的情感显得形象可感，取得某种心灵上的呼应，并借用它来抒发自己的情感。因为“形象往往大于思想”，李煜此词就能在广泛的范围内产生共鸣并得以千古传诵了。

“无可奈何花落去，似曾相识燕归来”之所以脍炙人口，广为传诵，其根本的原因在于情中有思。“花落去”“燕归来”，是自然界常见的现象，是不以人们的意志为转移的客观规律。面对落花，联想到春天的消失，联想到人生的变易，止不住产生一种惋惜的心情，然而作者对此无能为力，只有徒唤“无可奈何”了。燕子的北来南去，象征着季节的变换和年华的交替。“花落去”与“燕归来”每交替一次，便过了一年，而人生在这无穷的交替之中逐渐衰老直至消失。“无可奈何”与“似曾相识”以后，于是便把这极其普通的自然现象纳入人生有限而时间永恒这一哲学范畴中来，启迪人们从更高层次思索宇宙人生问题，创造出一种“情中有思”的意境。

自古以来描写荷花的诗作很多，杨万里的“接天莲叶无穷碧，映日荷花别样红”以其独特的手法流传千古，值得细细品味。诗人用一“碧”一“红”突出了莲叶和荷花给人的视觉带来的强烈冲击力，莲叶无边无际仿佛与天宇相接，气象宏大，既写出莲叶之无际，又渲染了天地之壮阔，诗人多角度的描写让荷花具有极其丰富的空间造型感。

所以说诗词创作是一种运用语言的能力，是写作技巧，也是思维的过程。不同的思维方式、方法会产生不同的效果。思维方式决定行为方式，行为方式决定习惯，习惯决定性格，性格决定命运，思维方式一旦出错，就无法拥有正确的行为方式，最终也会改变一个人的命运。所以我们要突破思维定势，学会创新思维，才能在未来的学习和生活中取得一个又一个成功。

寄　　语

多疑的人无法拥有好朋友。

不要对朋友求全。

讨好于别人最终并不能取悦于他人。

第 十一 篇

穿越时空的悲欢离合

Chapter 11

名句品读

《饮湖上初晴后雨》 苏轼 “欲把西湖比西子，淡妆浓抹总相宜。”

《江城子·密州出猎》 苏轼 “会挽雕弓如满月，西北望，射天狼。”

《水调歌头》 苏轼 “人有悲欢离合，月有阴晴圆缺，此事古难全。但愿人长久，千里共婵娟。”

《元日》 王安石 “千门万户曈曈日，总把新桃换旧符。”

《鹊桥仙》 秦观 “两情若是久长时，又岂在朝朝暮暮！”

《一剪梅》 李清照 “此情无计可消除。才下眉头，却上心头。”

《如梦令》 李清照 “知否？知否？应是绿肥红瘦。”

71. 饮湖上初晴后雨

苏 轼

水光潋滟晴方好，
山色空蒙雨亦奇。
欲把西湖比西子，
淡妆浓抹总相宜。

【作者及背景】

苏轼（1037年—1101年），字子瞻，号东坡居士，北宋眉山人。著名的文学家，唐宋散文八大家之一。他学识渊博，多才多艺，在书法、绘画、诗词、散文各方面都有很高造诣。他的书法与蔡襄、黄庭坚、米芾合称“宋四家”；善画竹木怪石，其画论。书论也有卓见。是北宋继欧阳修之后的文坛领袖，散文与欧阳修齐名，诗歌与黄庭坚齐名。他的词气势磅礴，风格豪放，一改词的婉约，与南宋辛弃疾并称“苏辛”，共为豪放派词人。著有《东坡全集》150卷，今存。

虽与王安石同出欧阳修门下，但政见不同，反对王安石的新党所推行的变法，在政治上属于旧党。在新党执政时，他屡遭贬谪，先后外放到不同的地方任官，结果卒于常州。苏轼和父亲苏洵、弟弟苏辙，都是有名的散文家，世称“三苏”，同在唐宋八大家之列。

【注释】

（1）饮湖上：在西湖的船上饮酒。

（2）潋滟：水波荡漾、波光闪动的样子。

（3）方好：正显得美。

（4）空蒙（与“濛”通用）：细雨迷茫的样子。

（5）亦：也。

（6）奇：奇妙。

（7）欲：如果。

（8）西子：西施，春秋时代越国著名的美女。

（9）宜：总是很合适，十分自然。

【赏析】

这是一首赞美西湖美景且写景状物的诗，第一句“水光潋滟晴方好”描写西湖晴天的水光，第二句“山色空蒙雨亦奇”描写雨天的山色。“欲把西湖比西子，淡妆浓抹总相宜”两句，诗人用一个巧妙贴切的比喻，展现了西湖的神韵。西湖，不管是晴姿还是雨态，亦或是花朝还是月夕，都美妙无比，令人神往。苏轼的这个比喻得到后世的公认，从此“西子湖”也成了西湖的别称。

学生感悟： 读着这首诗，好像置身于湖光山色之中，让人陶醉，很想马上就去观赏迷人的景色。

72. 江城子·密州出猎

苏　轼

老夫聊发少年狂，左牵黄，右擎苍，锦帽貂裘，千骑卷平冈。为报倾城随太守，亲射虎，看孙郎。酒酣胸胆尚开张，鬓微霜，又何妨！持节云中，何日遣冯唐？会挽雕弓如满月，西北望，射天狼。

【写作背景】

这首词作于神宗熙宁八年（1075 年），作者在密州（今山东诸城）任知州。这是宋人较早抒发爱国情怀的一首豪放词，在题材和意境方面都具有开拓意义。词的上阕叙事，下阕抒情，气势雄豪，淋漓酣畅，一洗绮罗香泽之态，读之令人耳目一新。首三句直出会猎题意，次写围猎时的装束和盛况，然后转写自己的感想：决心亲自射杀猛虎，答谢全城军民的深情厚谊。下阕叙述猎后开怀畅饮，并以魏尚自比，希望能够承担起卫国守边的重任。结尾直抒胸臆，抒发杀敌报国的豪情：总有一天，要把弓弦拉得像满月一样，射掉那贪残成性的“天狼星”，将西北边境上的敌人统统一扫而光。

这首词在偎红倚翠、浅斟低唱之风盛行的北宋词坛可谓别具一格，自成一体，对南宋爱国词有直接影响。作者对此阕也颇感自豪，在《与鲜于子骏书》中，他曾说此词“令东州壮士抵掌顿足而歌之，吹笛击鼓以为节，颇壮观也”“自是一家”。可见这首词可能是作者第一次作豪放词的尝试。

【注释】

（1）江城子：词牌名。密州出猎：词题名。密州：今山东省诸城县。熙宁八年（1074年）苏轼知密州，次年苏轼到常山祭祀，归途中与同官户曹会猎于铁沟，作此词。

（2）聊：姑且。

（3）左牵黄，右擎苍：左手牵着黄狗，右臂擎着苍鹰。

（4）锦帽：头戴着华美鲜艳的帽子。貂裘：身穿貂鼠皮衣。是汉羽林军穿的服装。

（5）千骑卷平冈：形容马多尘土飞扬，把山冈像卷席子一般掠过。千骑：形容从骑很多。平冈：指山脊平坦处。

（6）为报倾城随太守，亲射虎，看孙郎：为了酬答满城人都随同去看打猎的盛意，我亲自射虎，请你们看看孙郎当年射虎的英姿。

（7）亲射虎，看孙郎：为“看孙郎，亲射虎”的倒装句。

（8）孙郎：孙权，这里作者自喻。《三国志·吴志·孙权传》载：“二十三年十月，权将如吴，亲乘马射虎于凌亭，马为虎伤。权投以双戟，虎却废。常从张世，击以戈、获之。”这里以孙权喻太守。

（9）酒酣胸胆尚开张：极兴畅饮，胸怀开阔，胆气横生。尚：更。

（10）节：兵符，带着传达命令的符节。持节：奉有朝廷重大使命。

（11）云中：汉时郡名，今内蒙古自治区托克托县一带，包括山西省西北一部分地区。

（12）会挽雕弓如满月：会，会当，将要。挽，拉。雕弓，弓背上有雕花的弓。满月，圆月。

（13）天狼：星名，一称犬星，旧说指侵掠，这里指西夏。《楚辞·九歌·东君》：“长矢兮射天狼。”《晋书·天文志》云：“狼一星在东井南，为野将，主侵掠。”词中以之隐喻侵犯北宋边境的辽国与西夏。

【赏析】

这首词抒写了作者胸中雄健豪放的一腔磊落之气。用一个“狂”字统领全篇，“狂”虽是聊发，却缘自真实。苏轼外任或谪居时期常常以“疏狂”“狂”“老狂”自诩。密州时期的苏轼只有四十岁，正值盛年，不应言老，可是他却自称“老夫”，又言“聊发”，与“少年”二字形成强烈反差，这一句形象地流露出作者内心郁积的情绪。此中意味，需要特别体会。

“千骑卷平冈”，一个“卷”字，突出太守率领的队伍，气势磅礴，非常雄壮。全城的百姓也来了，来看他们爱戴的太守行猎，这是怎样一幅声势浩大的行猎图啊，太守备受鼓舞，气冲斗牛，为了报答百姓随行出猎的深情厚谊，苏轼决定亲自射杀老虎，让大家看看，孙权当年搏虎的雄姿也不过如此。上阕写出猎的壮阔场面，气势恢宏，表现出作者壮志踌躇的英雄气概。

下阕进一步写“老夫”的“狂”态。

出猎之际，他痛痛快快地喝了一顿酒，意兴正浓，胆气更壮，尽管“夫老矣”，鬓发斑白，又有什么关系！以“老”衬“狂”，更表现出作者壮心未已的英雄本色。

但是一想到国事，想到自己怀才不遇、壮志难酬的处境，作者又借出猎的豪兴，将深隐心中的夙愿和盘托出，不禁以西汉魏尚自况，希望朝廷能派遣冯唐一样的使臣，前来召自己回朝，得到朝廷的信任和重用（这里作者用了一个典故，据《史记·张释之冯唐列传》记载：汉文帝时，魏尚为云中太守，抵御匈奴有功，只因报功时多报了六个首级而获罪削职。后来，文帝采纳了冯唐的劝谏，派冯唐持符节到云中去赦免了魏尚）。

“会挽雕弓如满月，西北望，射天狼”，“天狼”，喻指北辽和西夏。作者以形象的描绘，表达了自己渴望一展抱负，杀敌报国，建功立业的雄心壮志。所以，在下阕中作者借出猎表达了自己强国抗敌的政治主张，抒写了渴望报效朝廷的壮志豪情。

这首词感情纵横奔放，从艺术表现力上说，词中一连串表现动态的词，如发、牵、擎、卷、射、挽、望等，十分生动形象。全词表现了作者的胸襟见识，情感兴趣，希望理想，一波三折，姿态横生，“狂”态毕露；虽不乏慷慨激愤之情，但气势恢宏，充满阳刚之美，成为历久弥珍的名篇。

学生感悟：读完《江城子密州出猎》后，深深地感受到苏轼虽已年老但爱国的拳拳之心仍然强烈，而我们青春年少，拥有强健的体魄，更应该不断充实自己，丰富自己，将来为祖国做出自己应有的贡献。

73. 水调歌头·明月几时有

宋·苏轼

丙辰中秋，欢饮达旦，大醉，作此篇，兼怀子由。

明月几时有？把酒问青天。不知天上宫阙，今夕是何年？我欲乘风归去，又恐琼楼玉宇，高处不胜寒。起舞弄清影，何似在人间！　　转朱阁，低绮户，照无眠。不应有恨，何事长向别时圆？人有悲欢离合，月有阴晴圆缺，此事古难全。但愿人长久，千里共婵娟。

【写作背景】

这首词是宋神宗熙宁九年中秋作者在密州时所作。这一时期，苏轼因为与当权的变法者王安石等人政见不同，自求外放，辗转在各地为官。他曾经要求调任到离苏辙较近的地方为官，以求兄弟多多聚会。到密州后，这一愿望仍无法实现。这一年的中秋，皓月当空，银辉遍地，与胞弟苏辙分别之后，转眼已七年未得团聚了。此刻，词人面对一轮明月，心潮起伏，于是乘酒兴正酣，挥笔写下了这首名篇。词前的小序交代了写词的过程：“丙辰中秋，欢饮达旦，大醉，作此篇，兼怀子由。”很明显，这首词反映了作者复杂而又矛盾的思想感情。一方面，说明作者怀有远大的政治抱负，当时虽已41岁，并且身处远离京都的密州，政治上很不得意，但他对现实、对理想仍充满了信心；另一方面，由于政治失意，理想不能实现，才能不得施展，因而对现实产生一种强烈的不满，滋长了消极避世的思想感情。不过，贯穿始终的却是词中所表现出的那种热爱生活与积极向上的乐观精神。

【注释】

（1）水调歌头：词牌名。“丙辰中秋”云云是该词的原序。丙辰年即熙宁九年（1076年），时苏轼在密州。子由：苏轼的弟弟苏辙，字子由。

（2）把酒：端起酒杯。

（3）今夕是何年：古代神话传说，天上只三日，世间已千年。古人认为天上神仙世界年月的编排与人间是不相同的。所以作者有此一问。

（4）乘风归去：驾着风，回到天上去。作者在这里浪漫地认为自己是下凡的神仙。归去：回到天上去。

（5）琼楼玉宇：美玉砌成的楼宇。指想象中的仙宫。

（6）不胜：经受不住。

（7）弄清影：意思是月光下的身影也跟着做出各种舞姿。

（8）何似：哪里是……比得上的。

（9）朱阁：朱红色的楼阁。

（10）绮户：刻有纹饰的门窗。

（11）何事长向别时圆：为什么偏偏在离别的时候月圆呢？长，常常。

（12）婵娟：美丽的月光，代指月亮。

【赏析】

这首词是苏轼的代表作之一，上片一开始作者就“举着酒杯询问青天，天上的月亮是何时有的”？接下来是问的内容，从明月诞生的时候起到现在不知过去多少年了，月宫的今晚是一个什么日子？他很想去月宫看一看，所以接着说“我欲乘风归去”，但是他又害怕，所以“又恐琼楼玉宇，高处不胜寒”。他想乘风到月宫去，又怕那里的凄凉，受不住那儿的寒冷，这是何等奇特的想象，表达了词人“出世”与“入世”的矛盾心情。“乘风归去”说明词人对人世间不满，“归”字体现出好像他本来住在月宫里只是暂住人间罢了。“欲”和“恐”展现了词人千思万虑的内心矛盾。“起舞弄清影，何似在人间！”写词人在月光下翩翩起舞，影子也在随着人不停地舞动。天上虽然有琼楼玉宇，却无法与人间的幸福美好相比，作者由脱离尘间凡事想入圣上天，一下子转为喜欢人间生活，过程起伏跌宕，写得出神入化。

下片由中秋的圆月联想到人间的离别，“转朱阁，低绮户，照无眠”“转”和“低”都是指月亮的移动，暗示夜已深沉。月光流转，绕过朱红的楼阁，穿过雕花的门窗，照在屋里失眠的人身上。“无眠的人”是指那些和自己一样的因不能和亲人团圆而感到伤感，以致不能入睡的人。月圆而人不能团圆，这是多么遗憾的事啊！于是诗人埋怨明月：“不应有恨，何事长向别时圆？”这两句作者在埋怨明月故意与人为难，给人增添忧愁，同时又含蓄地表达出了对于分离的人们的同情。接着，诗人把笔锋一转来为明月“脱罪”：“人有悲欢离合，月有阴晴圆缺，此事古难全。”人世间的事像天上的月亮有阴、晴、圆、缺一样，这些自古以来都是难以周全圆满的。此句流露出了作者悟透人生的洒脱和旷达的性格，也是对人生无奈的感叹。结束句“但愿人长久，千里共婵娟”表达了作者的美好祝愿，只要人们能够健康平安，即使相隔千里也能在中秋之夜共同欣赏天上的圆月。这里是对远方亲人的怀念，更是一种祝福。

全词大开大合，情感放纵奔腾，跌宕有致；词的结构严谨，情景交融，紧紧围绕“月”字展开，忽上忽下，一会儿离尘，一会儿入世，语句精准练达，显示了词人高超的语言驾驭能力以及浪漫洒脱的词风。

学生感悟：读完《水调歌头》，我们体会到了离愁的痛苦和对美满的期待。

74. 元日

王安石

爆竹声中一岁除，春风送暖入屠苏。

千门万户曈曈日，总把新桃换旧符。

【作者及背景】

王安石（1021年—1086年），字介甫，小字獾郎，晚号半山，封荆国公。汉族。北宋政治家、思想家、文学家、改革家。北宋临川县城盐埠岭（今临川区邓家巷）人。仁宗庆历进士。嘉佑三年（1058年）上万言书，提出变法主张，要求改变“积贫积弱”的局面，推行富国强兵的政策，抑制官僚地主的兼并，强化统治力量，以防止大规模的农民起义，巩固地主阶级的统治。神宗熙宁二年（1069年）任参知政事。次年任宰相，依靠神宗实行变法，并支持五取西河等州，改善对西夏作战的形势。因保守派反对，新法遭到阻碍。熙宁七年辞退，次年再相，九年再辞，还居江宁（今江苏南京），封舒国公，改封荆，世称荆公。列宁曾称他为“中国十一世纪时的改革家”。他主写散文，是“唐宋八大家”之一。亦工诗，成就更在散文之上。其词风格独特，洗净五代铅华，开启豪放派的先声。有辑本《临川先生歌曲》。现有《王临川集》《临川集拾遗》等存世。

【注释】

（1）元日：农历正月初一，即春节。

（2）爆竹：古人烧竹子时发出的爆裂声。用来驱鬼避邪，后来演变成放鞭炮。

（3）屠苏：药酒名。古代习俗，大年初一全家合饮这种用屠苏草浸泡的酒，以驱邪避瘟疫，求得长寿。

（4）曈曈：日出时光亮而又温暖的样子。

（5）桃：桃符，古代一种风俗，农历正月初一时人们用桃木板写上神荼、郁垒两位神灵的名字，悬挂在门旁，用来压邪。也作春联。

（6）千门万户：形容房屋广大或住户极多。

【赏析】

这首诗描写新年热闹、欢乐和万象更新的动人景象。

第一句“爆竹声中一岁除”，人们在阵阵鞭炮声中送走旧岁，迎来新年。起句紧扣题目，渲染了春节热闹、欢乐的气氛。第二句“春风送暖入屠苏”，描写人们迎着和煦的春风，开怀畅饮美酒。第三句“千门万户曈曈日”，写旭日的光辉普照千家万户。最后一句“总把新桃换旧符”，既是写民间习俗，又蕴含着除旧革新的意思。

王安石不仅是政治家，也是著名的诗人。他的不少描景绘物诗都寓含强烈的政治内容。此诗就是通过对新年新气象的描写，抒写自己变法除旧布新、强国富民的伟大抱负和乐观自信的情绪。

学生感悟： 读这首诗，我体会到了过年的热烈气息。

75. 鹊桥仙·纤云弄巧

秦 观

纤云弄巧，飞星传恨，银汉迢迢暗度。金风玉露一相逢，便胜却人间无数。

柔情似水，佳期如梦，忍顾鹊桥归路。两情若是长久时，又岂在朝朝暮暮！

【作者及背景】

秦观（1049 年—1100 年），字少游，一字太虚，扬州高邮人，号淮海居士。北宋著名词人，宋神宗元丰八年进士。晚年处于新旧党争的旋涡之中，屡遭贬谪，词集有《淮海居士长短句》。

这首词借牛郎织女每年一度相会的神话，歌颂了坚贞不移的爱情。牛郎织女七月七日鹊桥相会，历史上传闻已久。《古诗十九首》中有：“迢迢牵牛星，皎皎河汉女。纤纤擢素手，札札弄机杼。终日不成章，泣涕零如雨。河汉清且浅，相去复几许。盈盈一水间，脉脉不得语。”

秦观是“苏门四学士”中以词见长的重要人物，而他却不像苏词关西大汉，豪放旷达，恣意说理的气概，也少柳词红板小姐，缠绵哀怨、婉约回环的脂偻气。他的词“情辞兼胜”，于婉约清丽之中，熔抒情、叙事、议论于一炉。纵观此词，写景叙事，阐发哲理，均似流水行云，蕴藉有殊，难怪东坡称其为词首。

纵观秦少游之词有意新、语工、音和等特色。他远袭花间、南唐，近效柳永，下开周邦彦，但就词的发展而言，成就尚不及苏柳（苏柳指苏轼和柳永）。

【注释】

（1）鹊桥仙：常见的词牌，此调专咏牛郎织女七夕相会事。始见欧阳修词，中有“鹊迎桥路接天津”句，故名。又名《金风玉露相逢曲》《广寒秋》等。双调，56字，仄韵。

（2）纤云弄巧：是说纤薄的云彩，变化多端，呈现出许多细巧的花样。

（3）飞星：流星。一说指牵牛、织女二星。

（4）银汉：银河。迢迢：遥远的样子。暗度：悄悄渡过。

（5）金风玉露：指秋风白露。李商隐《辛未七夕》：“由来碧落银河畔，可要金风玉露时。”金风：秋风，秋天在五行中属金。玉露：秋露。这句是说他们七夕相会。

（6）忍顾：怎么忍心回顾。

（7）朝朝暮暮：指朝夕相聚。语出宋玉《高唐赋》。

【赏析】

《鹊桥仙》原是为歌颂牛郎、织女爱情故事创作的乐曲。本词的内容也正是借助牛郎织女的故事，以这种方式表现人间的悲欢离合古已有之，如《古诗十九首》中的“迢迢牵牛星”、李商隐的《辛未七夕》等。

此词上片写牛郎织女佳期相会的盛况，“纤云弄巧”二句为牛郎织女每年一度的聚会渲染气氛，而且笔触轻盈，“银汉迢迢暗度”句以牛郎织女渡河赴会推进情节。“金风玉露”两句由叙述转为议论，表达出了作者的爱情理想：虽然牛郎织女一年只能见一次面，但他们心心相印、息息相通，一旦得以相聚，在那清凉的秋风白露中，对诉衷肠，互吐心声，是那样富有诗情画意！这岂不远远胜过尘世间那些长相厮守却貌合神离的夫妻？

词的下片则是写依依惜别之情。“柔情似水”，形容牛郎织女的缠绵之情，犹如天河中的悠悠流水。“佳期如梦”，既点出了欢会的短暂，又真实地揭示了他们久别重逢后那种如梦似幻的心境。“忍顾鹊桥归路”，写牛郎织女临别前的依恋与怅然。“两情若是久长时”二句对牛郎织女致以深情的抚慰：只要两情至死不渝，又何必在乎朝欢暮乐？这两句使全词升华到一个新的思想高度。

很显然，在这首词里作者否定的是朝欢暮乐的庸俗生活，歌颂的是天长地久的忠贞爱情。在他的精心提炼和巧妙构思下，古老的爱情题材化为闪光的笔墨，迸发出耀眼的火花，从而使所有平庸的言情之作黯然失色。

这首词将抒情、议论、写景融为一体。意境新颖奇特，独辟蹊径，写得自然流畅而又婉约蕴藉，余味隽永。“两情若是久长时，又岂在朝朝暮暮”两句是爱情颂歌中的千古绝唱。

学生感悟： 读了这首词，我觉得现代人的爱情太功利了，真正的爱情应该是心灵相通的，正如：“两情若是久长时，又岂在朝朝暮暮！”

76. 一剪梅·红藕香残

李清照

红藕香残玉簟秋，轻解罗裳，独上兰舟。云中谁寄锦书来？雁字回时，月满西楼。花自飘零水自流。一种相思，两处闲愁。此情无计可消除。才下眉头，却上心头。

【作者及背景】

李清照（1084 年—约 1151 年），宋代女词人。号易安居士，齐州章丘（今属山东）人。早期生活优裕，与夫赵明诚共同致力于书画金石的搜集整理。金兵入据中原，流寓南方，境遇孤苦。所作词，前期多写其悠闲生活，后期多悲叹身世，情调感伤，也流露出对中原的怀念。形式上善用白描手法，自辟途径，语言清丽。论词强调协律，崇尚典雅情致，提出词“别是一家”之说，反对以诗文之法作词。并能作诗，留存不多，部分篇章感时咏史，情辞慷慨，与其词风不同。有《易安居士文集》《易安词》，已散佚。后人有《漱玉词》辑本。今人有《李清照集校注》。

【注释】

（1）红藕：红色的荷花。

（2）玉簟（diàn）：光滑似玉的精美竹席。

（3）裳（cháng）：古人穿的下衣，也泛指衣服。兰舟：用木兰木造的舟，此处为床的雅称。

（4）锦书：前秦苏惠曾织锦作《璇玑图诗》，寄其夫窦滔，计八百四十字，纵横反复，皆可诵读，文词凄婉。后人因称妻寄夫为锦字，或称锦书；亦泛为书信的美称。

（5）雁字：群雁飞时常排成“一”字或“人”字，诗文中因以雁字称群飞的大雁。

【赏析】

起句的上半句“红藕香残”写户外之景，下半句“玉簟秋”写室内之物，对清秋季节起了点染作用，说明这时“已凉天气未寒时”（韩偓《已凉》诗）。全句设色清丽，不仅刻画出四周景色而且烘托出词人情怀。这一兼写户内外景物又暗寓情意的起句，一开头就显示了词作的环境气氛和感情色彩。

上阕共六句，接下来的五句按顺序写词人从昼到夜一天内所做之事、所触之景、所生之情。“轻解罗裳，独上兰舟”，写的是白天在水面泛舟之事，用“独上”二字暗示处境。“云中谁寄锦书来”一句，写出了别后对丈夫的思念。“雁字回时，月满西楼”，则又由此生发。可以想见，词人因惦念丈夫，盼望锦书的到达，以致从遥望天空引出鸿雁传书的遐想。词人的这种情思不分白天或月夜，也无论在舟上抑或是楼中，都在作者心头萦绕又萦绕。

“花自飘零水自流”一句，承上启下，它既是即景，又兼比兴。其所展示的花落水流之景，是与上阕“红藕香残”“独上兰舟”两句相拍合的；而其所象征的人生、年华、爱情、离别等，则给人以“无可奈何花落去”（晏殊《浣溪沙》）之感和“水流无限似侬愁”（刘禹锡《竹枝词》）之恨。词的下阕就从这一句自然过渡到后面，转为直抒情怀、直吐胸臆的独白。

“一种相思，两处闲愁”，作者在写自已相思之苦、闲愁之深的同时，由己想到对方，深知这种相思与闲愁是双方面的，足见两人心心相印。尽管天长水远，锦书未来，而两地相思之情无二，足证双方情爱之笃与彼此信任之深。这两句既是分列的，又是合一的。从“一种相思”到“两处闲愁”，是两情的分合与深化。虽然身处两地，相思却是一样的，继而又由“思”化为“愁”。“此情无计可消除”紧接这两句，因人分在两处，心已笼罩深愁，此情当然难以排遣，所以只能“才下眉头，却上心头”了。

学生感悟： 学了《雨霖铃》已是感慨颇深，读了这首词更是让人唏嘘不已，古人总是能把离别情写得如此入木，实在是佩服。

77. 如梦令·昨夜雨疏风骤

李清照

昨夜雨疏风骤，浓睡不消残酒。试问卷帘人，却道“海棠依旧”。
“知否？知否？应是绿肥红瘦”。

【写作背景】

《如梦令·昨夜雨疏风骤》是宋代女词人李清照早期的词作之一。词中充分体现出作者对大自然、对春天的热爱。这首小令写的是春夜里大自然经历了一场风吹雨打，词人预感到庭园中的花木必然是绿叶繁茂，花事凋零了。因此，翌日清晨她急切地向“卷帘人”询问室外的变化，粗心的“卷帘人”却答之以“海棠依旧”。对此，词人禁不住连用两个“知否”与一个“应是”来纠正其观察的粗疏与回答的错误。“绿肥红瘦”一句，形象地反映出作者对春天将逝的惋惜之情。

【注释】

（1）雨疏风骤：雨点稀疏，晚风急猛。疏：指稀疏。

（2）浓睡不消残酒：虽然睡了一夜，仍有余醉未消。浓睡：酣睡·残酒：尚未消散的醉意。

（3）卷帘人：有学者认为此指侍女。

（4）绿肥红瘦：绿叶繁茂，红花凋零。

【赏析】

这首小令被称为不朽的名篇。有人物，有场景，还有对白，充分显示了宋词的语言表现力和词人的才华。

起首两句，“昨夜雨疏风骤，浓睡不消残酒”，看似自相矛盾（浓睡时何知屋外风雨？），其实这两句，不能用日常生活中的简单事理去理解，因为词人的本意并不在此，而是通过这两句词表达无限的惜花之情。大多惜花的诗词都言及风雨，一旦领悟了“浓睡不消残酒”背后的这层“惜花”之意，那么对以下词句的理解也就“水到渠成”了。

接下来一个“试”字，将词人关心花事却又害怕听到花落消息的矛盾心理，表达得贴切入微，曲折有致。“试问”的结果——“却道海棠依旧。”一个“却”字，既表明侍女对女主人的心事和窗外发生的变化毫无觉察，也表明词人听到答话后感到疑惑不解。她想：“雨疏风骤”之后，“海棠”怎会“依旧”呢？这就非常自然地带出了结尾两句。

“知否？知否？应是绿肥红瘦。”这既是对侍女的反诘，也是在自言自语：你这个粗心的丫头，你知道不知道，风雨后的海棠应该是绿叶繁茂、红花稀少才是！是啊，海棠虽好，风雨无情，它是不可能长开不谢的。最后的“绿肥红瘦”一语，更是全词的精绝之笔，历来为世人所称道。“绿”代表叶，“红”代表花，是两种颜色的对比；“肥”形容雨后的叶子因水分充足而茂盛，“瘦”形容雨后的花朵因不堪雨打而凋谢，是两种状态的对比。原本平平常常的四个字，经词人的搭配组合，显得如此色彩鲜明、形象生动，这实在是语言运用上的一个创造。由这四个字可以让人生发联想：“红瘦”表明春天渐渐消逝，“绿肥”则象征着绿叶成荫的盛夏即将到来。

这首小词，只有短短六句三十三言，却写得曲折委婉，极有层次。词人因惜花而痛饮，因情知花谢却又抱一丝侥幸心理而“试问”，因不相信“卷帘人”的回答而再次反问，如此层层转折，步步深入，将惜花之情表达得摇曳多姿。

学生感悟：欣赏作者的才华，“绿肥红瘦”四个字实在是妙极。读了这首词我觉得应该好好地珍惜春天。

【学习启示】

穿越时空的悲欢离合

在以上的几首诗词中，苏轼的《水调歌头》、秦观的《鹊桥仙》以及李清照的《一剪梅》都透露出了一种相思之情，让人唏嘘并感叹，年年岁岁，岁岁年年，不管时空如何变换、世界怎样改变，唯一不变的是人内心的情感、情愫与情怀。

苏轼因为政治处境的失意，以及和其弟苏辙的别离，中秋对月，不无抑郁惆怅之感，由中秋的圆月联想到人间的离别。但是他没有陷在消极悲观的情绪中，而是祝愿离别的人们“但愿人长久，千里共婵娟”，他把对亲人的无尽思念融入了这句美好的愿望。人生不求长相聚，但求两心相印，共享明月之姿，这也未尝不是一件美好的事情。

作为苏门四学士之一的秦观，他的词却不走苏轼的路子，作品内容多是抒情。一首《鹊桥仙》更是风调婉约清丽，情意缠绵悱恻，人生总是聚少离多，不如意之事十之八九，那绵绵不断的雨，昏暗不明的灯，就犹如此刻心中纠结的留恋情怀。虽然一年只有一次相会的机会，却是“金风玉露一相逢，便胜却人间无数！”因为牛郎织女坚如盘石的感情，让作者相信“两情若是久长时，又岂在朝朝暮暮”。信念在心里流淌着，就定然是永恒的思恋，不为朝暮，只为彼此的深情，只要心有灵犀，隔海相思也是一件美事。

而李清照在《一剪梅》中强烈地思念着自己的丈夫，她孤独地登上小舟，河水静静流淌，河上荷叶残败，粉红的荷花早已凋谢。秋将凉意洒在河上，也将别情洒上她的心头。她热切地盼望来信，但一直等到月光泻满西楼，凭栏远望，只见雁儿排列成行从天边飞回，却盼不到佳音。落花流水，别意无穷，她的相思之情也缠绵不已。“才下眉头，却上心头”，不就非常形象地道出了她的相思之愁、相思之苦吗？

李政道先生在《科学与艺术》中举例李白与苏轼：“在咏诵这些诗的时候，它们的相似之点和不同之处同样感动着读者。尽管李白、苏轼生活的时代和今天的社会已经完全不同了，但这些几百年乃至一千年前的诗在今天人们的心中仍然能够引发强烈的感情共鸣。”今天，我们在吟诵以上诗篇的时候，同样也是这样的感受。

虽然现在的我们有了非常便利的交通和通信工具，却少了古人那份别致的情思。“驿寄梅花，鱼传尺素”是两个思念的人唯一的“联系”，是一种心有灵犀、秘而不宣的“交流”；而今人面对悲欢离合时更多的是一种“豁达”，打电话、发短信、聊 QQ、微信、微博，即使远在天边也能视频相见。

所以，今人对待离别的态度与古人已是不同，但不管怎样，身在远方的游子还是应该经常回家看望亲人。即使因工作无法经常相见，也不要悲伤，“人有悲欢离合，月有阴晴圆缺”，人生有许多美好，也有许多缺憾，懂得欣赏缺憾的人才是幸福的。

寄　语

不要拥有不切实际的幻想。

让美德成为人生的通行证。

第 十二 篇

个人情感源于家国之思

Chapter 12

名句品读

《醉花阴》 李清照 “莫道不销魂，帘卷西风，人比黄花瘦。”

《声声慢》 李清照 “梧桐更兼细雨，到黄昏、点点滴滴。这次第，怎一个愁字了得？”

《游山西村》 陆游 “山重水复疑无路，柳暗花明又一村。”

《卜算子·咏梅》 陆游 “零落成泥碾作尘，只有香如故。”

《书愤》 陆游 “出师一表真名世，千载谁堪伯仲间。”

《西江月·夜行黄沙道中》 辛弃疾 “稻花香里说丰年，听取蛙声一片。”

《破阵子·为陈同甫赋壮词以寄之》 辛弃疾

“了却君王天下事，赢得生前身后名。可怜白发生！”

《菩萨蛮·书江西造口壁》 辛弃疾 “青山遮不住，毕竟东流去。”

《满江红》 岳飞 “三十功名尘与土，八千里路云和月。”

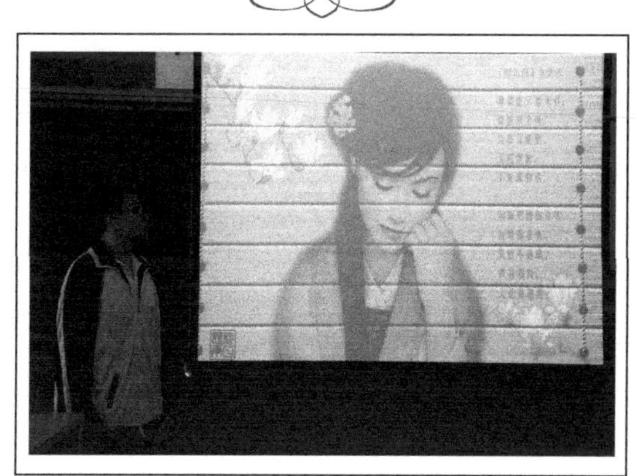

78. 醉花阴·薄雾浓云

李清照

薄雾浓云愁永昼，瑞脑销金兽。
佳节又重阳，玉枕纱厨，半夜凉初透。
东篱把酒黄昏后，有暗香盈袖。
莫道不销魂，帘卷西风，人比黄花瘦。

【注释】

（1）永昼：漫长的白天。

（2）瑞脑：一种香料，俗称冰片。

（3）金兽：兽形的铜香炉。

（4）纱厨：纱帐。

（5）东篱：泛指采菊之地，取自陶渊明《饮酒》诗“采菊东篱下”。

（6）暗香：这里指菊花的幽香。古诗《庭中有奇树》：“攀条折其荣，将以遗所思。馨香盈怀袖，路远莫致之。”这里用其意。

（7）销魂：形容极度忧愁、悲伤。

（8）西风：秋风。

（9）黄花：菊花。

【写作背景】

这首词是作者早期和丈夫分别之后所写，它通过悲秋伤别来抒写词人的寂寞与相思情怀。早年，李清照过的是美满的爱情生活与家庭生活。作为闺阁中的妇女，由于遭受封建社会的种种束缚，她们的活动范围有限，生活阅历也受到重重约束，即使像李清照这样的上层知识妇女，也毫无例外。因此，相对来说，她们对爱情的要求就比一般男子要求更高些，体验也更细腻一些。所以，当作者与丈夫分别之后，面对单调的生活，便禁不住要借惜春悲秋来抒写自己的离愁别恨了。这首词，就是这种心情的反映。从字面上看，作者并未直接抒写独居的痛苦与相思之情，但这种感情在词里却无往而不在。

【赏析】

这首词是李清照前期的怀人之作。李清照婚后不久，丈夫赵明诚便“负笈远游”，深闺寂寞使她深深思念着远行的丈夫。这年，时届重九，人逢佳节倍思亲，便写了这首词寄给赵明诚。

“薄雾浓云愁永昼，瑞脑销金兽”，作者借助室内外秋天的景物描写，写出了白日孤独寂寞的情怀。这里的“永昼”写白天的漫长，而“永”字便可见词人内心的无聊愁苦。这里的“瑞脑”是一种香料名，又叫龙脑香。“金兽”意为铜制的兽形熏香炉。这两句的意思是：从清晨稀薄的雾气到傍晚浓厚的云层，这漫长的白昼，天色阴沉，如此使人愁闷。那雕着兽形的铜香炉里，龙脑香已渐渐烧完了，可心中的愁思为何总缕缕不绝呢？由此可以看出，这两句虽为景语，却句句含情，让读者感觉到一种凄清惨淡的氛围，更加有力地衬托出思妇百无聊赖的闲愁。

“佳节又重阳，玉枕纱厨，半夜凉初透”这三句，读者深深感到李清照在重阳佳节孤眠独寝、夜半相思的凄苦之情。这里的“玉枕”，是瓷枕的意思。这里的“纱厨”是碧纱厨，“以木架罩以绿色轻纱，内可置榻，用以避蚊”。由此读者情不自禁地联想到“每逢佳节倍思亲”。而在今日“佳节又重阳”，这让词人不由得思念自己的丈夫。一个“又”字，便充满了寂寞、怨恨、愁苦之感，更何况，玉枕、纱厨往昔是与丈夫共同使用的，可如今自己在此不眠之夜，独自不眠，不由得悲从中来，肝肠寸断。显然，这里的“凉”不仅仅是肌肤感到的凉意，更是心灵所感之凄凉。

“东篱把酒黄昏后，有暗香盈袖”，这是李清照在重阳节傍晚，独坐东篱菊圃之下，把酒独酌的情景，此处作者采用衬托的手法，将离愁别绪表现得淋漓尽致。“暗香”这里意为菊花的幽香。“盈袖”是因饮酒时衣袖挥动而带来的香气充盈衣袖，极富情趣的重阳佳节，把酒赏菊。然而丈夫的远游，却让读者与词人感同身受，一股孤寂冷清，离愁别恨涌上了心头。

"莫道不销魂，帘卷西风，人比黄花瘦"，直抒胸臆，写出了抒情词人的外貌，凸显了一副憔悴的面容，展现的是愁苦的神情。这里"销魂"极喻相思愁绝之情。而"帘卷西风"意为"西风卷帘"，暗含凄冷之意。这三句用词工整，表现了词人的艺术匠心。先以"销魂"感伤，再以"西风"点凄景，最后落笔结出一个"瘦"字。在这里，词人巧妙地将思妇与菊花相比，展现出两个叠印的镜头：一边是萧瑟的秋风摇撼着羸弱的瘦菊，一边是思妇布满愁云的憔悴面容。情景交融，为读者创设出了一种凄苦绝伦的境界。

学生感悟：个人情感与家国情感紧密结合，因此，只有建立富强的国家，才能获得幸福生活。

79. 声声慢·寻寻觅觅

李清照

寻寻觅觅，冷冷清清，凄凄惨惨戚戚。乍暖还寒时候，最难将息。
三杯两盏淡酒，怎敌他、晚来风急？雁过也，正伤心，却是旧时相识。
满地黄花堆积。憔悴损，如今有谁堪摘？守着窗儿，独自怎生得黑？
梧桐更兼细雨，到黄昏、点点滴滴。这次第，怎一个愁字了得？

【注释】

（1）乍暖还寒：谓天气忽冷忽暖。

（2）将息：调养休息，保养安宁之意。

（3）黄花：菊花。

（4）有谁堪摘：有谁能与我共摘。

（5）怎生：怎样，如何。

（6）这次第：这情形，这景色。

【写作背景】

宋钦宗靖康二年（1127年）夏五月，徽宗、钦宗二帝被俘，北宋亡。李清照夫婿赵明诚于是年三月，奔母丧南下金陵。秋八月，李清照南下，载书十五车，前来会合。明诚家在青州，有书册十余屋，因兵变被焚，家破国亡，不幸至此。建炎三年（1129年）八月，赵明诚因病去世，时清照46岁。金兵入侵浙东、浙西，清照把丈夫安葬以后，追随流亡中的朝廷由建康（今南京市）到浙东，饱尝颠沛流离之苦。避难奔走，所有庋藏丧失殆尽。

绍兴二年（1132 年），清照再嫁张汝舟，遇人不淑，旋即离异。清照无儿无女，晚年孑然一身，寄人篱下，孤寂而死。

亡国之恨，丧夫之哀，孀居之苦，凝集心头，无法排遣，她和着血泪写下了千古绝唱的《声声慢》。

【赏析】

上阕着重写的是词人心情的悲伤。“寻寻觅觅，冷冷清清，凄凄惨惨戚戚。”词人一开始就语出惊人，连下七对叠字，“寻寻觅觅”者，寻而又寻之意也。由于丈夫刚刚去世，更由于夫妻感情笃深，作者无法相信丈夫已经离开，不断地寻觅就表现了这种心理。思之愈深，见之愈切。然而人死不能复生，所以她深切地感受到人间的乏味和无奈，自然看什么都“冷冷清清”，没有生气。词人先感外后感内，写出了自己陷入愁境而不得解脱的孤独。这七对叠字，既细致地刻画出女词人丧夫后的心理变化，又高度地概括了她深深的哀伤和晚年的痛苦。仅此三句，便为全词定下了愁苦、悲凉的感情格调，如此愁情不是短时间内就能演绎出的，那是百感交集、长期积累的结果，有不吐不快之感。“乍暖还寒时候，最难将息。三杯两盏淡酒，怎敌他、晚来风急。雁过也，正伤心，却是旧时相识。”从生活状态来说，她正处于亡夫的伤感时期，自然环境也到了乍暖还寒的要紧时刻，词人本应休养身体阻止悲痛，可是她却无法摆脱生离死别的伤痛。既然摆脱不了，那就消遣一下自己的悲痛，于是她就想到了借酒消愁，不料晚风忽起，寒气砭骨，使她意绪全无，她很清楚，“三杯两盏淡酒”根本无法驱散她心头浓重的愁云。怎么办？百无聊赖之中，想问苍天。谁知刚一抬头，便看见一群大雁缓缓飞过，这南去的秋雁不是别的，正是北方的旧日相识。过去大雁带来的是丈夫的温情与慰藉，有“云中谁寄锦书来”的喜悦，现在大雁还在，可丈夫却不在了，并且永远不在了，自然产生“物是人非事事休”的念头，引发的是无尽的绝望和“欲语泪先流”。

下阕进一步写词人的孤寂、凄苦。站在作者的角度，“满地黄花堆积，憔悴损，如今有谁堪摘？”她从前见菊花，常有潇洒的心态，即使是孤芳自赏也自有情境，还可以以愉悦的心情去观去赏去采去摘；但是如今见黄花，花仍盛开而人已憔悴。这是词人以花写人，感叹她如同那饱受风雨摧残的黄花，经受风吹雨打，谁人来怜惜？客观环境的残酷倒还可以忍受，心境的悲凉抑郁却无法经受，既有家国之恨，又有个人之愁，如何走出困境，心中一片茫然。“梧桐更兼细雨，到黄昏、点点滴滴。”本来郁闷的心情因绵绵细雨更加纠结，它还“点点滴滴”，没完没了地打在窗前的梧桐树叶上。“这次第，怎一个愁字了得？”这里含蓄地点明了全词的主旨，意思是说女词人此时此刻的感情绝非笔墨所能形容，到底如何，女词人没有明说，给我们留下了丰富的想象空间。

学生感悟：作者写作的手法细腻、深沉，具有非凡的感染力。

80. 游山西村

陆　游

莫笑农家腊酒浑，丰年留客足鸡豚。山重水复疑无路，柳暗花明又一村。
箫鼓追随春社近，衣冠简朴古风存。从今若许闲乘月，拄杖无时夜叩门。

【注释】

（1）莫：不要。

（2）腊酒：头年腊月所酿的米酒，称为腊酒。

（3）浑：浑浊，酒以清为贵。

（4）足鸡豚：鸡豚足，有足够的鸡肉和猪肉。豚：小猪，此指猪肉。

（5）柳暗花明：柳色深绿，所以说“暗”，桃花红艳，所以说“明”。

（6）箫鼓：都是乐器。

（7）春社：古社日，祭社公（土地神），祈求丰收。

（8）若许：意译为“但愿”“希望能够”。

（9）闲乘月：趁着月明之夜来闲游。

（10）无时：无一定的时间，即“随时”。

【作者及背景】

陆游（1125 年—1210 年），南宋诗人、词人。字务观，号放翁，越州山阴（今浙江绍兴）人，南宋著名的爱国诗人。一生著作丰富，有《剑南诗稿》等数十个文集存世，存诗 9300 多首，是中国文学史上存诗最多的诗人。陆游具有多方面文学才能，尤以诗的成就为最，在思想上、艺术上取得了卓越成就，在生前即有“小李白”之称，不仅成为南宋一代诗坛领袖，而且在中国文学史上享有崇高地位，是伟大的爱国主义诗人。词作数量不如诗篇巨大，但和诗同样贯穿了气吞残虏的爱国主义精神。有《放翁词》一卷，《渭南词》二卷。

【赏析】

这是一首朴实自然的山村记游诗。诗人用真挚的感情，明朗的笔调，描绘了山村景物和农家习俗，生活气息十分浓郁。

诗中生动地描绘了诗人家乡的风光和习俗，充满了浓厚的生活气息。诗的头两句，用“莫笑”和“足鸡豚”这些亲切的词语，表现了村民待客忠厚真挚的情态。诗的第三、四两句对山村风光的描绘，是历来为人称颂的名句。第三句中的“重”“复”二字同义，再和“疑”字一起，写出了山水重叠回环令人迷惑的景象；第四句中的“暗”“明”相互陪衬，再和“又”字一起，描绘出绿树荫荫、鲜花灼灼，令人惊喜的景象。诗的第五、六两句，写这里的民风民俗，箫鼓齐鸣，衣冠简朴，表现了诗人对淳朴的农村生活的赞美。诗的最后两句，作者抒发感情。这里的热情招待、优美风光、淳朴民俗，使诗人兴致勃勃，但诗人没有直接叙述这种心情，而是通过另一种形式曲折地表现，说“从今若许闲乘月，拄杖无时夜叩门”，足见兴致浓厚而强烈。

首联渲染出丰收之年农村一片宁静、欢悦的气象。腊酒，指上年腊月酿制的米酒。豚，是小猪。足鸡豚，意谓鸡豚足。这两句是说农家酒味虽薄，而待客情意却十分深厚。一个“足”字，表达了农家款客尽其所有的盛情。“莫笑”二字，道出了诗人对农村淳朴民风的赞赏。

次联写山间水畔的景色，写景中寓含哲理，千百年来广泛被人引用。“山重水复疑无路，柳暗花明又一村。”读了如此流畅绚丽、开朗明快的诗句，仿佛可以看到诗人在青翠可掬的山峦间漫步，清碧的山泉在曲折溪流中汩汩穿行，草木愈见浓茂，蜿蜒的山径也愈益依稀难认。正在迷惘之际，突然看见前面花明柳暗，几间农家茅舍，隐现于花木扶疏之间，诗人顿觉豁然开朗。这里描写的是诗人置身山阴道上，信步而行，疑若无路，忽又开朗的情景，不仅反映了诗人对前途所抱的希望，也道出了世间事物消长变化的哲理。于是这两句诗就越出了自然景色描写的范围，而具有很强的艺术生命力。

此联展示了一幅春光明媚的山水图；下一联则由自然入人事，描摹了南宋初年的农村风俗画卷。读者不难体会出诗人所要表达的热爱传统文化的深情。“社”为土地神。春社，在立春后第五个戊日。这一天农家祭社祈年，热热闹闹，吹吹打打，充满着丰收的期待。而陆游在这里更以“衣冠简朴古风存”，赞美着这个古老的乡土风俗，显示出他对国土国民之爱。

前三联写了外界情景，并和自己的情感相融。然而诗人似乎意犹未尽，故而笔锋一转：“从今若许闲乘月，拄杖无时夜叩门。”无时，随时。诗人已“游”了一整天，此时明月高悬，整个大地笼罩在一片淡淡的清光中，给春社过后的村庄也染上了一层静谧的色彩，别有一番情趣。于是这两句从胸中自然流出：但愿而今而后，能不时拄杖乘月，轻叩柴扉，与老农亲切絮语，此情此景，不亦乐乎！一个热爱家乡，与农民亲密无间的诗人形象跃然纸上。

学生感悟：不论前路多么难行难辨，只要坚定信念，勇于开拓，人生就能“绝处逢生”。

81. 卜算子·咏梅

陆 游

驿外断桥边，寂寞开无主。
已是黄昏独自愁，更著风和雨。
无意苦争春，一任群芳妒。
零落成泥碾作尘，只有香如故。

【注释】

（1）《卜算子·咏（yǒng）梅》：选自吴氏双照楼影宋本《渭南词》卷一。

（2）卜算子：词牌名。《词律》以为调名取义于“卖卜算命之人”。又名“百尺楼”“眉峰碧”“楚天遥”“缺月挂疏桐”等。相传是借用唐代诗人骆宾王的绰号。骆宾王写诗好用数字取名，人称“卜算子”。山谷词“似扶著，卖卜算”，取卖卜算命的意思。

（3）驿（yì）外：指荒僻、冷清之地。驿：驿站，古代传递政府文书的人中途换马匹休息、住宿的地方。

（4）断桥：断水废桥。一说“断”通“簖”，簖桥乃是古时在为拦河捕鱼蟹时而设簖之处所建之桥。

（5）无主：无人过问，无人欣赏。

（6）著（zhuó）：接触，挨上。更著：更加受到。

（7）无意：不想，没有心思。自己不想费尽心思去争芳斗艳。

（8）争春：与百花争奇斗艳。此指争权。

（9）一任：完全任凭。

（10）群芳：群花、百花；隐指权臣、小人。

【写作背景】

这是一首咏梅的词，其实也是陆游自己的咏怀之作。上片写梅花的遭遇：它植根的地方，是荒凉的驿亭外面，断桥旁边。驿亭是古代传递公文的人和行旅中途歇息的处所。加上黄昏时候的风风雨雨，这环境被渲染得多么冷落凄凉！写梅花的遭遇，也是作者自写被排挤的政治遭遇。

陆游一生的政治生涯：早年参加考试被荐送第一，为秦桧所嫉；孝宗时又为龙大渊、曾觌一群小人所排挤；在四川王炎幕府时要经略中原，又见扼于统治集团，不得遂其志；晚年赞成韩侂胄北伐，韩侂胄失败后被诬陷。我们读他这首词，联系他的政治遭遇，可以看出它是陆游的身世缩影。词中所写的梅花是他高洁品格的化身。

【赏析】

这首《卜算子》以“咏梅”为题，咏物寓志，表达了自己孤高雅洁的志趣。梅花如此清幽绝俗，出于众花之上，可是“如今”竟开在郊野的驿站外面，破败不堪的“断桥”，自然是人迹罕至、寂寥荒寒，梅花也就备受冷落了。它孑然一身，四顾茫然。“寂寞开无主”一句，作者将自己的感情倾注在客观景物之中，首句是景语，这句已是情语了。

上阕集中写了梅花的困难处境。日落黄昏，暮色迷茫，这孑然一身、无人过问的梅花，何以承受这凄凉呢？它只有“愁”——而且是“独自愁”，这与上句的“寂寞”相呼应。驿外断桥、暮色、黄昏，原本已寂寞愁苦不堪，但更添凄风冷雨，孤苦之情更深一层。“更著”这两个字力重千钧，前三句似将梅花困苦处境描写已至极，但这句“更著风和雨”似一记重锤将前面的“极限”打得崩溃。其倔强、顽强已不言自明。

下阕托梅寄志。梅花，开得最早，是它迎来了春天。但它却“无意苦争春”，只有迎春报春的赤诚。这从侧面讽刺了群芳。梅花并非有意相争，即使“群芳”有“妒心”，那也是它们自己的事情，就“一任”它们去嫉妒吧。草木无情，花开花落，是自然现象，其中却暗含着作者的不幸遭遇揭，揭露了苟且偷安的那些人的无耻行径。这两句表现出陆游性格孤高，决不与争宠邀媚、阿谀逢迎之徒为伍的品格和不畏谗毁、坚贞自守的峻峻傲骨。

“零落成泥碾作尘，只有香如故”，前句承上阕的寂寞无主、黄昏日落、风雨交侵等凄惨境遇。不堪雨骤风狂的摧残，梅花纷纷凋落了，这是第一层。落花委地，与泥水混杂，不辨何者是花，何者是泥了，这是第二层。从“碾”字，显示出摧残者的无情，被摧残者的凄惨境遇，这是第三层。结果呢，梅花被摧残、被践踏而化作灰尘了，这是第四层。读者已经融入了字里行间所透露出的情感中。但作者的目的决不是单为写梅花的悲惨遭遇，引起人们的同情。虽说梅花凋落了，被践踏成泥土了，被碾成灰尘了，“只有香如故”，它那“别有韵致”的香味，却永远“如故”，仍然不屈服于寂寞无主、风雨交侵的威胁，只是尽自己之能，一丝一毫也不会改变。即使是凋落了，化为“尘”了，也要“香如故”。

末句具有扛鼎之力，它振起全篇，把前面梅花的不幸处境，风雨侵凌，凋残零落成泥的凄凉、衰飒、悲戚，一股脑儿抛到九霄云外去了。正是由于该词作者以梅花自喻，以梅花的自然代谢来形容自己，已将梅花人格化了。“咏梅”，实为表白自己的思想感情，给人们留下了十分深刻的印象，成为一首咏梅的杰作。

学生感悟：诗中表现了一种坚强不屈的意志，即使身处困境也不屈服。

82. 书愤

陆　游

早岁那知世事艰，中原北望气如山。
楼船夜雪瓜洲渡，铁马秋风大散关。
塞上长城空自许，镜中衰鬓已先斑。
出师一表真名世，千载谁堪伯仲间。

【注解】

（1）书愤：抒发义愤。书：写。

（2）早岁：早年，年轻时。

（3）气如山：指收复失地的豪情壮志有如山岳。

（4）楼船夜雪瓜洲渡，铁马秋风大散关：这是追述25年前的两次抗金胜仗。宋高宗绍兴三十一年（1161年）冬，金主完颜亮率大军南下，企图从瓜洲渡江南下攻建康

（今南京），被宋军击退。第二年，宋将吴璘从西北前线出击，收复了大散关。楼船，高大的战船。瓜洲，在今江苏邗江南大运河入长江处，为江防要地。铁马，配有铁甲的战马。大散关，在今陕西宝鸡西南，是军事重地。

（5）塞上长城：南朝宋时名将檀道济，这里作者用作自比，现比喻收边御敌的将领。

（6）衰（cuī）鬓：苍老的鬓发。

（7）空自许：白白地自许。

（8）堪：能够。

（9）伯仲间：意为可以相提并论。伯仲，原是兄弟长幼的次序，引申为衡量人物差等之意。

【写作背景】

本诗系宋孝宗淳熙十三年（1186 年）春，陆游居家乡山阴时所作。陆游时年六十有二，这分明是时不待我的年龄，想那山河破碎，中原未收而“报国欲死无战场”，感于世事多艰，小人误国而“书生无地效孤忠”，于是，诗人郁愤之情便喷薄而出。“书愤”者，抒发胸中郁愤之情也。

【赏析】

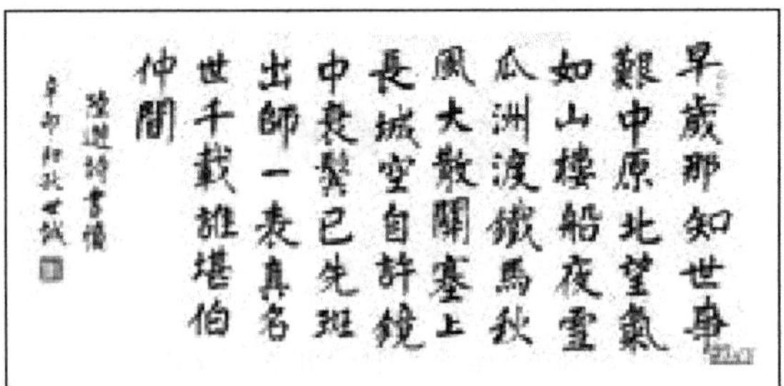

“早岁那知世事艰，中原北望气如山。”当英雄无用武之地时，他会回到铁马金戈的记忆里去的。想当年，诗人北望中原，收复失地的壮心豪气，有如山涌，何等气魄！诗人何曾想过杀敌报国之路竟会如此艰难，以为我本无私，倾力报国，那么国必成全于我，孰料竟有奸人作梗、破坏以至于屡遭罢黜，诗人开篇一自问，问出多少郁愤！

“楼船”二句，写宋兵在东南和西北抗击金兵进犯事，也概括诗人过去游踪所至。宋高宗绍兴三十一年（1161 年）十一月，金主完颜亮南侵，宋军在瓜洲一带拒守，后金兵溃退。上句指此。宋孝宗干道八年（1172 年），陆游正在南郑参加王炎军幕事，诗人与王炎积极筹划进兵长安，曾强渡渭水，与金兵在大散关发生遭遇战。下句指此。这两句概括辉煌的过去恰与“有心杀贼，无力回天”的眼前形成鲜明对比。“良时恐作他年恨，大散关头又一秋。”想今日恢复中原之机不再，诗人之心何啻于泣血？从诗艺角度看，这两句诗也足见陆游浩荡诗才。“楼船”（雄伟的战舰）与“夜雪”，“铁马”与“秋风”，意象两两相合，便有如两幅开阔、壮盛的战场画卷。意象选取甚为干净。

“塞上长城”句，诗人用典明志。南朝时刘宋名将檀道济曾自称为“万里长城”，皇帝要杀他，他说：“自毁汝万里长城。”陆游以此自许，可见其少时之磅礴大气，捍卫国家，扬威边地，舍我其谁？然而，如今呢？诗人壮志未酬的苦闷全悬于一个“空”字。大志落空，奋斗落空，一切落空，而揽镜自照，却是衰鬓先斑，皓首皤皤！两相比照，何等悲怆！再想，这一结局，非我不尽志所致，非我不尽力所致，而是小人误我，世事磨我！我有心，天不予，悲怆便为郁愤。

再看尾联，亦用典明志。诸葛坚持北伐，虽“出师一表真名世”，但终归名满天宇，“千载谁堪伯仲间”，千载而下，有谁可与他相提并论呢？很明显，诗人用典意在贬斥那朝野上下主降的碌碌小人，表明自己恢复中原之志，亦将“名世”。诗人在现实里找不到安慰，便只好将渴求慰藉的灵魂放到未来，这自然是无奈之举。而诗人一腔郁愤也就只好倾泄泻于这无奈了。通过诸葛亮的典故，追慕先贤的业绩，表明自己的爱国热情至老不移，渴望效仿诸葛亮，施展抱负。

回看整首诗歌，可见句句是愤，字字是愤。以愤而为诗，诗便尽是愤。

学生感悟： 首联表现了诗人北望中原，收复失地的壮心豪气，有如山涌，何等气魄！

83. 西江月·夜行黄沙道中

辛弃疾

明月别枝惊鹊，清风半夜鸣蝉。
稻花香里说丰年，听取蛙声一片。
七八个星天外，两三点雨山前。
旧时茅店社林边，路转溪桥忽见。

【注释】

（1）西江月：词牌名。

（2）夜行黄沙道中：词题。

（3）黄沙：黄沙岭，在江西上饶的西面。黄沙道：指的就是从该村的茅店到大屋村的黄沙岭之间约 20 公里的乡村道路，南宋时是一条直通上饶古城的比较繁华的官道，东到上饶，西通江西省铅（音：盐）山县。

（4）“明月”句：苏轼《次韵蒋颖叔》诗：“明月惊鹊未安枝。”

（5）别枝惊鹊：惊动喜鹊飞离树枝。

（6）社林：土地庙附近的树林。社，土地神庙。古时，村有社树，为祀神处，故曰社林。

（7）见：同“现”，显现，出现。

（8）天外：天边。

【作者及背景】

辛弃疾（1140 年—1207 年），南宋词人。原字坦夫，改字幼安，别号稼轩，历城（今山东济南）人。出生时，中原已为金兵所占。二十一岁参加抗金义军，不久归南宋。历任湖北、江西、湖南、福建、浙东安抚使等职。一生力主抗金。曾上《美芹十论》与《九议》，条陈战守之策，显示其卓越军事才能与爱国热忱。但提出的抗金建议，均未被采纳，并遭到打击，曾长期落职闲居于江西上饶、铅山一带。韩侂胄当政时一度起用，不久病卒。

其词抒写力图恢复国家统一的爱国热情，倾诉壮志难酬的悲愤，对当时执政者的屈辱求和颇多谴责；也有不少吟咏祖国河山的作品。题材广阔又善化用前人典故入词，风格沉雄豪迈又不乏细腻柔媚之处。在苏轼的基础上，大大开拓了词的思想意境，提高了词的文学地位，后人遂以“苏辛”并称。有《稼轩长短句》。今人辑有《辛稼轩诗文抄存》。

【赏析】

《西江月》词题是《夜行黄沙道中》，记作者深夜在乡村中行路的所见所闻。读前半片，须体会到寂静中的热闹。“明月别枝惊鹊”句的“别”字是动词，就是说月亮落了，离别了树枝，把枝上的乌鹊惊动起来。这句话是一种很细致的写实，只有在深夜里见过这种景象的人才懂得这句诗的妙处。乌鹊对光线的感觉是极灵敏的，日蚀时它们就惊动起来，乱飞乱啼，月落时也是这样。这句话实际上就是“月落乌啼”（唐张继《枫桥夜泊》）的意思，但是比“月落乌啼”说得更生动，关键全在“别”字，它暗示“鹊”和“枝”对“明月”有依依不舍的意味。鹊惊时常啼，这里不说啼而啼自见，在字面上也可以避免与“鸣蝉”造成堆砌呆板的结果。“稻花”二句说明季节是在夏天，在整首词中这两句产生的印象最为鲜明深刻，它把农村夏夜里的热闹气氛和欢乐心情都写活了。这可以说就是典型环境。这四句里每句都有声音（鹊声、蝉声、人声、蛙声），却也每句都有深更半夜的悄静。这两种风味都反映在夜行人的感觉里，他的心情是很愉快的。下半片的局面有些变动了。天外稀星表示时间已有进展，分明是下半夜，快到天亮了。山前疏雨对夜行人却是一个威胁，这是一个平地波澜，可想见夜行人的焦急。有这一波澜，便把收尾两句衬托得更有力。“旧时茅店社林边，路转溪桥忽见”是个倒装句，倒装便把“忽见”的惊喜表现出来。正在愁雨，走过溪桥，路转了方向，忽然见到社林边从前歇过的那所茅店。这时的快乐可以比得上“山重水复疑无路，柳暗花明又一村”（陆游《游山西村》）这两句诗所说的惊喜。词题为《夜行黄沙道中》，通首八句中前六句都在写景物，只有最后两句才见出有人在夜行。这两句对全首便起了返照的作用，因此每句都是在写夜行了。先藏锋不露，到最后才一针见血，收尾便有画龙点睛之妙。这种技巧是值得学习的。

这首词，有一个生动具体的气氛（通常叫做景），表达出一种亲切感受到的情趣（通常简称情）。这种情景交融的整体就是一个艺术形象。艺术形象的有力无力，并不在于采用的情节多寡，而在于那些情节是否有典型性，是否能作为触类旁通的据点，四面伸张，伸入现实生活中最深微的地方。如果能做到这一点，它就会言有尽而意无穷了。我们说中国的诗词运用语言精练，指的就是这种广博的代表性和丰富的暗示性。

学生感悟：其词抒写力图恢复国家统一的爱国热情，倾诉壮志难酬的悲愤。

84. 破阵子·为陈同甫赋壮词以寄之

辛弃疾

醉里挑灯看剑，梦回吹角连营。八百里分麾下炙，五十弦翻塞外声，沙场秋点兵。马作的卢飞快，弓如霹雳弦惊。了却君王天下事，赢得生前身后名。可怜白发生！

【注解】

（1）醉里：醉酒之中。

（2）挑灯：点灯。看剑：查看宝剑。准备上战场杀敌的形象，说明作者即使在醉酒之际也不忘抗敌。

（3）梦回：梦中。

（4）角：古代军队中用来发号令的号角。

（5）吹角：军队中吹号角的声音。

（6）连营：连接一起驻扎的军营。

（7）麾下：指部下，军队。麾：军旗。

（8）炙：烤肉。

（9）八百里：牛名。《晋书·王济传》《世说新语·汰侈》都记载八百里驳（bó），亦兼指连营之广，语意双关。

（10）五十弦：本指瑟，古时最早的瑟为五十弦。这里泛指军中乐器。

（11）翻：演奏。

（12）了却：完结，完成。

（13）的卢：马名。一种性烈的快马。相传刘备在荆州遭遇危难，骑的卢马“一跃三丈”，脱离险境。

（14）天下事：指收复中原，统一天下的大业。

（15）霹雳：惊雷，比喻拉弓时弓弦响如惊雷。

【写作背景】

辛弃疾 21 岁时，就在家乡历夸（今山东济南）参加了抗金起义。起义失败后，他回到南宋，当过许多地方的长官。他安定民生，训练军队，极力主张收复中原，却遭到排斥打击。后来，他长期不得任用，闲居近二十年。这首词，抒写了他梦寐以求、终生不变的抗敌救国的理想，抒写了壮志难酬的悲愤心情。该词是作者失意闲居信州时所作，无前人沙场征战之苦，而有沙场征战的激烈。词中通过创造雄奇的意境，抒发了杀敌报国、恢复祖国山河、建立功名的壮怀。整首词抒发了作者壮志未酬，英雄迟暮的悲愤之情。

【赏析】

词的上片，写作者闲居家中心情苦闷，只能借酒浇愁；然而，就是在深夜酒醉之时，还一次又一次地拨亮灯火，久久地端详着曾伴随自己征战杀敌的宝剑，渴望着重上前线，挥师北伐。作者带着这样的思念和渴望进入梦中。他恍惚觉得天已拂晓，连绵不断的军营里响起了一片嘹亮雄壮的号角声。他用大块的烤牛肉犒劳将士们，让他们分享；军乐队奏着高亢激越的边塞战歌，以助兴壮威。在秋风猎猎的战场上，他检阅着各路兵马，准备出征。

词的下片，紧接着描写了壮烈的战斗和胜利的结局：将士们骑骏马飞奔，快如“的卢”，风驰电掣；拉开强弓万箭齐发，响如“霹雳”，惊心动魄。敌人崩溃了，彻底失败了。他率领将士们终于完成了收复中原、统一祖国的伟业，赢得了生前死后不朽的英名。到这里，我们看到了一个意气昂扬、抱负宏大的忠勇将军的形象，他“金戈铁马，气吞万里如虎”！然而，在词的最后，作者却发出一声长叹：“可怜白发生！”从感情的高峰猛地跌落下来，原来，那壮阔盛大的军容，横戈跃马的战斗，以及辉煌胜利，千秋功名，不过全是梦境。实际上，在苟安卖国的统治集团的压制下，作者报国无门，岁月虚度。“可怜白发生”，包含着多少难以诉说的郁闷、焦虑、痛苦和愤怒啊！

从全词看，壮烈和悲凉，理想和现实，形成了强烈的对照。作者只能在醉里挑灯看剑，在梦中驰骋杀敌，在醒时发出悲叹。这是个人的悲剧，更是民族的悲剧。而作者的一腔忠愤，无论在醒时还是在醉里、梦中都不能忘怀，是他高昂而深沉的爱国之情、献身之志的生动体现。

学生感悟：作为一个青年，要树立爱国情怀和建功立业的远大抱负。

85. 菩萨蛮·书江西造口壁

辛弃疾

郁孤台下清江水，中间多少行人泪？西北望长安，可怜无数山。

青山遮不住，毕竟东流去。江晚正愁余，山深闻鹧鸪。

【注释】

（1）造口：皂口，镇名。在今江西省万安县西南 60 里处。

（2）郁孤台：古台名，在今江西赣州市西南的贺兰山上，因“隆阜郁然，孤起平地数丈”而得名。

（3）清江：赣江与袁江合流处，旧称清江。

（4）长安：今陕西省西安市，为汉唐故都。这里指沦于敌手的宋国都城汴梁。

（5）可怜：可惜。

（6）无数山：这里指投降派（也可理解为北方沦陷国土）。

（7）毕竟东流去：暗指力主抗金的潮流不可阻挡。

（8）愁余：使我感到忧愁。“余”也有写作“予”。

（9）鹧鸪（zhè gū）：鸟名，传说它的叫声是“行不得也哥哥”，啼声异常凄苦。

【写作背景】

这首词为宋孝宗淳熙三年（1176 年）作者任江西提点刑狱，驻节赣州、途经造口时所作。关于此词之发端，罗大经在《鹤林玉露》中有几句话非常重要，他说：“盖南渡之初，虏人追隆祐太后御舟至造口，不及而还。幼安自此起兴。”当时辛弃疾南归十余年，在江西任刑法狱颂方面的官吏，经常巡回往复于湖南、江西等地。来到造口，俯瞰不舍昼夜流逝而去的江水，词人的思绪也似这江水般波澜起伏，绵延不绝，于是写下了这首词。

【赏析】

从这首词里可以看出，作者怀念中原故土的感情和广大人民是一致的。

它反映了四十年来，由于金兵南侵，祖国南北分裂，广大人民妻离子散，流离失所的痛苦生活，也反映了作者始终坚持抗金立场，并为不能实现收复中原的愿望而感到无限痛苦的心情。这种强烈的爱国思想，也正是辛弃疾作品中人民性的具体表现。

上片四句在写法上，由近及远，又由远及近。“郁孤台下清江水，中间多少行人泪？”意思是说：郁孤台下清江里的流水呵，你中间有多少逃难的人们流下的眼泪啊！作者把眼前清江的流水和四十年前人民在兵荒马乱中流下的眼泪联系在一起，这就更能够表现出当时人民受到的极大痛苦。四十年来，广大人民多么盼望着能恢复故土、统一祖国啊！然而，南宋当局根本不打算收复失地，只想在杭州过苟延残喘、偷安一时的生活。因此，作者抚今忆昔，感慨很深，在悲愤交集的感情驱使下，又写出了“西北望长安，可怜无数山”两句，以抒发对中原沦陷区的深切怀念。“郁孤台”，古台名，在今江西省赣州市西南贺兰山顶。“清江”，即赣江，流经赣州市和郁孤台下，向东北流入鄱阳湖。“长安”，即今陕西省西安市，西汉、隋、唐都建都在此。唐朝李勉曾经登上郁孤台想望长安。这里的“西北望长安”，是想望北方沦陷区，反映作者的爱国感情。“可怜无数山”意思是说：很可惜被千山万岭遮住了视线。“可怜”，作可惜讲。从望不见长安到视线被无数山遮住，里边含有收复中原的壮志受到种种阻碍、无法实现的感叹。

下片紧接着上片，继续抒发对中原故土的怀念。

学生感悟： 这首诗写得非常质朴、自然、流畅。作者怀念中原故土的感情和广大人民是一致的。

86. 满江红·怒发冲冠

岳　飞

怒发冲冠，凭栏处、潇潇雨歇。抬望眼、仰天长啸，壮怀激烈。三十功名尘与土，八千里路云和月。莫等闲、白了少年头，空悲切。靖康耻，犹未雪；臣子恨，何时灭。驾长车踏破、贺兰山阙。壮志饥餐胡虏肉，笑谈渴饮匈奴血。待从头、收拾旧山河，朝天阙。

【注释】

（1）怒发冲冠：形容愤怒至极。

（2）潇潇：形容雨势急骤。

（3）长啸：感情激动时撮口发出清而长的声音，为古人的一种抒情之举。

（4）等闲：轻易，随便。

（5）靖康耻：宋钦宗靖康二年（1127 年），金兵攻陷汴京，掳走徽、钦二帝。贺兰山：在今宁夏回族自治区。

（6）天阙：宫殿前的楼观。

【作者及背景】

岳飞（1103 年—1141 年），字鹏举，相州汤阴（今属河南）人。抗金名将，官至枢密副使，封武昌郡开国公。以不附和议，被秦桧害死。孝宗时复官，谥武穆。宁宗时追封鄂王，理宗时改谥忠武。有《岳武穆集》。《全宋词》录其三首。

写作背景：这首词创作时代较“怒发冲冠”略早，写于绍兴四年（1134 年），作者出兵收复襄阳六州驻节鄂州（今湖北武昌）时。绍兴三年（1133 年）十月，金朝傀儡刘豫军队攻占南宋的襄阳，唐、邓、随、郢诸州府和信阳军，切断了南宋朝廷通向川陕的交通要道，也直接威胁到朝廷对湖南、湖北的统治安全，岳飞接连上书奏请收复襄阳六州。次年五月朝廷正式任命岳飞兼黄、复二州、汉阳军（湖北汉阳）、德安府（湖北安陆）制置使，统军出征。由于军纪严明、士气高昂，部署运筹得当，岳家军在三个月内，迅速收复了襄、邓六州，有力地保卫了长江中游的安全，打开了川陕与朝廷的交通道路。正在这大好时机，朝廷却以“三省、枢密院同奉圣旨”的名义要求岳飞收复六州，然后班师回朝。于是岳飞只得率部回到鄂州。岳飞凭借襄邓大捷以仅三十二岁年龄被封为侯（武昌郡开国侯），但他并非功名利禄之徒，他念念不忘的是北伐大业。因此他仍不断上奏，要求选派精兵直捣中原，收复失地，以免坐失良机。在鄂州，岳飞到黄鹤楼登高，北望中原，写下了这样一首抒情感怀的词。

【赏析】

这是一首气壮山河、传诵千古的名篇，表现了作者大无畏的英雄气概，洋溢着爱国主义激情。绍兴六年（1136 年）岳飞率军从襄阳出发北上，陆续收复了洛阳附近的一些州县，前锋逼北宋故都汴京，大有一举收复中原，直捣金国的老巢黄龙府（今吉林农安，金故都）之势。但此时的宋高宗一心议和，命岳飞立即班师，岳飞不得已率军加到鄂州。他痛感错失良机、收复失地、洗雪靖康之耻的志向难以实现，在百感交集中写下了这首气壮山河的《满江红》。生于北宋末年的岳飞，亲眼目睹了华夏的山河破碎，国破家亡。他少年从军，以“精忠报国”“还我山河”为己任。转战各地，艰苦斗争，为的是“收拾旧山河”。这首词所抒写的即是这种英雄气概。本文上片通过凭栏眺望，抒发为国杀敌立功的豪情。下片表达雪耻复仇，重整乾坤的壮志。“三十功名尘与土，八千里路云和月。莫等闲、白了少年头，空悲切。”“三十”两句，自伤神州未复，劝人及时奋起，可为千古箴铭，而“八千里路”严峻激烈的复国征战，尚露热血之奋搏，遂以“莫等闲”自我激励，实现其驱除胡虏，复我河山之壮志。

学生感悟：作者大无畏的英雄气概让我们感觉到洋溢激情的爱国主义精神。

【学习启示】

个人情感源于家国之思

我国古代文论家总结了诗的本质特征，那就是“诗言志”。“诗言志”的内涵十分丰富，各人的理解也不尽相同。由于人们的社会地位不同，所以人们在诗中所反映的志愿也不一样，但是总体来说，诗是抒发人的思想感情的，是人的心灵世界的呈现。

中华民族是一个家庭观念非常强的民族，而且在千百年儒家文化的熏陶下，家和国的概念已十分笼统。家国情怀不是一个特有的概念，而是指称古代仁人志士的一种乡土意识和民族忧患意识，是中国人内心深处天然的对自己家乡和以皇帝为首的“大家庭”的一种眷恋，一种情感。它是复杂的、内涵丰富的，而又是朴素的“集体无意识”。在我国宋代诗词里，这种家国情怀就体现得尤为突出。

李清照、辛弃疾、岳飞、陆游这些中国文学史上有名的词人，大多生活在风雨飘摇的南宋时期。金兵入主中原，山河沦丧，家破人亡，奸臣当道，一腔报国的愿望难以实现。对故土的怀念和对亲人、对国家的责任，使得词人们从内心深处感到深深的苦闷和惆怅，他们将情感投射在自己的诗词上，就写出了风格或激烈或悲壮、或哀怨或凄婉的诗词。

南宋的词人们是不幸的，他们满怀爱国激情，却受制于软弱无能的朝廷；他们有心卫国保家，却又遭遇投降势力的阻挠和迫害；他们渴望建功立业，实现自己的人生抱负，却又屡屡遭到现实的打击。空前激烈的民族矛盾和动荡不安的社会环境，令他们悲愤，令他们痛心，令他们忧伤，又令他们心灰意懒。不论是怎样的表现，我们知道，他们放不下的是内心深处不可割舍的家国情怀。这些词作，包含着无限凄丽的文字，无限伤感悲情穿越了时空，来到我们面前。

寄　　语

工作的需要就意味着责任。

责任心成就职场英雄。

第十三篇

爱家乡，爱祖国，家国情思促成长

Chapter 13

名句品读

《菩萨蛮·书江西造口壁》 辛弃疾 “青山遮不住，毕竟东流去。”

《满江红》 岳飞 “莫等闲、白了少年头，空悲切。”

《过零丁洋》 文天祥 “人生自古谁无死，留取丹心照汗青。”

《天净沙·秋思》 马致远 “夕阳西下，断肠人在天涯。”

《山坡羊》 张养浩 “兴，百姓苦；亡，百姓苦。”

《石灰吟》 于谦 “粉骨碎身浑不怕，要留清白在人间。”

《长相思》 纳兰性德 “风一更，雪一更，聒碎乡心梦不成，故园无此声。”

87. 过零丁洋

文天祥

辛苦遭逢起一经，干戈寥落四周星。山河破碎风飘絮，身世浮沉雨打萍。

惶恐滩头说惶恐，零丁洋里叹零丁。人生自古谁无死，留取丹心照汗青。

【注释】

（1）过：经过。零丁洋：地名，在今广东中山县南。

（2）遭逢：遭遇，经历。

（3）起一经：依靠精通一种经书，通过考试，出来做官做事。

（4）经：经书，指重要的古代经典，如《易经》《书经》《诗经》《春秋》等。

（5）干戈：旧时的武器，这里借指战争。

（6）寥（liáo）落：荒凉冷落。

（7）四周星：四个年头。

（8）山河破碎：指宋朝国土为元兵侵占。

（9）絮（xù）。柳絮。

（10）身世：个人长期的境遇。

（11）浮沉：在水中忽上忽下，形容动荡不定。

（12）萍（píng）：水中生长的浮萍。

（13）惶恐滩（huāng kǒng tān）：地名，赣江中的一个险滩，在今江西万安县境内。文天祥在江西被元军打败，曾从这一带撤退到福建去。

（14）说惶恐：指回忆经惶恐滩撤退这件事。惶恐，这里是紧张、匆忙的意思。

（15）零丁：后一个“零丁”是指孤苦的样子。

（16）自古：从古以来。

（17）留取：留得。

（18）丹心：红心，比喻忠心。

（19）汗青：指历史书册。古时没有纸，人们在竹片上写书，制竹片需用火烤去青竹皮上的汗（水分），这样才容易书写，所以叫“汗青”。后人就用“汗青”作为史册的代称。

【作者及背景】

《过零丁洋》是南宋大臣文天祥的著名爱国七言律诗。文天祥（1236 年—1283 年），南宋大臣、文学家，著名的民族英雄。字履善，又字宋瑞，号文山，吉州庐陵（今江西吉安）人。20 岁考取进士第一名，官至右丞相兼枢密使。1276 年，元军迫近南宋京城临安（今杭州），他被派往元军营中谈判，被扣留。后在镇江逃出，得到人民群众的救援，由海路至福建，与张世杰、陆秀夫等坚持抗击元军。曾一度收复了一些失地，后为元军所败，退入广东，转战海丰、潮阳一带。宋末帝赵昺祥兴元年（1278 年）十二月被元军所俘。后被押送大多（今北京），囚禁三年，迭经威逼利诱，受尽百般折磨，始终不屈。于元世祖至元十九年十二月初九日（1283 年 1 月 9 日）在柴市从容就义，表现出坚贞的民族气节。文天祥的后期作品密切反映现实，艺术地反映了作者的斗争生活和爱国思想，展现了南宋军民抗击元军的情景，写得沉郁悲壮，感人至深。今存《文山先生全集》。《过零丁洋》《正气歌》等名篇为世所传颂。

1278 年五月，年仅 10 岁的宋端宗赵昰在溺水后因自幼娇生惯养和体质虚弱而病死，陆秀夫等再拥立端宗 7 岁的弟弟赵昺即位为皇帝，年号祥兴。朝廷迁至厓山，加封文天祥信国公。冬天，文天祥率军进驻潮州潮阳县，欲凭山海之险屯粮招兵，寻机再起。然而元军水陆猛进，发起猛攻。

年底，文天祥在海丰北五坡岭遭元军突然袭击，兵败被俘，立即服冰片自杀，未果。降元的张弘范劝降，遭严词拒绝。

1279 年正月，元军出珠江口，进攻南宋最后据点厓山（在今广东新会南海中），文天祥被押解同行。船过零丁洋（零丁洋在今广东中山南的珠江口，中山市南，靠海有个零丁山，山下海面叫零丁洋），元军都元帅张弘范逼迫文天祥招降坚守厓山的宋军统帅张世杰，文天祥写下此诗以死言志，严正拒绝。《指南录》记录文天祥的自注云：

"上巳日，张元帅令李元帅过船，请作书招谕张少保投拜。遂与之言：'我自救父母不得，乃教人背父母，可乎？'书此诗遗之。李不得强，持诗以达张，但称'好人好诗'，竟不能逼。"

作此诗 20 天后，厓山海战以宋朝惨败而结束，陆秀夫背赵昺跳海而死。宋朝最后一位皇帝死去，宋朝灭亡。

学生感悟： 文天祥真是一位大英雄，即使无依无靠也要为国效忠，哪怕是以身殉国也决不含糊。我们虽然不能像他一般以身殉国，却可以以自己的实际行动来为国争光，为祖国做贡献。

【赏析】

这首诗是文天祥被俘后为誓死明志而作。一、二句诗人回顾平生，但限于篇幅，在写法上是举出入仕和兵败一首一尾两件事以概其余。中间四句紧承“干戈寥落”，明确表达了作者对当前局势的认识：国家处于风雨飘摇中，亡国的悲剧已不可避免，个人命运就更难以说起。但面对这种巨变，诗人想到的却不是个人的出路和前途，而是深深地遗憾两年前在惶恐滩自己未能在军事上取得胜利，从而扭转局面。同时，也为自己的孤立无援感到格外痛心。我们从字里行间不难感受到作者国破家亡的剧痛与自责、自叹相交织的苍凉心绪。末尾两句则是身陷敌手的诗人对自身命运的一种毫不犹豫的选择。这使得前面的感慨、遗恨平添了一种悲壮激昂的力量和底气，表现出独特的崇高美。这既是诗人人格魅力的体现，也表现了中华民族独特的精神美，其感人之处远远超出了语言文字的范围。

88. 天净沙 秋思

马致远

枯藤老树昏鸦，
小桥流水人家，
古道西风瘦马。
夕阳西下，
断肠人在天涯。

【注释】

（1）枯藤：干枯的枝蔓。

（2）昏鸦：黄昏时归巢的乌鸦。昏：傍晚。

（3）人家：农家。写出了诗人对温馨的家庭的渴望。

（4）古道：已经废弃不堪仍在用的古老驿道（路），或年代久远的驿道。

（5）西风：寒冷、萧瑟的秋风。

（6）瘦马：瘦骨如柴的马。

（7）断肠人：形容伤心悲痛到极点的人，此指漂泊天涯、极度悲伤、流落他乡的旅人，因为思乡而愁肠寸断。

（8）天涯：天边，极远的地方。

【作者及背景】

马致远，是元代著名的杂剧家。大多（今北京）人。马致远以字行于世，名不祥。晚号“东篱”，以示效陶渊明之志。他的年辈晚于关汉卿、白朴等人，生年当在至元（始于 1264 年）之前，卒年当在至治改元到泰定元年（1321 年—1324 年）之间。曾任江浙行省务官。马致远著有杂剧十六种，存世的有《江州司马青衫泪》《破幽梦孤雁汉宫秋》《吕洞宾三醉岳阳楼》《半夜雷轰荐福碑》《马丹阳三度任风子》《开坛阐教黄粱梦》《西华山陈抟高卧》七种。马致远的散曲作品也负盛名，现存辑本《东篱乐府》一卷，收入小令 104 首，套数 17 套。其杂剧内容以神化道士为主，剧本全都涉及全真教的故事，元末明初贾仲明在诗中说“万花丛中马神仙，百世集中说致远”“姓名香贯满梨园”。

【赏析】

这首小令很短，一共只有五句二十八个字，但却描绘出一幅凄凉动人的秋郊夕照图，并且准确地传达出旅人凄苦的心境。这首成功的曲作，从多方面体现了中国古典诗歌的艺术特征。

一、以景托情，寓情于景，在景情的交融中构成一种凄凉悲苦的意境。

中国古典诗歌十分讲究意境的创造。意境是中国古典诗歌美学中的一个重要范畴，它的本质特征在于情景交融、心物合一。情与景能否妙合，成为能否构成意境的关键。王国维《人间词话删稿》云：“一切景语皆情语也。”马致远这首小令，前四句皆写景色，这些景语都是情语，“枯”“老”“昏”“瘦”等字眼使浓郁的秋色之中蕴含着无限凄凉悲苦的情调。而最后一句“断肠人在天涯”作为曲眼更具有画龙点睛之妙，使前四句所描之景成为人活动的环境，作为天涯断肠人内心悲凉情感的触发物。曲中的景物既是马致远旅途中之所见，乃眼中物，但同时又是其情感载体，乃心中物。全曲景中有情，情中有景，情景妙合，构成了一种动人的艺术境界。

二、使用众多密集的意象来表达作者的羁旅之苦和悲秋之恨，使作品充满浓郁的诗情。

意象是指出现在诗歌之中的用以传达作者情感，寄寓作者思想的艺术形象。中国古典诗歌往往具有使用意象繁复密集的特色。中国古代不少诗人常常在诗中紧密地排列众多的意象来表情达意。马致远此曲明显地体现出这一特色。短短的二十八字中排列着十种意象，这些意象既是断肠人生活的真实环境，又是他内心沉重的忧伤悲凉的载体，如果没有这些意象，这首曲也就不复存在了。

与意象的繁复性同时存在的是意象表意的单一性。在同一作品之中，不同的意象地位比较均衡，并无刻意突出的个体，其情感指向趋于一致，即众多的意象往往共同传达著作者的同一情感基调。此曲亦如此。作者为了表达自己惆怅感伤的情怀，选用众多的物象入诗。而这些物象能够传达作者的内心情感，情与景的结合，便使作品中意象的情感指向呈现一致性、单一性。众多的意象被作者同一情感的线索串联起来，构成一幅完整的图画。

三、善于加工提炼，用极其简练的白描手法，勾勒出一幅游子深秋远行图。

马致远《天净沙·秋思》小令中出现的意象并不新颖。其中“古道”一词，最早出现在署名为李白《忆秦娥》词中：“乐游原上清秋节，咸阳古道音尘绝。”宋张炎《念奴娇》词中也有：“老柳官河，斜阳古道，风定波犹直。”

在词句的锤炼上，马致远充分显示了他的才能，前三句十八个字中，全是名词和形容词，无一动词，各种景物的关系以及它们各自的动态与形状，全靠读者根据意象之间的组织排列顺序以及自己的生活经验去把握。这种奇妙的用字法，实在为古之所罕见，温庭筠《商山早行》中“鸡声茅店月，人迹板桥霜”与马曲用字法相似，但其容量仍不如马曲大。马曲用字之简练已达到不能再减的程度，用最少的文字来表达丰富的情感，这正是《天净沙·秋思》这首小令艺术上取得成功的原因之一。

四、采用悲秋这一审美情感体验方式，来抒发羁旅游子的悲苦情怀，使个人的情感获得普遍的社会意义。

悲秋，是人们面对秋景所产生的一种悲哀忧愁的情绪体验，由于秋景（特别是晚秋）多是冷落、萧瑟、凄暗，多与黄昏、残阳、落叶、枯枝相伴，成为万物衰亡的象征。故秋景一方面确能给人以生理上的寒感，另一方面又能引发人心之中固有的种种悲哀之情。宋玉首开中国以悲秋为主要审美体验形式的感伤主义文学先河，他通过描写秋日“草木摇落而变衰”的萧瑟景象，抒发自己对人生仕途的失意之感，而且他将自己面对秋色所产生的凄苦悲凉的意绪形容成犹如远行一般，“僚傈兮（凄凉），若在远行”，“廓落兮（孤独空寂），羁旅而无友生”。这就说明悲秋与悲远行在情绪体验上有着相同之处。宋玉之后悲秋逐渐成为中国文人最为普遍的审美体验形式之一，而且将悲秋与身世之叹紧密地联系在一起。杜甫“万里悲秋常作客”便是一例。马致远这首小令也是如此。虽然曲中的意象不算新颖，所表达的情感也不算新鲜，但是由于它使用精练的艺术表达方式，表达出中国文人一种传统的情感体验，因此它获得了不朽的生命力，可以引起后世文人的共鸣。

通过以上分析可以看出，《天净沙·秋思》属于中国古典诗歌之中最为成熟的作品之一，尽管它属于曲体，但实际上，在诸多方面体现着中国古典诗歌的艺术特征。因此，前人论曲，无人推崇这首小令，艺术眼光很高的王国维将它列为元人小令的“最佳者”，并评论说：“《天净沙》小令，纯是天籁，仿佛唐人绝句（《宋元戏曲考·元剧之文章》），”深得唐人绝句妙境（《人间词话》）。

89. 山坡羊·峰峦如聚

张养浩

峰峦如聚，波涛如怒，
山河表里潼关路。
望西都，意踟蹰，
伤心秦汉经行处，
宫阙万间都做了土。
兴，百姓苦；
亡，百姓苦。

【注释】

（1）峰峦如聚：形容重岩叠嶂，群山密集，绵亘不断。

（2）“山河”句：言潼关外有黄河，内有华山，形势十分险要。

（3）潼关：在今陕西潼关县北，历代皆为军事要地。

（4）西都：指关中一带，周、秦、汉、北朝、隋、唐等朝均在这里建都。

（5）踟蹰：原指犹豫不决，徘徊不前。这里形容思潮起伏，陷入沉思。

（6）“伤心”句：言经过秦汉的故都，想起那“你方唱罢我登场”的兴亡往事，引起无穷的伤感。

（7）“宫阙”句：言在无数的战乱中，过去的宫殿已经化为了一片焦土。宫，宫殿；阙，王宫前的望楼。

【作者及背景】

张养浩，字希孟，元代济南人，他是元散曲后期的重要作家，也是诗人。作者吊古抒怀，表达了悲愤伤感之情，揭示出人民的悲惨命运根源之所在，表现了作者关心百姓疾苦、忧国忧民的思想感情。

【译文】

华山的山峰从西面聚集到潼关来，黄河的波涛汹涌澎湃，潼关古道连接着关内华山和关外黄河。西望长安，心神不定，感慨万端。令人伤心的是经过秦汉宫殿的遗址，昔日秦皇汉武的万间宫阙都已荡然无存，所剩的只有眼前的一片萧条。国家兴起，受苦受难的是黎民百姓；国家灭亡，受苦受难的还是黎民百姓。

【赏析】

张养浩晚年在陕西赈济饥民时，写了九首怀古曲，这是其中最有名的一首。起句“峰峦如聚，波涛如怒”，气势飞动。作者纵笔酣写山川的壮美，赋于它以强烈的感情。沉郁的声调，产生闷雷滚动般的效果，使人心灵震撼。“山河表里潼关路”，突出写潼关的险要。这里是历代兵家必争之地，多少次关系着兴亡的战斗在这里展开。从潼关向西，“望西都，意踟蹰”。长安是好几代王朝的首都，作者登高伫望，思古之情悠然而起。“伤心秦汉经行处”两句，是说遥望那片秦代人、汉代人乃至历代人曾经走过的土地，不禁感慨系之。诗人感到，历史在他面前一页页地翻开，无情地宣示王朝更替不可避免的现实。此曲迥异于其他诗作，在于它不只是一般地抒发兴亡之感，而且一针见血，揭示出兴亡后面的历史真谛：“兴，百姓苦；亡，百姓苦。”这八个字，鞭辟入里，精警异常，恰如黄钟大吕，发聋振聩，使全曲闪烁着耀眼的思想光辉。从诗人对百姓的态度，回应起首两句，当可理解为什么他在豪壮的山色面前，抚今追昔，显得心情沉重，郁勃难舒了。

学生感悟：在皇帝统治下，在战争连年的古代的老百姓，真是不幸！

90. 石灰吟

于　谦

千锤万凿出深山，烈火焚烧若等闲。
粉骨碎身浑不怕，要留清白在人间。

【注释】

（1）石灰吟：赞颂石灰。吟：吟颂。指古代诗歌体裁的一种名称（古代诗歌的一种形式）。

（2）千锤万凿：无数次的锤击开凿，形容开采石灰非常艰难。千、万：指撞击次数多，不是实指一千一万。锤，锤打。凿，开凿。

（3）若等闲：好像很平常的事情。若：好像、好似。等闲：平常，轻松。

（4）清白：指石灰洁白的本色，又比喻高尚的节操。

（5）人间：人世间。

【作者及背景】

于谦为官廉洁正直，曾平反冤狱，救灾赈荒，深受百姓爱戴。明英宗时，瓦剌入侵，英宗被俘。于谦议立景帝，亲自率兵固守北京，击退瓦剌，使人民免遭蒙古贵族再次野蛮统治。但英宗复辟后却以“谋逆罪”诬杀了这位民族英雄。这首《石灰吟》可以说是于谦生平和人格的真实写照。

【赏析】

这是一首托物言志诗。作者以石灰作比喻，表达自己为国尽忠，不怕牺牲的意愿和坚守高洁情操的决心。

作为咏物诗，若只是事物的机械实录而不寄寓作者的深意，那就没有多大价值。这首诗的价值就在于处处以石灰自喻，咏石灰即是咏自己磊落的襟怀和崇高的人格。

首句“千锤万凿出深山”是形容开采石灰石很不容易。次句“烈火焚烧若等闲”，“烈火焚烧”，当然是指烧炼石灰石，加“若等闲”三字，又使人感到不仅是在写烧炼石灰石，它似乎还象征着志士仁人无论面临着怎样严峻的考验都从容不迫，视若等闲。第三句“粉骨碎身浑不怕”，“粉骨碎身”极形象地写出将石灰石烧成石灰粉，而“浑不怕”三字又使我们联想到其中可能寓有不怕牺牲的精神。至于最后一句“要留清白在人间”更是作者在直抒情怀，立志要做纯洁清白的人。此句中的“清白”是拿石头的颜色作比，也就是现在的“清白”的意思。

于谦为官廉洁正直，曾平反冤狱，救灾赈荒，深受百姓爱戴。明英宗时，瓦剌入侵，英宗被俘。于谦议立景帝，亲自率兵固守北京，击退瓦剌，使人民免遭蒙古贵族再次野蛮统治。但英宗复辟后却以“谋逆罪”诬杀了这位民族英雄。这首《石灰吟》可以说是于谦生平和人格的真实写照。

学生感悟：这首诗写出了人生的真谛：无论经历多少苦难，只要能够像石灰一样既有益于人间又洁白无污，品质高尚，纵然经历多少磨难，以至粉身碎骨也无所畏惧。

91. 长相思·山一程

纳兰性德

山一程，水一程，身向榆关那畔行，夜深千帐灯。
风一更，雪一更，聒碎乡心梦不成，故园无此声。

【作者背景】

纳兰性德（1655 年—1685 年），原名成德，字容若，号楞伽山人，满洲正黄旗人，康熙十二年进士。大学士明珠长子。他淡泊名利，善骑射，好读书，擅长于词。他的词全以一个“真”字取胜，写情真挚浓烈，写景逼真传神。康熙二十年（1861 年）十月，康熙帝平定了吴三桂、耿精忠、尚可喜的三藩之乱，国内平静。于是，在二十一年三月经山海关到满族的发祥地辽东一带去巡视，并祭祀长白山。纳兰性德亦随从护驾。这首《长相思》便写于他们出山海关至盛京（沈阳）的途中。千军万马跋山涉水，浩浩荡荡向山海关出发，声势甚盛。入夜，营帐中灯火辉煌，宏伟壮丽。帐外风雪阵阵，使人乡心碎乱，乡梦难圆，不由生出怨恼之意。词句真纯深挚，情景交融，意境深婉，笔法简约自然，不事雕饰，如清水芙蓉，一扫元明以来诗词浮艳颓靡之风。

【注释】

（1）程：路、路程：山一程，水一程：言山长水远也。

（2）榆关：今山海关。

（3）那畔：山海关的另一边，指身处关外。

（4）帐：军营的帐篷。“千帐”言军营之多。

（5）更：旧时一夜分五更，每更大约两小时。风一更，雪一更：言整夜风雪交加。

（6）聒：声音嘈杂，使人厌烦。

（7）故园：故乡。

（8）此声：指风雪交加的声音。

【译文】

爬山走一程，涉水走一程，朝着关外山海关那个方向走，到了夜深人静的时候，千家万户都点起了灯火。风一阵阵，雪一阵阵，嘈杂的声音打碎我思乡的心和未做完的梦，而在故乡的家园却没有这种杂乱的声音。

【赏析】

上片写行程之劳。起句突兀，既显空间之广袤，又寓时间之流逝，气象阔大。“山一程，水一程”六字，直写戍边路途之曲折迢遥，侧写跋山涉水之艰险辛苦。叠用两个“一程”，突出了路途的修远和行程的艰辛。第三句“身向榆关那畔行”，交代行旅去向。此处说“身”向榆关，而非“心”向，其实就是说，躯体越来越远离了故乡，而心灵却越来越趋向京师，越来越拴紧了故园。“榆关”是指山海关，“那畔”即“那边”。当我们读到这里，仿佛浮现出这样一幅图景：大队人马，翻山越岭，登舟涉水，风餐露宿，走了一程又一程，一直向山海关方向进发。而词人因为留恋家园，却是频频回首，步履蹒跚，望断白山黑水而不见故园影踪。“夜深千帐灯”一句，写的是夜晚宿营于旷野的情景：深青的天幕下，漆黑的旷野上，一座座营房，灯火熠熠，映照着永夜无眠的人。“千帐灯”是虚写，写词人这次出巡随从众多。为什么夜深了，而仍然营火闪烁呢？这就为引出下片的“乡心”蓄势。

下片侧重游子思乡之苦，交代了深夜不眠的原因。开头写景，“风一更”“雪一更”，突出塞外风狂雪骤的荒寒景象。这是以哀景衬伤情，风雪载途，行者乡思更烈。叠用两个“一更”，突出塞外卷地狂风，铺天暴雪扑打帐篷经久不息的情景；也从一个侧面写出了天寒地冻之夜，人之辗转难眠的状态。“聒碎乡心梦不成”呼应上片的“夜深千帐灯”一句，直接回答了深夜不眠的原因。着一“聒”字，突出了风雪声响之巨；且极具拟人味，仿佛这风雪也通人心似的，彻夜念叨着故园的人事，让人心潮起伏。“聒碎乡心”，用的是夸张手法，形象地表现了“一夜征人尽望乡”的愁肠百转的心态。“故园无此声”，交代了“梦不成”的原因：故乡是没有这样连绵不绝的风雪聒噪声的，当然可以酣然入梦；而这边塞苦寒之地，怎比钟灵毓秀之京都，况且又是暴风雪肆虐的露营之夜，加之“乡心”的重重裹挟，就更难入梦了。结尾这一句直接表达了征人对故乡的深深眷恋之意。

学生感悟：这首词很通俗易懂，我读出了作者思乡的情感。

【学习启示】

爱家乡，爱祖国，家国情思促成长

诗人们的家国情思淋漓尽致地表现在文字中，我们在读的时候能从字里行间体会出他们对于国家、对于家乡的热爱和思念。在这几首诗词中，你能看到马致远描绘出的一幅凄凉动人的秋郊夕照图，并且准确地传达出旅人凄苦的心境，纳兰性德“山一程，水一程”的思乡之情；还能看到张养浩文字中关心百姓疾苦、忧国忧民的情绪，于谦“粉身碎骨浑不怕，要留清白在人间”的豪壮誓言；会体会到文天祥“人生自古谁无死，留取丹心照汗青”的豪迈气魄，岳飞“三十功名尘与土，八千里路云和月”的宽阔胸怀；而从辛弃疾“青山遮不住，毕竟东流去”的诗句中我们又能体会到诗人尽管爱国心切，却最终报国无门的抑郁和愁苦。

屈原的《离骚》就是一首最著名的爱国主义诗歌，《诗经》中有一首《秦风·无衣》也很好地表达了爱国主义激情。

无　　衣

岂曰无衣？与子同袍。王于兴师，修我戈矛。与子同仇！

岂曰无衣？与子同泽。王于兴师，修我矛戟。与子偕作！

岂曰无衣？与子同裳。王于兴师，修我甲兵。与子偕行！

古诗给我们无限启迪，身为学生的我们，也应从诗中有所体悟，理解诗人的情怀，珍惜现在的幸福生活，热爱家乡，热爱祖国，树立远大理想，学习他们宽广的胸怀，努力学习，成为合格的学生，优秀的职业人。

寄　　语

不后悔，不因昨天的挫折而难过。

从失利中找寻经验便能成功。

第 十四 篇

坚持自己的职业理想和人生方向

Chapter 14

名句品读

《赠从弟·其二》 刘祯　“岂不罹凝寒？松柏有本性！”

《春题湖上》 白居易　“未能抛得杭州去，一半勾留是此湖。”

《暮江吟》 白居易　“一道残阳铺水中，半江瑟瑟半江红。”

《定风波》 苏轼　“回首向来萧瑟处，归去，也无风雨也无晴。”

《从军行》 杨炯　“宁为百夫长，胜作一书生。”

《丑奴儿》 辛弃疾　“少年不识愁滋味，爱上层楼 。”

《春日忆李白》 杜甫　“清新庚开府 ，俊逸鲍参军。”

《登金陵凤凰台》 李白　“总为浮云能蔽日，长安不见使人愁。”

《蝶恋花》 欧阳修　“泪眼问花花不语，乱红飞过秋千去。”

92. 赠从弟（其二）

亭亭山上松，瑟瑟谷中风。
风声一何盛，松枝一何劲！
冰霜正惨凄，终岁常端正。
岂不罹凝寒？松柏有本性！

【注释】

（1）亭亭：高耸的样子。

（2）瑟瑟：形容寒风的声音。

(3)一何：多么。

(4)惨凄：凛冽、严酷。

(5)罹（lí）凝寒：遭受严寒。罹，遭受。

(6)“岂不罹凝寒？松柏有本性！”这两句是说，难道松柏没有遭到严寒的侵凌吗？(但是它依然青翠如故，)这是它的本性决定的。

【作者】

刘祯（？—217年），字公干，宁阳（今山东宁阳县）人，建安七子之一。以文学见贵。建安中，刘祯被曹操召为丞相掾属。与曹丕兄弟颇相亲爱。后因在曹丕席上平视丕妻甄氏，以不敬之罪服劳役，后又免罪署为小吏。建安二十二年（217年），与陈琳、徐瑀、应场等同染疾疫而亡。他的文学成就主要表现在诗歌，特别是五言诗创作方面。今存诗十五首，《赠从弟》三首为代表作，言简意明，平易通俗，长于比喻。

【赏析】

全诗以松树为中心，节奏集中紧凑。用词朴素无华，风骨雄健，气势有力。并不重工笔细描，而是以深入事物内核见长。

诗以“赠从弟”为名，却无一字提及兄弟情谊，让读者读来却觉得情深谊长，而且能同诗人心心相印。这是因为诗人运用了象征的手法，用松树来象征自己的志趣、情操和愿望。大自然中的万事万物自生自灭，与人无关。但一经诗人用多情的眼光注入树木山水、风霜雷电，与自然界中的同人类相通的特点撞击，便会爆发出耀眼的火花。此种象征手法的运用，刘祯之前有屈原的《桔颂》，刘祯之后，更是屡见不鲜，且逐渐形成中国古典诗歌的一种传统特征。

刘祯如果直接抒胸臆，很易直露，于是就借松树的高洁来暗示情怀，借此自勉，亦借以勉励从弟。全诗兄弟情谊虽然“不着一字”，但言语之外的情谊更耐人寻味。

学生感悟：两个“一何”形象地写出了风的猛烈和松枝的有力，更凸显诗人的高洁。

93. 春题湖上

白居易

湖上春来似画图，乱峰围绕水平铺。
松排山面千重翠，月点波心一颗珠。
碧毯线头抽早稻，青罗裙带展新蒲。
未能抛得杭州去，一半勾留是此湖。

【注释】

（1）乱峰：参差不齐的山峰。

（2）松排山面：指山上有许多松树。

（3）月点波心：月亮倒映在水中。

（4）碧毯线头抽早稻，青罗裙带展新蒲：田野里早稻拔节抽穗，好像碧绿的毯子上的线头；河边菖蒲新长出的嫩叶，犹如罗裙上的飘带。

（5）勾留：留恋。

【写作背景】

这是一首著名的杭州西湖春景诗。作者于唐穆宗李恒长庆二年（822 年）七月，出任杭州刺史，十月到任，至长庆四年五月底离杭赴洛阳任所。此诗即作于作者卸杭州刺史任之前夕，大约是唐代长庆四年（824 年）春，作者在杭州住期将满，就要离开之前所作。白居易为了逃避当时朝廷激烈党争的政治旋涡，自求出守杭州。其后的诗作不免流露出离开了是非之地轻松愉快的心情。这首诗则因届满将归，而滋生怅惘的依依惜别之情。

【赏析】

这首诗写西湖春天的景色，全诗围绕着一个“春”字以及一个“湖”字，展开景色描写。湖上春来，顿时非同一般，其秀美就像一幅美丽的画图，写景中已经饱含了赞美之情。既如画图，诗人更以绘画的视角来处理景境的关系。

以“湖”开头，以“湖”字作结，全诗亦以“湖”字作为中心，勾画出湖上春景图。完全不用典故，纯用白描，只借用巧喻为景物生色，山松似翠，水月似珠，稻如碧毯，蒲如青罗，皆巧极形容，宛如画面之点苔，增添无限的神韵。时作者即将离杭州刺史任，因此末联似有留恋之意。即离任时所作《西湖留别》结句所云：“处处回头尽堪恋，就中难别是湖边。”

首先从整体布局上看，西湖之美，在于有山有水，山峦起伏，而非整齐的排列，而是“乱”峰簇拥，高低错落，水面平铺，澄澈清碧，湖光山色，相映成趣，宛然一幅泼墨山水图画。

接下来细看山水，峰峦起伏，且有青松掩映，形成千重翠黛，湖水平铺，月影沉波，犹如一颗明亮的珍珠点缀在湖心，构成了一幅玲珑精致的工笔画。

经过这样一番宛如现实的工笔细描、加上奇思妙想的功夫，西湖终于变成了人间天堂，使人无法抛舍而去。

学生感悟：很多诗人写过西湖，而这首诗给我的印象是画面感最强的。

94. 暮江吟

白居易

一道残阳铺水中，

半江瑟瑟半江红。
可怜九月初三夜，
露似真珠月似弓。

【注释】

（1）暮江吟：黄昏时分在江边所作的诗。吟，古代一种诗体。

（2）残阳：落山的太阳光。

（3）瑟瑟：原意为碧色珍宝，此指碧绿色。

（4）怜：可爱。

（5）九月初三：农历九月初三。

（6）真珠：珍珠。

（7）月似弓：上弦月，其弯如弓。

【写作背景】

《暮江吟》是唐朝诗人白居易创作的一首七绝，大约是长庆二年（822 年）白居易在赴杭州任刺史的途中写的。当时朝廷政治昏暗，牛李党争激烈，诗人品尽了朝官的滋味，自求外任。该诗从侧面反映出了作者离开朝廷后轻松畅快的心情。诗人在这首诗中运用了新颖巧妙的比喻，创造出和谐、宁静的意境，表现出内心深处的情思和对大自然的热爱之情。

【赏析】

《暮江吟》是一首写景七言佳作。前两句描写太阳落山前的江上景色，斜阳照水，波光粼粼，半江碧绿，半江红色，很像一幅美丽的油画。“铺”字用得妙，形象生动地表现了阳光的斜射；后面两句是写九月初三的夜晚，新月初上，其弯如弓，露珠晶莹，好像是颗颗的珍珠，薄暮时分风光，好像一幅精致如生的工笔划。这首诗的语言清丽而流畅，格调清新，绘景且绘色，细致而真切。

学生感悟： 我喜欢“一道残阳铺水中，半江瑟瑟半江红”，它写出了夕阳下江水的绚丽色彩，太美了！

95. 定风波·莫听穿林打叶声

序：三月七日，沙湖道中遇雨。雨具先去，同行皆狼狈，余独不觉，已而遂晴，故作此。

莫听穿林打叶声，何妨吟啸且徐行。竹杖芒鞋轻胜马，谁怕？一蓑烟雨任平生。

料峭春风吹酒醒，微冷，山头斜照却相迎。回首向来萧瑟处，归去，也无风雨也无晴。

【注释】

（1）芒鞋：草鞋。

（2）一蓑烟雨任平生：披着蓑衣在风雨里过一辈子也处之泰然。

（3）一蓑（suō）：蓑衣，用棕制成的雨披。

（4）料峭：微寒的样子。

（5）萧瑟：风雨吹打树叶声。

【写作背景】

《定风波》是由北宋词人苏轼于公元 1082 年创作的。它通过野外途中偶遇风雨这一生活中的小事，于简朴中见深意，于寻常处生奇景，表现出旷达超脱的胸襟，寄寓着超凡超俗的人生理想。此词篇幅虽短，但意境深邃，内蕴丰富，颇值得玩味。此词诠释著作者的人生信念，展现著作者的精神追求。

【赏析】

《定风波》为苏东坡词之代表作之一，它不仅是一首闲来之笔，更是一篇自我叙志之词。此词作于苏轼黄州被贬后的第一个春天。东坡借路途中遇雨的生活小事，触景生情，抒写了作者苦乐随缘、开朗达观的人生态度和坦荡胸怀，描绘了一幅十分传神的“雨中行吟图”，表现了他处变不惊、笑对风雨、“何妨吟啸且徐行”的豁达气度。其所流露出悠游自在、“一蓑烟雨任平生”的达观态度，也揭示了“也无风雨也无晴”的恬淡心境，也是苏轼人生的真实写照。《定风波》也正是以其闲适从容的文风，乐观豁达的人生态度而历来被人们所推崇。纵观全词，词中所描写的风景并无特别突出的特点，即作者文法简练，随其自然，并没有特别刻意的雕琢，而是随景随事，意由心发，坦然面对眼前发生的一切。同时，作者的情感与所描写之景观事物，旁人之事又浑然一体，融合得十分贴切，丝毫没有给人以“为赋新词强说愁”之感觉，也没有将自我感情的起伏强行嫁接在这春风细雨之中，情景交融手法在该词中得到了极好的运用。

学生感悟：读了这首诗，又一次体会到苏轼的旷达精神和乐观心态。

96. 从军行

杨 炯

烽火照西京，心中自不平。

牙璋辞凤阙，铁骑绕龙城。
雪暗凋旗画，风多杂鼓声。
宁为百夫长，胜作一书生。

【注释】

（1）从军行：乐府《相和歌·平调曲》旧题。

（2）烽火照西京：意思是边塞的报警烽火传到了长安。烽火，古代边防告急的烟火。边塞筑有烽火台，备柴草，遇有敌情，即举火告警，各台递相传报。

（3）牙璋辞凤阙，铁骑绕龙城：意思是将军领了兵符奉命出征，统率强悍的骑兵包围了龙城。牙璋，古代发兵时所用的兵符，分为两块，相合处成牙状。凤阙，阙名，在汉代建章宫外，上有金凤，这里泛指皇宫。龙城，匈奴祭祀天地祖先神鬼的地方，为匈奴的政治中心地。

（4）雪暗凋旗画：意思是大雪弥漫，天色昏暗，使军旗上的图案颜色变得模糊暗淡了。

（5）百夫长：一百个士兵的头目，泛指下级军官。

【作者】

杨炯（650年—约693年），唐代诗人。弘农华阴（今陕西华阴县）人。显庆四年（659年）举神童。上元三年（676年）应制举及第。补校书郎，累迁詹事司直。武后垂拱元年（685年）坐从祖弟杨神让参与徐敬业起兵，出为梓州司法参军。天授元年（690年），任教于洛阳宫中习艺馆。如意元年（692年）秋后迁盈川令，吏治以严酷著称，卒于官。世称“杨盈川”。他与王勃、骆宾王、卢照邻齐名，世称“王杨卢骆”，为“初唐四杰”。工诗，擅长五律，其边塞诗较著名。

【赏析】

这首诗借用乐府旧题描写一个书生从军边塞、参加战斗的全过程。全诗仅仅40个字，既揭示了人物的心理，又渲染了环境气氛，笔力极其雄劲。诗歌从烽火引起诗人内心的波涛；进而从军报国告别京城，奔赴沙场与敌鏖战；最后又以自豪的口吻表达了要立功塞外的远大志向。诗人善于选择，精心营构成典型场景。这首诗时间跨度很大，而且字数甚少笔墨不多，因此需要从严节选代表性强、信息量大的事物纳入诗章。例如“牙璋”“铁骑”“鼓声”为古代战事所特有；“凤阙”“龙城”象征着敌我双方的分别；“雪”“风”为自然现象中最能说明气候状况的，从而反衬将士们坚强的决心。与此同时，意象的跳跃，又带来了意境变化的朦胧性和多义性，产生特殊的美感。杨炯这首诗无论是题材选择还是写作风格，都突破了六朝以来的绮靡柔媚之风格，而上承建安的苍劲雄健的诗风，也扩大了创作主体的视野。对仗也已臻完善，不仅颔联颈联，连尾联也是整齐对仗。这使诗更有节奏和气势，这在诗风绮靡的初唐诗坛上是很难能可贵的。

学生感悟：读了这首诗，我有一种想要上战场杀敌的冲动。

97. 丑奴儿·少年不识愁滋味

辛弃疾

书博山道中壁

少年不识愁滋味，爱上层楼。爱上层楼，为赋新词强说愁。

而今识尽愁滋味，欲说还休。欲说还休，却道天凉好个秋！

【注释】

（1）《丑奴儿》:《采桑子》，44 个字，平韵。

（2）博山：在今江西广丰县西南。因状如庐山香炉峰，故名。淳熙八年（1181 年）辛弃疾罢职退居上饶，常过博山。

（3）少年：指年轻的时候。

（4）不识：不懂，不知道什么是。

（5）层楼：高楼。

（6）强说愁：无愁而勉强说愁。强：勉强地，硬要。

（7）识尽：尝够，深深懂得。

（8）欲说还休：想说而最终没有说。

（9）却道天凉好个秋：却说好一个凉爽的秋天啊。意谓言不由衷地顾左右而言他。

【写作背景】

《丑奴儿・书博山道中壁》是辛弃疾被弹劾去职、闲居带湖时所作的一首词。他在带湖居住期间，闲游于博山道中，却无心赏玩当地风光。眼看国事日非，自己无能为力，一腔愁绪无法排遣，遂在博山道中一壁上题了这首词。在这首词中，作者运用对比手法，突出地渲染了一个“愁”字，以此作为贯串全篇的线索，感情率真而又委婉，言浅意深，令人回味无穷。

【赏析】

这首词是作者在带湖闲居时的作品。满篇言愁。既通过“少年”时与“而今”的对比，充分表现了作者受到压抑、遭受排挤、报国无门的痛苦心情，也是对当时南宋朝廷的讽刺和不满。

上片写少年登高远眺，气壮如山，不识愁为何物。用无愁说愁，这是诗词当中比较常见的写作方法。下片写“而今”经历了艰辛，“识尽愁滋味”。“而今”二字，转折简练，不仅表示时间的跨度，而且也反映出了不同的人生经历。在涉世既深而又已饱经忧患之余，转入“识尽愁滋味”的阶段。所谓“识尽”，其一是愁多，其二是愁深。这些多而且深的愁，有的不能说，有的不便说，而且“识尽”且说不尽，说之亦复何益？只有“却道天凉好个秋”了。比之年少时的幼稚，或许已是老练成熟多了。其实“却道”也是一种“强说”。故意说得轻松洒脱，实际上也是难以摆脱的沉重压抑。周济说辛词“变温婉，成悲凉”，读此词者，当能辨之。

整首词构思巧妙，平易浅近。浓愁淡写，重语轻说。寓激情于婉约之中，语浅而意深，别具一种让人寻味的意境。

学生感悟：真希望永远“不识愁滋味”，永远感觉不到“天凉好个秋”！

98. 春日忆李白

杜　甫

白也诗无敌，飘然思不群。

清新庾开府，俊逸鲍参军。
渭北春天树，江东日暮云。
何时一樽酒，重与细论文。

【注释】

（1）庾开府：指庾信。在北周官至骠骑大将军、开府仪同三司（司马、司徒、司空），世称庾开府。

（2）鲍参军：指鲍照。南朝宋时任荆州前军参军，世称鲍参军。

（3）渭北：渭水北岸，借指长安一带，当时杜甫在此地。

（4）江东：指今江苏省南部和浙江省北部一带，当时李白在此地。

（5）论文：指论诗。六朝以来，通称诗为文。

背景：唐天宝三年（744 年），李白被唐明皇赐金放还，从长安来到了东都洛阳，时年 44 岁。而杜甫自从十年前考试不第后，就一直在外游历，也恰好在这时游历到了洛阳，与李白相遇。

这个时候李白虽然已经丢掉了御用诗人的宝座，却仍然是公认的名诗人。而三十三岁的杜甫刚出道不久，仍是一位诗名未就的年轻人。另有很多人认为杜甫此时其实已经与李白齐名，是完全不正确的。“李杜”齐名并称，其实是杜甫死后的事。

但是名声和年龄的差异，没有给李白和杜甫带来什么影响，他们仍然一见如故，很快就结成了忘年交。当年的秋天，李杜二人及高适一起漫游梁、宋。第二年高适南游楚地去了，李杜又同游齐、鲁等地，留下了许多动人的诗篇。

到了秋天，杜甫西上长安再求功名，李白则南下漫游，从此两人再也没有见过面。

正是由于这首诗中借云、树写思念之情，后来人们就用“春树暮云”来表达对远方好友的怀念。

【赏析】

杜甫同李白的友谊，首先是从诗歌上结成的。这首怀念李白的五律，是天宝五年或天宝六年（746 或 747 年）春，杜甫居住在长安时所作，主要就是从这些方面来落笔写的。开头的四句，一气呵成，都是对李白诗文的欣赏与赞美。首句就称赞他的诗冠绝当代。第二句是对第一句的详细说明，说他之所以能"诗无敌"，就在于李白的思想情趣，卓异不凡，因而写出来的诗，出尘纵阔，无人能比。接着又赞美李白的诗像庾信那样的清新，像鲍照那样的俊逸。这四句，笔力峻拔，语言简练，首联的"也""然"两个语助词，充分地加强了赞美的语气，又加重了"诗无敌""思不群"的分量。对李白奇伟瑰丽的各个诗篇，杜甫在题赠及怀念李白的诗中，总是赞扬备至。从此诗坦荡真率的赞语中，我们可以看出杜甫对李白诗是何等钦仰。这不仅仅表达了他对李白诗的无比喜爱，也体现了他们诚挚的友谊。这四句是因忆其人而忆及其诗，赞诗亦即忆人。但作者并不明说此意，而是通过第三联写离情，用情补明。这样处理，不但简洁，还可以避免平铺直叙，从而使诗意前后形成勾连，曲折变化。

学生感悟：真想不到两位大诗人还有如此的相遇，真是千古流传的佳话！

99. 登金陵凤凰台

凤凰台上凤凰游，凤去台空江自流。
吴宫花草埋幽径，晋代衣冠成古丘。
三山半落青天外，二水中分白鹭洲。
总为浮云能蔽日，长安不见使人愁。

【注释】

（1）金陵：江苏省南京市古称，南京简称宁，是江苏省省会。

（2）吴宫：三国时吴国建都金陵，故称。

（3）晋代：东晋亦建都于金陵。衣冠：指豪门贵族。丘：坟墓。

（4）三山半落青天外：三山遥遥在望，看不清楚。三山：山名，在南京市西南长江边，因三峰并列、南北相连而得名。

（5）二水：一作“一水”。指秦淮河流经南京后，西入长江，被横截其间的白鹭洲分为两支。白鹭洲：古代长江中的沙洲，洲上多集白鹭，故名。

（6）浮云能蔽日：比喻谗臣当道。

【写作背景】

《登金陵凤凰台》是李白诗集中为数不多的七言律诗之一。此诗一说是天宝年间（唐玄宗年号，742 年—756 年），作者奉命“赐金还山”，被排挤离开长安，南游金陵时所作；一说是作者流放夜郎遇赦返回后所作。“凤凰台”在金陵凤凰山上，相传南朝刘宋永嘉年间有凤凰集于此山，乃筑台，山和台也由此得名。

【赏析】

该诗虽是咏古迹，然而字里行间流露出对时间飞逝的感慨。一、二句写凤凰台的传说，点明了凤去台空，六朝繁华，一去不返。

开头的两句写凤凰台的传说，而且十四字中竟然连用了三个“凤”字，却不让人觉得重复，音节流转十分明快，极其优美。“凤凰台”在金陵的凤凰山上，相传南朝刘宋永嘉年间有凤凰集于此山，乃筑台，山和台也由此得名。凤凰一直被认为是一种祥瑞。当年凤凰的到来象征着王朝的兴盛繁荣；而如今“凤去台空”，就连六朝的繁华也都一去不复返了，只有滚滚长江的水仍然不停地奔流着，时间才是永恒的存在。

三、四句就“凤去台空”这一层的意思进一步发挥。三国时的吴和后来的东晋都建都于金陵。诗人感慨万分地说，吴国昔日繁华的宫廷已经荒芜，东晋的一代风流人物也都早已进入坟墓，那时的显赫，到现在又留下了什么有价值的东西呢？诗人没有让自己的感情完全沉浸在对历史的凭吊之中，他把目光又聚焦大自然，投向那不尽的滚滚江水：“三山半落青天外，二水中分白鹭洲。”李白毕竟是关心现实的，他想从中看得更远些，从六朝的帝都金陵看到唐的都城长安。但是，“总为浮云能蔽日，长安不见使人愁。”这两句诗寄寓着深意。“长安”是朝廷的所在，“日”是帝王的象征。作为登临吊古之作，李诗更有自己的特点，它写出了自己独特的感受，把历史的典故、眼前的景物和诗人自己的感受交织在一起，抒发了忧国伤时的怀抱，意旨尤为深远。

学生感悟： 原来只知道李白是放荡不羁的，从这首诗看出李白也是关心国家和人民的。

100. 蝶恋花·庭院深深深几许

欧阳修

庭院深深深几许？杨柳堆烟，帘幕无重数。
玉勒雕鞍游冶处，楼高不见章台路。
雨横风狂三月暮，门掩黄昏，无计留春住。
泪眼问花花不语，乱红飞过秋千去。

【注释】

（1）几许：多少。许，估计数量之词。

（2）堆烟：形容杨柳浓密。

（3）玉勒：玉制的马衔。

（4）雕鞍：精雕的马鞍。

（5）游冶处：指歌楼妓院。

（6）章台：汉长安街名。《汉书·张敞传》有“走马章台街”语。唐许尧佐《章台柳传》，记妓女柳氏事。后因以章台为歌妓聚居之地。

（7）乱红：凌乱的落花。

【作者及背景】

《蝶恋花·庭院深深深几许》这首词是北宋欧阳修创作的。此词描写闺中少妇的伤春之情，一起一结颇受推崇。上片写深闺寂寞，阻隔重重，想见意中人而不得；下片写美人迟暮，盼意中人回归而不得。幽恨怨愤之情自现。此词写景状物，疏俊委曲，虚实相融，词意深婉，尤对少妇心理刻画得传神，堪称欧词之典范。

【赏析】

词的上阕开头三句写到“庭院深深”的境遇，“深几许”在提问中有怨艾之情，“堆

烟”状院中之静，衬托出人孤独寡欢，“帘幕无重数”，写闺阁的幽深及封闭，是对大好青春年华的禁锢，是对人美好生命的戕害。“庭院”深深，“帘幕”重重，更兼有“杨柳堆烟”，既浓且密——生活在这种内与外隔绝的阴森、幽邃的环境中，女主人公身心两方面都受到了压抑与禁锢。叠用三个“深”字，突出写出其遭封锁，如形同囚居之苦，不但从中暗示了女主人公孤身独处，而且心事深远、怨恨莫诉的感觉。因而，李清照称赏不已，曾拟其语作“庭院深深”数阕。很显然，女主人公物质的生活是很优裕的。但她精神上却非常苦闷，这也是不言自明的。

下阕前三句借用狂风暴雨比喻封建礼教的无情，用花被摧残比喻自己的青春被毁。“门掩黄昏”四句比喻韶华空逝，人生易老之痛。春光将逝，年华如水。结尾两句写女子的痴情与绝望，其中蕴含丰厚。“泪眼问花”即是含泪自问。“花不语”，也非回避答案，讲的是少女与落花同命与共苦，无语凝噎之状。“乱红飞过秋千去”，是比语言更加清楚地昭示了她面临的命运——“乱红”飞过青春嬉戏之地而飘去、消逝，即是“无可奈何花落去”也。在那泪光莹莹之中，花如人，人如花，最后是花、人莫辨，都一样难以避免被遗弃而沦落漂泊的命运。“乱红”意境既是下景实摹，又代表女子悲剧性的命运象征。这种全部用环境来描写暗示和烘托人物思绪的笔触，真实地表现了生活在那种幽闭状态下贵族少妇的一种不易明言的内心隐痛。

学生感悟： 读了这首词，给人以美的享受，词中的主人公一定是个年轻貌美的女子。

【学习启示】

坚持自己的职业理想和人生方向

中国古典诗词是我们中华民族文化的重要组成部分，是古代文化的珍贵遗产，在浩如烟海美不胜收的中国古代文学作品中，唐诗、宋词、元曲，至今依然为人们所喜爱传诵，它们是我国文学艺苑中一朵瑰丽的奇葩，是人类艺术文库中的精品。这些作品或志节高尚，或饱含哲理，或寓意悠长，或音韵铿锵，包含了许多艺术美，隐含了许多难以言传的世界观、人生观和价值观的精深含义，在历史上，曾激励着多少人立志高远、奋发向上。它们给后人以美的感受，给后人以深刻的启迪，给后人以广阔的思维空间，让我们去思考、去认知、去发挥、去开拓、去创新。

苏轼的词“谁道人生无再少？门前流水尚能西！休将白发唱黄鸡”告诉我们，青春可以永驻，大可不必为日月变迁、人生衰老而叹息，这种积极乐观的人生态度，豁达的胸襟，实在难能可贵，值得后人学习发扬；李清照的“生当作人杰，死亦为鬼雄”的豪迈气概和文天祥的“人生自古谁无死，留取丹心照汗清”的浩然正气，曾激励多少中华儿女面对淫威，威武不屈，视死如归……所有这些古典诗词中都渗透了一定的人情美、人性美和爱国主义思想，指导青少年在当前信仰危机、道德沦丧、物欲横流的现实中，坚持正确的人生观、价值观，提高自身人格修养，洁身自爱，健康发展。

寄　　语

不拿“不可能”当借口，办法总比问题多。

可以一无所有，但不能失去自信。

第 十五 篇

走近诗词，感悟诗情

Chapter 15

一、现当代诗歌欣赏

1. 再别康桥——徐志摩

轻轻的我走了，
正如我轻轻的来；
我轻轻的招手，
作别西天的云彩。

那河畔的金柳，
是夕阳中的新娘；
波光里的艳影，
在我的心头荡漾。

软泥上的青荇，
油油的在水底招摇；
在康桥的柔波里，
我甘做一条水草！

那榆荫下的一潭，
不是清泉，是天上虹；
揉碎在浮藻间，
沉淀着彩虹似的梦。

寻梦？撑一支长篙，
向青草更青处漫溯；
满载一船星辉，
在星辉斑斓里放歌。

但我不能放歌，
悄悄是别离的笙箫；
夏虫也为我沉默，

沉默是今晚的康桥！

悄悄的我走了，
正如我悄悄的来；
我挥一挥衣袖，
不带走一片云彩。

----

2. 雨巷——戴望舒

撑着油纸伞，独自
彷徨在悠长、悠长
又寂寥的雨巷，
我希望逢着
一个丁香一样地
结着愁怨的姑娘。
她是有
丁香一样的颜色，
丁香一样的芬芳，
丁香一样的忧愁，
在雨中哀怨，
哀怨又彷徨；
她彷徨在这寂寥的雨巷，
撑着油纸伞
像我一样，
像我一样地
默默彳亍着
冷漠、凄清，又惆怅。
她静默地走近，
走近，又投出
太息一般的眼光
她飘过

像梦一般地，
像梦一般地凄婉迷茫。
像梦中飘过
一枝丁香地，
我身旁飘过这女郎；
她静默地远了，远了，
到了颓圮的篱墙，
走尽这雨巷。
在雨的哀曲里，
消了她的颜色，
散了她的芬芳，
消散了，甚至她的
太息般的眼光，
丁香般的惆怅。
撑着油纸伞，独自
彷徨在悠长、悠长
又寂寥的雨巷，
我希望飘过
一个丁香一样地
结着愁怨的姑娘。

3．乡愁——余光中

小时候
乡愁是一枚小小的邮票
我在这头
母亲在那头

长大后
乡愁是一张窄窄的船票
我在这头

新娘在那头

后来呵
乡愁是一方矮矮的坟墓
我在外头
母亲在里头

而现在
乡愁是一湾浅浅的海峡
我在这头
大陆在那头
----

4. 致橡树——舒婷
我如果爱你——
绝不像攀援的凌霄花，
借你的高枝炫耀自己；

我如果爱你——
绝不学痴情的鸟儿，
为绿荫重复单调的歌曲；

也不止像泉源，
常年送来清凉的慰藉；
也不止像险峰，
增加你的高度，衬托你的威仪。

甚至日光。
甚至春雨。

不，这些都还不够！

我必须是你近旁的一株木棉，
作为树的形象和你站在一起。

根，紧握在地下；
叶，相触在云里。

每一阵风吹过，
我们都互相致意，
但没有人，
听懂我们的言语。

你有你的铜枝铁干，
像刀、像剑，
也像戟；
我有我红硕的花朵，
像沉重的叹息，
又像英勇的火炬。

我们分担寒潮、风雷、霹雳；
我们共享雾霭、流岚、虹霓。
仿佛永远分离，
却又终身相依。

这才是伟大的爱情，
坚贞就在这里：
爱——不仅爱你伟岸的身躯，
也爱你坚持的位置，脚下的土地。

----

5. 断章——卞之琳

你站在桥上看风景，

看风景人在楼上看你。

明月装饰了你的窗子，
你装饰了别人的梦。

----

6. 面朝大海 春暖花开——海子

从明天起，做一个幸福的人
喂马，劈柴，周游世界

从明天起，关心粮食和蔬菜
我有一所房子，面朝大海，春暖花开

从明天起，和每一个亲人通信
告诉他们我的幸福
那幸福的闪电告诉我的
我将告诉每一个人

给每一条河每一座山取一个温暖的名字
陌生人，我也为你祝福
愿你有一个灿烂的前程
愿你有情人终成眷属
愿你在尘世获得幸福
我只愿面朝大海，春暖花开

----

7. 回答——北岛

卑鄙是卑鄙者的通行证，
高尚是高尚者的墓志铭。

看吧，在那镀金的天空中，
飘满了死者弯曲的倒影。

冰川纪过去了，
为什么到处都是冰凌？
好望角发现了，
为什么死海里千帆相竞？

我来到这个世界上，
只带着纸、绳索和身影，
为了在审判前，
宣读那些被判决了的声音。

告诉你吧，世界，
我——不——相——信！
纵使你脚下有一千名挑战者，
那就把我算作第一千零一名。

我不相信天是蓝的，
我不相信雷的回声，
我不相信梦是假的，
我不相信死无报应。

如果海洋注定要决堤，
就让所有的苦水都注入我心中；
如果陆地注定要上升，
就让人类重新选择生存的峰顶。

新的转机和闪闪的星斗，
正在缀满没有遮拦的天空。
那是五千年的象形文字，

那是未来人们凝视的眼睛。

----

8. 错误——郑愁予

我打江南走过
那等在季节里的容颜如莲花的开落

东风不来，三月的柳絮不飞
你的心如小小的寂寞的城
恰若青石的街道向晚
跫音不响，三月的春帷不揭
你底心是小小的窗扉紧掩

我达达的马蹄是美丽的错误
我不是归人，是个过客……

----

9. 相信未来——食指

当蜘蛛网无情地查封了我的炉台
当灰烬的余烟叹息着贫困的悲哀
我依然固执地铺平失望的灰烬
用美丽的雪花写下：相信未来

当我的紫葡萄化为深秋的露水
当我的鲜花依偎在别人的情怀
我依然固执地用凝霜的枯藤
在凄凉的大地上写下：相信未来

我要用手指那涌向天边的排浪
我要用手撑那托起太阳的大海

摇曳着曙光那温暖漂亮的笔杆
用孩子的笔体写下：相信未来

我之所以坚定地相信未来
是我相信未来人们的眼睛
她有拨开历史风尘的睫毛
她有看透岁月篇章的瞳孔

不管人们对于我们腐烂的皮肉
那些迷途的惆怅、失败的苦痛
是寄予感动的热泪、深切的同情
还是给以轻蔑的微笑、辛辣的嘲讽

我坚信人们对于我们的脊骨
那无数次的探索、迷途、失败和成功
一定会给予热情、客观、公正的评定
是的，我焦急地等待着他们的评定

朋友，坚定地相信未来吧
相信不屈不挠的努力
相信战胜死亡的年轻
相信未来、热爱生命

10. 别（沈紫曼·当代）
我是轻轻悄悄地到来，
像水面飘过一叶浮萍；
我又轻轻悄悄地离开，
像林中吹过一阵清风。

你爱想起我就想起我，
像想起一颗夏夜的星；

你爱忘了我就忘了我，
像忘了一个春天的梦。

11. 假如你不够快乐（汪国真·当代）

假如你不够快乐
也不要把眉头深锁
人生本来短暂
为什么　还要栽培苦涩

打开尘封的门窗
让阳光雨露洒遍每个角落
走向生命的原野
让风儿熨平前额
博大可以稀释忧愁
深色能够覆盖浅色

12. 剪不断的情愫（汪国真·当代）

原想这一次远游
就能忘记你秀美的双眸
就能剪断
丝丝缕缕的情愫
和秋风也吹不落的忧愁

谁曾想　到头来
山河依旧
爱也依旧
你的身影
刚在身后　又到前头

13. 结局（席慕蓉·当代）

当春天再来的时候

遗忘了的野百合花
仍然会在同一个山谷里生长
在羊齿的浓荫处
仍然会有昔日的馨香
可是　没有人
没有人会记得我们
和我们曾有过的欢乐和悲伤
而时光越去越远　终于
只剩下几首佚名的诗　和
一抹
淡淡的　斜阳

14. 跨越自己（汪国真·当代）

我们可以欺瞒别人
却无法欺瞒自己
当我们走向枝繁叶茂的五月
青春就不再是一个谜
向上的路
总是坎坷又崎岖
要永远保持最初的浪漫
真是不容易
有人悲哀
有人欣喜
当我们跨越了一座高山
也就跨越了一个真实的自己

15. 露（田晓菲·当代）

我在嫩绿嫩绿的草叶尖上
我在张开惺松睡眼的花心里
我没有向人们说："勿忘我"
清晨和黑夜

我自生又自灭

我不是星星的眼泪
也不是璀璨的明珠
我就是我
一滴纯洁的甘露

很少人注意我，我不抱怨
那——又有什么要紧？
阳光妩媚的清早
我会升华成一朵
美丽的洁白的云

16. 美丽的心情（席慕蓉·当代）

假如生命是一列
疾驰而过的火车
快乐和伤悲　就是
那两条铁轨
在我身后　紧紧追随

所有的时刻都很仓皇而又模糊
除非你能停下来　远远地回顾

只有在回首的刹那
才能得到一种清明的
酸辛　所以　也只有
在太迟了的时候
才能细细揣摩出　一种
无悔的　美丽的　心情

17. 盼望（席慕蓉·当代）

其实　我盼望的
也不过就只是那一瞬
我从没要求过　你给我
你的一生

如果能在开满了栀子花的山坡上
与你相遇　如果能
深深地爱过一次再别离

那么　再长久的一生
不也就只是　就只是
回首时
那短短的一瞬

18. 如歌的行板（席慕蓉·当代）

一定有些什么
是我所不能了解的

不然　草木怎么都会
循序生长
而候鸟都能飞回故乡

一定有些什么
是我所无能为力的

不然　日与夜怎么交替得
那样快　所有的时刻
都已错过　忧伤蚀我心怀

一定有些什么　在叶落之后
是我所必须放弃的
是十六岁时的那本日记
还是　我藏了一生的

那些美丽的如山百合般的
秘密

19. 我不期望回报（汪国真·当代）

给予你了
我便不期望回报
如果付出
就是为了　有一天索取
那么，我将变得多么渺小

如果，你是湖水
我乐意是堤岸环绕
如果，你是山岭
我乐意是装点你姿容的青草

人，不一定能使自己伟大
但一定可以
使自己崇高

20. 我的信仰（席慕蓉·当代）

我相信　爱的本质一如
生命的单纯与温柔
我相信　所有的
光与影的反射和相投

我相信　满树的花朵
只源于冰雪中的一粒种子

我相信　三百篇诗
反复述说着的　也就只是
年少时没能说出的
那一个字

我相信　上苍一切的安排
我也相信　如果你愿与我
一起去追溯
在那遥远而谦卑的源头之上
我们终于会互相明白

二、外国诗歌欣赏

1. 世界上最远的距离

作者：泰戈尔（印度）

世界上最远的距离
不是 生与死的距离
而是 我站在你面前
你不知道我爱你

世界上最远的距离
不是 我站在你面前
你不知道我爱你
而是 爱到痴迷
却不能说我爱你

世界上最远的距离
不是 我不能说我爱你

而是 想你痛彻心脾
却只能深埋心底

世界上最远的距离
不是 我不能说我想你
而是 彼此相爱
却不能够在一起

世界上最远的距离
不是 彼此相爱
却不能够在一起
而是明知道真爱无敌
却装作毫不在意

世界上最远的距离
不是 树与树的距离
而是 同根生长的树枝
却无法在风中相依

世界上最远的距离
不是 树枝无法相依
而是 相互瞭望的星星
却没有交汇的轨迹

世界上最远的距离
不是 星星之间的轨迹
而是 纵然轨迹交汇
却在转瞬间无处寻觅

世界上最远的距离
不是 瞬间便无处寻觅

而是 尚未相遇
便注定无法相聚
世界上最远的距离
是鱼与飞鸟的距离
一个在天，一个却深潜海底

2. 当你年老时
作者：叶芝（爱尔兰）

当你老了，头白了，睡意昏沉，
炉火旁打盹，请取下这部诗歌，
慢慢读，回想你过去眼神的柔和，
回想它们昔日浓重的阴影；
多少人爱你青春欢畅的时辰，
爱慕你的美丽，假意或真心，
只有一个人爱你那朝圣者的灵魂，
爱你衰老了的脸上痛苦的皱纹；
垂下头来，在红光闪耀的炉子旁，
凄然地轻轻诉说那爱情的消逝，
在头顶的山上它缓缓踱着步子，
在一群星星中间隐藏着脸庞。

3. 我愿意是激流
作者：裴多菲（匈牙利）
我愿意是激流 是山里的小河 在崎岖的路上 在岩石上经过
只要我的爱人 是一条小鱼 在我的浪花中 快乐地游来游去
我愿意是荒林 在河流的两岸 面对一阵阵狂风 我勇敢地作战
只要我的爱人 是一只小鸟 在我的稠密的树枝间做窠鸣叫
我愿意是废墟 在峻峭的山崖 这静默的毁灭 并不使我懊丧
只要我的爱人 是青青的常春藤 沿着我荒凉的额头 亲密地攀援而上
我愿意是草屋 在深深的山谷底 草屋的顶上 饱受着风雨的打击

只要我的爱人 是可爱的火焰 在我的炉子里 愉快地缓缓闪现
我愿意是云朵 是灰色的破旗 在广漠的空中 懒懒地飘来荡去
只要我的爱人 是珊瑚似的夕阳 傍着我苍白的脸 显出鲜艳的辉煌

4. 野蔷薇
作者：歌德（德国）

少年看到一朵蔷薇 荒野上的小蔷薇
那么娇嫩 那么鲜艳
少年急急忙忙走向前 看得非常欣喜
蔷薇 蔷薇 红蔷薇 荒野上的小蔷薇
少年说 我要采你 荒野上的小蔷薇
蔷薇说 我要刺你
让你永远不会忘记 我不愿意被你采折
蔷薇 蔷薇 红蔷薇 荒野上的小蔷薇
野蛮少年去采她 荒野上的小蔷薇
蔷薇自卫去刺他 蔷薇徒然含悲忍泪
还是遭到采折
蔷薇 蔷薇 红蔷薇 荒野上的小蔷薇

5. 请再说一遍我爱你
作者：白朗宁夫人（英国）

说了一遍 请再对我说一遍 说 我爱你
即使那样一遍遍地重复
你会把它看成一支布谷鸟的歌曲
记着 在那青山和绿林间 在那山谷和田野中
如果它缺少了那串布谷鸟的音节 纵使清新的春天
披着满身的绿装降临 也不算完美无缺
爱 四周那么黑暗
耳边只听见惊悸的心声

处于那痛苦的不安之中
我嚷道 再说一遍 我爱你
谁会嫌星星太多 每颗星星都在太空中转动
谁会嫌鲜花太多 每朵鲜花都洋溢着春意
说 你爱我 你爱我 一声声敲着银钟
只是要记住 还得用灵魂爱我 在默默里

6. 给燕妮

作者：马克思（德国）

燕妮，你笑吧！你会惊奇
为什么在我所有的诗章里　只有一个标题：
《给燕妮》！要知道世界上唯有你

对我是鼓舞的泉源，对我是天才的慰藉，对我是闪烁在灵魂深处的思想光辉。这一切一切啊，都蕴藏在你的名字里！

燕妮，你的名字——每一个字母——都显得神奇！它发出的每一个音响是多么美妙动听，它奏出的每一章乐曲都萦绕在我耳际，仿佛是神话故事中善良美好的神灵，仿佛是春夜里明月熠熠闪耀的银辉，仿佛是金色的琴弦弹出的微妙的声音。

尽管有数不尽的书页，我也能让你的名字把万卷书籍填满，让你的名字在里面燃起思想的火焰，让战斗意志和事业的喷泉一同迸溅，让现实生活永恒的持久的真理揭晓，让整个诗的世界在人类历史上出现，那时候，愿旧世纪悲鸣，愿新时代欢欣。让宇宙啊，亿万斯年永远光芒不息！

燕妮的名字，哪怕刻在沙粒般的骰子里，我也能够把它念出！温柔的风送来了燕妮的名字，好像给我捎来了幸福的讯息，我将永远讴歌它——让人们知悉，爱情的化身啊，便是这名字——燕妮！

7. 海涛

作者：夸西莫多（意大利）

多少个夜晚 我听到大海的轻涛细浪拍打柔和的海滩
抒发出了一阵阵温情的轻声软语
仿佛从消逝的岁月里 传来一个亲切的声音

掠过我记忆的脑海 发出袅袅不断的回音
仿佛海鸥悠长低回的啼声 或许是
鸟儿向平原飞翔 迎接旖旎的春光 婉转的欢唱
你和我 在那难忘的年月
伴随这海涛的悄声碎语 曾是何等地亲密相爱
啊 我多么希望 我的怀念的回音
像这茫茫黑夜里大海的轻波细浪 飘然来到你的身旁

8. 罗雷莱
作者：海涅（德国）

不知是什么道理 我是这样地忧愁
一段古老的神话 老萦系在我的心头
莱茵河静静地流着 暮色昏暗 微风清凉
在傍晚的斜阳里 山峰闪烁着霞光
一位绝色的女郎 神奇地坐在山顶上
她梳着金黄的秀发 金首饰发出金光
她一面用金梳子梳头 一面送出了歌声
那调子非常奇妙 而且非常感人
坐在小船里的船夫 勾引起无数忧伤
他不看前面暗礁 他只向着高处仰望
我想那小船和船夫 结局都在波中丧生
这是罗雷莱女妖 用她的歌声造成

9. 雅典的少女
作者：拜伦（英国）

雅典的少女呵 在我们临别以前 把我的心 把我的心交还
或者 既然它已经和我脱离 那就 那就留着它吧 把其余的也拿去
请听一句我临别前的誓言 你是我的生命 我爱你
我要依偎着那松开的鬈发 每一阵爱琴海的风都追逐着它
我要依偎着那长睫毛的眼睛 睫毛直吻着你脸颊上的桃红

我要依偎着那野鹿似的眼睛发誓 你是我的生命 我爱你
还有我久欲一尝的红唇 还有那轻盈紧束的腰身
我要依偎着那些定情的鲜花 它们胜过一切言语的表达
依偎着爱情的一串悲喜 我要说 你是我的生命 我爱你
雅典的少女呀 我们分手了 想着我吧 当你孤独的时候
虽然我向着伊斯坦堡尔飞奔 雅典却抓住了我的心和灵魂
我能够不爱你吗 不会的 你是我的生命 我爱你

10. 茅屋
作者：安徒生（丹麦）

在浪花冲打的海岸上 有间孤寂的小茅屋
一望无际 辽阔无边 没有一棵树木
只有那天空和大海 只有那峭壁和悬崖
但这里有着最大的幸福 因为有爱人同住
茅屋里没有金和银 却有一对亲爱的人
时刻地相互凝视 他们多么情深
这茅屋又小又破烂 伫立在岸上多孤单
但里面有着最大的幸福 因为有爱人做伴

三、经典英语诗歌十首（中英文对照）

精选十首简易英文诗歌，全部来自英语诗歌大家之手，并配有中文翻译，希望能从这些诗歌的意境美和禅悦美中获取学习英语的乐趣，提高欣赏水平！

【1】Rain 雨
Rain is falling all around, 雨儿在到处降落，
It falls on field and tree, 它落在田野和树梢，
It rains on the umbrella here, 它落在这边的雨伞上，
And on the ships at sea. 又落在航行海上的船只。
by R. L. Stevenson, 1850-1894

【2】What Does The Bee Do?
What does the bee do? 蜜蜂做些什么？

Bring home honey. 把蜂蜜带回家。
And what does Father do? 父亲做些什么？
Bring home money. 把钱带回家。
And what does Mother do? 母亲做些什么？
Lay out the money. 把钱用光。
And what does baby do? 婴儿做些什么？
Eat up the honey. 把蜜吃光。
by C. G. Rossetti, 1830-1894

【3】O Sailor, Come Ashore 啊!水手，上岸吧
(Part Ⅰ)
O sailor, come ashore 啊!水手，上岸吧
What have you brought for me? 你给我带来什么？
Red coral , white coral, 海里的珊瑚，
Coral from the sea. 红的，白的。
(Part Ⅱ)
I did not dig it from the ground 它不是我从地下挖的，
Nor pluck it from a tree; 也不是从树上摘的；
Feeble insects made it 它是暴风雨的海裹
In the stormy sea. 弱小昆虫做成的。
by C. G. Rossetti

【4】The Wind 风
(Part Ⅰ)
Who has seen the wind? 谁曾见过风的面貌？
Neither I nor you; 谁也没见过，不论你或我；
But when the leaves hang trembling, 但在树叶震动之际，
The wind is passing through. 风正从那里吹过。
(Part Ⅱ)
Who has seen the wind? 谁曾见过风的面孔？
Neither you nor I; 谁也没见过，不论你或我；
But when the trees bow down their heads, 但在树梢低垂之际，
The wind is passing by. 风正从那里经过。
by C. G. Rossetti
诗人另一首风之歌

O wind , why do you never rest, 风啊!为何你永不休止，
Wandering, whistling to and fro, 来来回回地漂泊，呼啸，
Bring rain out of the west, 从西方带来了雨，
From the dim north bringing snow? 从蒙胧的北方带来了雪。

【5】The Cuckoo 布谷鸟

In April, 四月里，
Come he will, 它就来了，
In May, 五月里，
Sing all day, 整天吟唱多逍遥，
In June, 六月里，
Change his tune, 它在改变曲调，
In July, 七月里，
Prepare to fly, 准备飞翔，
In August, 八月里，
Go he must! 它就得离去了!
by Mother Goose's Nursery Rhyme

【6】Colors 颜色

What is pink? A rose is pink 什么是粉红色?
By the fountain's brink. 喷泉边的玫瑰就是粉红色。
What is red? A poppy's red 什么是艳红色?
In its barley bed. 在大麦床里的罂粟花就是艳红色。
What is blue? The sky is blue. 什么是蔚蓝色?天空就是蔚蓝色，
Where the clouds float thro'. 云朵飘过其间。
What is white? A swan is white 什么是白色?
Sailing in the light. 阳光下嬉水的天鹅就是白色。
What is yellow? Pears are yellow, 什么是黄色?梨儿就是黄色，
Rich and ripe and mellow. 熟透且多汁。
What is green? The grass is green, 什么是绿色?草就是绿色，
With small flowers between. 小花掺杂其间。
What is violet? Clouds are violet 什么是紫色?夏日夕阳里的
In the summer twilight. 彩霞就是紫色。
What is orange? Why, an orange, 什么是橘色?当然啦!
Just an orange! 橘子就是橘色!

by C. G. Rossetti

【7】A House Of Cards 纸牌堆成的房子

(1)

A house of cards 纸牌堆成的房子
Is neat and small; 洁净及小巧；
Shake the table, 摇摇桌子，
It must fall. 它一定会倒。

(2)

Find the court cards 找出绘有人像的纸牌
One by one; 一张一张地竖起；
Raise it, roof it, 再加上顶盖，
Now it's done; 现在房子已经盖好；
Shake the table! 摇摇桌子！
That's the fun. 那就是它的乐趣。

by C. G. Rossetti

【8】What Does Little Birdie Say?

(1)

What does little birdie say, 小鸟在说什么，
In her nest at peep of day? 在这黎明初晓的小巢中？
Let me fly, says little birdie, 小鸟说，让我飞，
Mother, let me fly away, 妈妈，让我飞走吧。
Birdie, rest a little longer, 宝贝，稍留久一会儿，
Till the little wings are stronger. 等到那对小翅膀再长硬些。
So she rests a little longer, 因此它又多留了一会儿，
Then she flies away. 然而它还是飞走了。

(2)

What does little baby say, 婴儿在说什么，
In her bed at peep of day? 在破晓时分的床上？
Baby says, like little birdie, 婴儿像小鸟那样说，
Let me rise and fly away. 让我起来飞走吧。
Baby, sleep a little longer, 乖乖，稍微多睡一会儿，
Till the little limbs are stronger. 等你的四肢再长硬点儿。
If she sleeps a little longer, 如果她再多睡一会儿，

Baby too shall fly away. 婴儿必然也会像鸟儿一样地飞走。
by Alfred Tennyson, 1809-1892

【9】The Star 星星

(1)
Twinkle, twinkle, little star! 闪耀，闪耀，小星星!
How I wonder what you are, 我想知道你身形，
Up above the world so high, 高高挂在天空中，
Like a diamond in the sky. 就像天上的钻石。
(2)
When the blazing sun is gone, 灿烂太阳已西沉，
When he nothing shines upon, 它已不再照万物，
Then you show your little light, 你就显露些微光，
Twinkle, twinkle all the night. 整个晚上眨眼睛。
(3)
The dark blue sky you keep 留恋漆黑的天空
And often thro' my curtains peep, 穿过窗帘向我望，
For you never shut your eye 永不闭上你眼睛
Till the sun is in the sky. 直到太阳又现形。
(4)
Tis your bright and tiny spark，你这微亮的火星，
Lights the traveler in the dark; 黑夜照耀着游人，
Though I know not what you are，虽我不知你身形，
Twinkle, twinkle, little star! 闪耀，闪耀，小星星!
by Jane Taylor, 1783-1824

【10】At The Seaside 海边

(1)
When I was down beside the sea，当我到海边时，
A wooden spade they gave to me，他们给了我一把木铲，
To dig the sandy shore. 好去挖掘沙滩。
(2)
The holes were empty like a cup，挖成像杯状般的空洞，
In every hole the sea camp up, 让每个洞中的海水涌现，
Till it could come no more. 直到它不能再涌现。